COLLECTION JULES VERNE

COLLECTION JULES VERNE
BAND 75

Der stolze Orinoco

Band 2

Pawlak Taschenbuch Verlag, Berlin, Herrsching

Nachdruck mit freundlicher Genehmigung des
Verlages A. Hartleben, Inh. Dr. Walter Rob, Wien I.
Die Vorlagen für die Umschlagillustrationen der
Collection Jules Verne sind Jules Verne Bänden,
erschienen im A. Hartleben's Verlag, Wien, entnommen.
Umschlaggestaltung: Bine Cordes, Weyarn
Die Orthographie wurde der heutigen Schreibweise angeglichen.

Gesamtherstellung: Elsnerdruck GmbH, Berlin
Printed in Germany
ISBN: 3-8224-1075-6

Inhalt

Zweiter Band

Erstes Kapitel

Etwas aus früherer Zeit

Am Morgen des 2. Oktober gegen acht Uhr glitten die Piroguen »Gallinetta« und »Moriche« erst den die rechte Seite der Halbinsel des Atabapo begleitenden Flußarm hinunter und dann bei günstigem Nordwestwinde den Oberlauf des Orinoco hinauf.

Nach dem Gespräch zwischen dem Sergeanten Martial und Jacques Helloch am Abend vorher konnte der erstere dem zweiten nicht länger die Erlaubnis, sie – »seinen Neffen und ihn« – bis zur Mission von Santa-Juana zu begleiten, verweigern. Jetzt war das Geheimnis Jeanne von Kermors dem, der sie gerettet hatte, bekannt, und jedenfalls würde es – daran war kein Zweifel – auch Germain Paterne bald nicht mehr unbekannt sein. Offenbar mußte es schwierig werden, diese Mitteilung zu unterdrücken, ja es erschien sogar bei den Umständen, unter denen der zweite Teil der Reise vor sich gehen sollte, vorteilhafter, den Schleier zu lüften. Das bisher so sorgsam behütete Geheimnis würden die beiden jungen Männer den Herren Miguel, Felipe, Varinas und Mirabal gewiß ebenso wie dem Gouverneur der Provinz gegenüber zu bewahren wissen. Waren ihre Nachforschungen von Erfolg gekrönt, so blieb dem Oberst von Kermor die Freude vorbehalten, jenen seine Tochter vorzustellen.

Es wurde auch beschlossen, weder Valdez oder Parchal, noch einen von den Schiffsleuten über die letzten Vorgänge und Enthüllungen aufzuklären, und man konnte es nur billigen, daß der Sergeant Martial

Jeanne für seinen Neffen Jean ausgegeben hatte in der Hoffnung, dadurch manche Schwierigkeiten eines solchen Zuges aus dem Wege zu räumen. Es war jedenfalls ratsam, von diesem klugen Verhalten nicht abzuweichen.

Nun male man sich die Verblüffung, die Niedergeschlagenheit und darauf den Ingrimm des alten Soldaten aus, als Jacques Helloch ihm eröffnete, daß er das Geheimnis durchschaut habe, daß er wüßte, in Jean von Kermor Jeanne von Kermor vor sich zu haben! Doch nein, ein solcher Versuch wäre mindestens nutzlos, denn man würde das Richtige dabei doch nicht treffen.

Ebensowenig brauchen wir wohl die sehr natürliche Verlegenheit hervorzuheben, die sich des jungen Mädchens bemächtigte, als Jacques Helloch und Germain Paterne zum ersten Male wieder vor ihr standen. Beide wollten ihr ihre Hochachtung, ihre Ergebenheit zu erkennen geben und sie ihrer Verschwiegenheit versichern. Ihr entschlossener Charakter, der der gewöhnlichen Scheu ihres Geschlechtes überlegen war, gewann in ihr aber sehr bald wieder die Oberhand.

»Für Sie bleib' ich Jean... immer nur Jean«, sagte sie, den beiden Landsleuten die Hände entgegenstrekkend.

»Stets, mein Fräulein«, antwortete Germain Paterne mit einer Verbeugung.

»Jawohl... Jean... mein lieber Jean...«, versicherte Jacques Helloch, und bis zu dem Tage, wo wir Fräulein Jeanne von Kermor den Armen ihres Vaters wieder zugeführt haben!«

Es versteht sich von selbst, daß jetzt Germain Paterne keinen weiteren Einspruch gegen die Reise erheben zu dürfen glaubte, die bis zu den Quellen des Orinoco und vielleicht noch darüber hinaus ausgedehnt werden sollte.

Ihm persönlich kam das ja ganz gelegen; er bekam dadurch vielfache Gelegenheit, seine Sammlungen zu bereichern, daß er die Pflanzenwelt des obern Orinoco durchforschte. Das gestattete ihm auch, seine Mission als Naturforscher besser zu erfüllen, und der Minister der öffentlichen Aufklärung hätte sicherlich keine Ursache gehabt, sich über die Verlängerung der Reise mißbilligend zu äußern.

Was Jeanne von Kermor anging, konnte diese nun herzlich dankbar dafür sein, daß die beiden jungen Männer ihre Bemühungen mit den ihrigen vereinigen, sie bis zur Mission von Santa-Juana begleiten wollten und daß sie bereit waren, in ihrem Interesse allen Zufälligkeiten eines solchen Zuges die Stirn zu bieten, dadurch aber ihre Aussichten auf Erfolg zu vermehren. Ihr Herz floß auch über vor Erkenntlichkeit gegen den, der sie dem Tode entrissen hatte und während der ganzen Reise an ihrer Seite bleiben wollte.

»Mein alter, lieber Freund«, sagte sie zu dem Sergeanten Martial, »Gottes Wille geschehe!... Er weiß ja, was er tut...«

»Eh ich ihm dafür danke, möcht' ich freilich erst das Ende abwarten«, begnügte sich der alte Soldat zu antworten.

Dann brummte er in seiner Ecke vor sich hin und schämte sich wie ein Onkel, der seinen Neffen verloren hat.

Jacques Helloch hielt es für ganz selbstverständlich, Germain Paterne zu erklären:

»Du begreifst wohl, daß wir Fräulein von Kermor nicht verlassen konnten.«

»Ich begreife alles, lieber Jacques, sogar die Dinge, von denen du schlangweg behauptest, daß ich sie nicht verstände. Einen jungen Mann hast du zu retten geglaubt, und ein junges Mädchen hast du dem Tode entrissen; da liegt es ja auf der Hand, daß es uns rein unmöglich ist, eine so interessante Persönlichkeit zu verlassen.«

»Das hätt' ich auch einem Jean von Kermor gegenüber nicht getan!« versicherte Jacques Helloch. »Nein, ich hätte nie zugegeben, daß er sich solchen Gefahren aussetzte, ohne daß ich sie mit ihm teilte. Es war meine Pflicht... unser beider Pflicht, Germain, ihm bis zum Ziele behilflich zu sein...«

»Sapperment!« rief Germain Paterne scheinbar in größtem Ernst.

Wir fügen hier ein, was Fräulein von Kermor ihren Landsleuten in kurzen Worten mitgeteilt hatte.

Der 1829 geborne, jetzt also im dreiundsechzigsten Jahre stehende Oberst von Kermor hatte 1859 eine Kreolin aus Martinique geheiratet. Die beiden ersten Kinder dieser Ehe waren schon in sehr zartem Alter verstorben. Jeanne hatte sie niemals kennengelernt, und Herr und Frau von Kermor waren schon über diesen Verlust untröstlich gewesen.

Herr von Kermor, ein ausgezeichneter Offizier, verdankte seinem Mute, seinen Kenntnissen und andern besondern Eigenschaften ein glänzendes, schnelles Avancement. Mit vierzig Jahren war er bereits Oberst. Der Soldat, später Korporal und Sergeant Martial hatte sich mit Leib und Seele diesem Offizier ergeben, der ihm auf dem Schlachtfelde von Solferino das Leben gerettet hatte. Beide kämpften später auch zusammen in dem unglücklichen Feldzug gegen die deutschen Heere.

Zwei bis drei Wochen vor der 1870er Kriegserklärung hatten Familienverhältnisse Frau von Kermor genötigt, nach Martinique zu reisen. Hier erblickte Jeanne das Licht der Welt. Trotz des Kummers, der ihn über den Verlauf des Feldzuges bedrückte, freute sich der Oberst doch herzlich über die Geburt dieses Kindes. Hätte ihn die Pflicht nicht zurückgehalten, so wäre er zu Gattin und Kind nach den Antillen geeilt, um beide nach Frankreich heimzuholen.

Unter den gegebenen Verhältnissen wollte Frau von Kermor aber nicht warten, bis das Ende des Krieges ihrem Manne erlaubte, sie abzuholen. Es drängte sie, an seiner Seite zu weilen, und im Mai 1871 schiffte sie sich in Saint-Pierre-Martinique auf einem nach Liverpool bestimmten englischen Paketboote, dem »Norton«, ein.

Frau von Kermor hatte noch eine Kreolin bei sich, die Amme ihres Töchterchens, das erst wenige Monate alt war. Sie wollte diese Frau in ihrem Dienst behalten, wenn sie in die Bretagne und nach Nantes, wo sie vor ihrer Abreise gewohnt hatte, zurückgekehrt wäre.

In der Nacht vom 23. zum 24. Mai wurde der »Norton« aber bei dichtem Nebel durch den Dampfer »Vigo« von Santander angefahren. Infolge dieses Zusammenstoßes versank der »Norton« fast auf der Stelle mit allen Passagieren, bis auf fünf, mit der ganzen Besatzung, bis auf zwei Mann, ohne daß das andre Schiff noch mehr Menschenleben hätte retten können.

Frau von Kermor hatte nicht Zeit gefunden, ihre Kabine zu verlassen, die an der Seite lag, wo der Zusammenstoß erfolgte; die Amme kam ebenfalls ums Leben, obgleich es ihr gelungen war, mit dem Kinde das Deck zu erreichen.

Wie durch ein Wunder gehörte das Kind nicht zu den Opfern des Unfalls, dank dem hilfbereiten Mute eines der zwei Matrosen vom »Norton«, denen es gelang, den »Vigo« zu erreichen.

Nach dem Versinken des »Norton« blieb der »Vigo«, der zwar am Bug beschädigt war, dessen Maschinen von der Kollision aber nicht gelitten hatten, noch am Ort der Katastrophe liegen und ließ seine Boote aufs Meer. Alles bis zum hellen Tage fortgesetzte Suchen nach noch lebenden Verunglückten hatte leider keinen Erfolg, und das Schiff mußte nun der nächstgelegenen Antilleninsel zusteuern, wo es acht Tage darauf eintraf.

Von hier aus wurden die wenigen Geretteten, die auf dem »Vigo« Zuflucht gefunden hatten, nach ihrem Bestimmungsorte befördert.

Unter den Passagieren dieses Dampfers befand sich eine spanische Familie, die aus Havanna stammende Familie Eridia, und diese erbot sich, die kleine Jeanne aufzunehmen. Ob das Kind jetzt in der Welt ganz allein dastand, konnte vorläufig niemand wissen. Einer der geretteten Matrosen erklärte zwar, die Mutter des kleinen Mädchens sei eine auf dem »Norton« eingeschiffte Französin gewesen, deren Name ihm aber unbekannt geblieben war. Den Namen konnte man auch nur nachträglich erfahren, wenn er bei dem Kommissionär des englischen Dampfers vor dessen Abgang eingeschrieben war. Das war aber nicht der Fall, wie es sich bei der über den Zusammenstoß der beiden Schiffe eingeleiteten Untersuchung herausstellte.

Von den Eridias an Kindes statt angenommen, folgte Jeanne diesen nach Havanna. Hier sorgten jene für ihre Erziehung, nachdem sie sich vergeblich bemüht hatten, zu erkungen, wem und welcher Familie sie eigentlich angehörte. Man gab der Kleinen hier den Namen Juana. Von Natur gut veranlagt, lernte sie eifrig und entwickelte sich geistig recht vorteilhaft bis zu ihrem vierzehnten Jahre, wo sie die französische Sprache ebenso vollkommen wie die spanische beherrschte. Die Geschichte ihres Lebens war Juana nicht verheimlicht worden. Infolgedessen fühlte sie sich immer nach Frankreich hingezogen, wo vielleicht ihr Vater lebte, der sie beweinte und sie wohl niemals zu sehen fürchtete.

Leicht wird man sich den Schmerz vorstellen können, den der Oberst von Kermor bei dem doppelten Schlage empfand, welcher ihn seiner Gattin und seines Kindes beraubte, das er noch nicht einmal kannte. Im Kriegsgetümmel des Jahres 1871 hatte er ja gar nicht erfahren, daß Frau von Kermor sich entschlossen hatte, Martinique zu verlassen, um zu ihm zu kommen. Er wußte also auch nicht, daß sie an Bord des »Norton« gegangen war. Und als er es erfuhr, ging ihm gleichzeitig die Nachricht von dem schrecklichen Schiffsunfalle zu. Vergeblich ließ er überall Nachfragen anstellen. Sie ergaben nichts anderes als die Gewißheit, daß seine Gattin und sein Töchterchen mit der Mehrzahl der Passagiere und Mannschaften des Paketbootes zugrunde gegangen wären.

Die Trauer des Oberst von Kermor kannte keine Grenzen. Er verlor ja gleichzeitig die angebetete Lebensgefährtin und ein Kind, das von ihm noch nicht den ersten Kuß bekommen hatte. Die Wirkung dieses zweifachen Unglücks auf ihn war so mächtig, daß er den Verstand zu verlieren fürchtete; er erkrankte auch so schwer, daß die Familie von Kermor ohne die sorgsame Pflege seines alten Soldaten, des Sergeanten Martial, vielleicht mit ihm ausgestorben wäre.

Der Oberst überstand zwar die Krankheit, seine Genesung zog sich aber sehr lange hin. Da er sich jedoch einmal entschlossen hatte, auf seinen Beruf, der der Ehrgeiz seines ganzen Lebens gewesen war und ihm noch eine glänzende Zukunft in Aussicht stellte, zu verzichten, erbat er sich 1873, als er nur vierundvierzig Jahre zählte und in der Vollkraft des Lebens stand, seine endgültige Entlassung.

Seit er diese erhalten hatte, lebte der Oberst von Kermor höchst zurückgezogen in einem bescheidenen Landhause von Chantenay-sur-Loire, in der Nähe von Nantes. Er empfing keinen Freund mehr und hatte als einzigen Gesellschafter den Sergeanten Martial, der gleichzeitig mit ihm den Dienst im Heere aufgab. Er war nur noch ein unglücklicher Verlassener nach einem Schiffbruche an menschenleerer Küste – nach einem Schiffbruche, der ihm alle irdischen Beziehungen geraubt hatte.

Zwei Jahre später verschwand der Oberst von Kermor gänzlich. Eine Reise vorschützend, verließ er Nantes, und ohne Nachricht über ihn erhalten zu können, wartete der Sergeant Martial vergebens auf seine Rückkehr. Zehntausend Franc Renten, die Hälfte seines Vermögens, hatte er dem ergebenen Waffengefährten zurückgelassen, und dieser bekam sie von dem Notar der Familien pünktlich ausgezahlt. Die andre Hälfte hatte der Oberst von Kermor flüssiggemacht und mitgenommen... wohin?... das sollte vorläufig ein undurchdringliches Geheimnis bleiben.

Die Schenkungsurkunde zugunsten des Sergeanten Martial war von einem Schreiben folgenden Wortlautes begleitet:

»Ich sage hiermit ein letztes Lebewohl meinem braven Soldaten, mit dem ich, was mir noch gehört, teilen will. Er suche nicht, mich aufzufinden – es würde verlorene Mühe sein. Ich bin tot für ihn, für meine Freunde, tot für die Welt so wie alle die Wesen, die ich auf Erden am innigsten geliebt habe.«

Weiter enthielt das Schreiben nichts.

Der Sergeant Martial wollte indes nicht daran glauben, daß er seinen Oberst niemals wiedersehen sollte. Er veranlaßte mehrfache Schritte, um zu entdecken, in welchem Lande, fern von allen, die ihn gekannt und denen er ein Lebewohl für immer gesagt hatte, er seine verzweifelte Existenz wohl begraben hätte.

Inzwischen wuchs das kleine Mädchen in der Familie ihrer Adoptiveltern heran. Ein Dutzend Jahre verliefen, ehe es den Eridias gelang, einige Aufklärung über die Angehörigen des Kindes zu erhalten. Endlich erfuhren sie aber, daß eine Frau von Kermor, die sich damals unter den Passagieren an Bord des »Norton« befunden hatte, die Mutter Jeannes gewesen sei und daß deren Gatte, der Oberst gleichen Namens, noch lebte.

Das Kind war jetzt zu einem Mädchen von vierzehn Jahren geworden, das sich zu einer reizenden Erscheinung zu entwickeln versprach. Gut unterrichtet, ernsthaft und von lebhaftem Pflichtgefühl beseelt, verriet sie eine für ihr Alter und Geschlecht ungewöhnliche Willenskraft.

Die Eridias glaubten sich nicht berechtigt, ihr die zuletzt erhaltenen Nachrichten zu verheimlichen, und von diesem Tage an schien es, als ob eine wirkliche Offenbarung über sie gekommen wäre. Sie hielt sich für berufen, ihren Vater wiederzufinden. Dieser Glaube beherrschte alle ihre Gedanken, er nahm sie so sehr gefangen, daß er eine sichtbare Veränderung ihres ganzen Wesens hervorbrachte. So glücklich sie sich sonst auch fühlte, so liebevoll sie in dem Hause, in dem sie ihre Kindheit verbracht hatte, behandelt worden war, lebte sie doch nur noch in dem Gedanken, den Oberst von Kermor aufzusuchen. Bekannt war bisher nur, daß dieser sich in der Bretagne in die Nähe seiner Vaterstadt Nantes zurückgezogen hatte. Nun schrieb man dahin, ob er auch jetzt noch daselbst weile. Wie niederschmetternd lautete für das junge Mädchen aber die Antwort, die sie belehrte, daß ihr Vater schon seit einer Reihe von Jahren spurlos verschwunden sei.

Da erbat sich Fräulein von Kermor von ihren Adoptiveltern die Erlaubnis, nach Europa zu reisen. Sie wollte nach Frankreich, nach Nantes, gehen, dort werde es ihr gelingen, die angeblich verlorengegangenen Spuren ihres Vaters zu entdecken. Wo die Bemühungen fremder Personen scheiterten, konnte ja eine Tochter, die sich mehr durch natürlichen Instinkt leiten ließ, immer noch Erfolg haben.

Kurz, die Eridias stimmten, wenn auch ohne einen Funken von Hoffnung, ihrer Abreise zu und verpflichteten sie nur, zurückzukehren, wenn sich ihre Nachforschungen als vergeblich erwiesen. Fräulein von Kermor verließ also Havanna und traf nach glücklicher Überfahrt in Nantes ein, wo sie nur den Sergeanten Martial fand, der über das Schicksal seines Oberst noch ebenso im unklaren war wie früher.

Nun male man sich die Gemütsstimmung des alten Soldaten aus, als dieses Kind, das man bei dem Unfalle des »Norton« mit umgekommen glaubte, die Schwelle des Hauses in Chantenay überschritt. Er wollte es erst nicht für wahr halten und mußte es schließlich doch glauben. Die Gesichtszüge Jeannes erinnerten ihn an die ihres Vaters, an seine Augen, an den ganzen Gesichtsausdruck, kurz, an alles, was man an Ähnlichkeiten durch Bluterbschaft zu sehen gewöhnt ist. So nahm er denn das junge Mädchen gleich einem Engel auf, den ihm sein Oberst aus jener Welt geschickt habe.

Zu jener Zeit hatte er freilich schon jede Hoffnung aufgegeben, zu erfahren, nach welchem Lande sich der Oberst von Kermor in seiner verzweifelten Trauer geflüchtet hätte.

Jeanne entschloß sich sofort, das väterliche Haus nicht gleich wieder zu verlassen. Das Vermögen, das der Sergeant erhalten hatte und das er ohne Verdenken bereit war, ihr wieder abzutreten, wollten beide dazu verwenden, erneute Nachforschungen anzustellen.

Vergeblich bemühte sich die Familie Eridia, Fräulein von Kermor zur Rückkehr zu ihr zu bewegen; sie mußte sich schließlich in die Trennung von ihrer Adoptivtochter fügen. Jeanne dankte ihren Wohltätern für alles, was diese für sie getan hatten, und bewahrte die wärmste Erkenntlichkeit für die, die sie vor Ablauf einer langen Zeit voraussichtlich nicht wiedersehen sollte. Für sie war aber der Oberst von Kermor noch am Leben, und das ließ sich vielleicht auch annehmen, da eine Nachricht von seinem Ableben weder dem Sergeanten Martial noch einem seiner in der Bretagne zurückgelassenen persönlichen Freunde zugegangen war. Sie wollte ihn suchen, wollte ihn auf jeden Fall finden. Der Liebe des Vaters entsprach ganz die Liebe der Tochter, obgleich beide einander noch niemals gesehen hatten. Es verknüpfte sie das Band der Natur, ein so festes Band, daß nichts es sprengen konnte.

Das junge Mädchen blieb mit dem Sergeanten Martial also in Chantenay. Letzterer hörte, daß sie wenige Tage nach ihrer Geburt in Martinique auf den Namen Jeanne getauft worden war, und er setzte diesen Namen wieder an die Stelle dessen, den sie bei der Familie Eridia geführt hatte. Jeanne lebte bei ihm, stets bemüht, die leisesten Anzeichen zu beachten, die es gestattet hätten, den Spuren des Oberst von Kermor nachzugehen.

An wen sollte sie sich aber wenden, um über den Abwesenden die geringste Nachricht zu erhalten? Der Sergeant Martial hatte ja schon alle Mittel erschöpft, in gleichem Sinne Erkundigungen einzuziehen. Und nun war der Oberst von Kermor obendrein ausgewandert, weil er in der Welt ganz allein dazustehen glaubte. Ach, wenn er hätte wissen können, daß seine aus dem Schiffbruche gerettete Tochter im Vaterhause auf ihn wartete!

Mehrere Jahre vergingen. Kein Lichtstrahl hatte das bisherige Dunkel unterbrochen. Ohne Zweifel hätte den Oberst von Kermor auch ein unergründliches Geheimnis noch weiter verhüllt, wenn es nicht unter folgenden Umständen zu einer unerwarteten Offenbarung gekommen wäre.

Der Leser erinnert sich des Briefes, der, vom Oberst unterzeichnet, 1879 in Nantes eingetroffen war. Dieser Brief kam aus San-Fernando de Atabapo in Venezuela, Südamerika. An den Rechtsanwalt, einen Freund der Familie von Kermor gerichtet, bezog er sich nur auf eine rein persönliche Angelegenheit, die dieser regeln sollte. Gleichzeitig empfahl ihm der Absender darin ernstlich, über das Vorhandensein des Briefes unverbrüchliches Stillschweigen zu bewahren. Der Anwalt schied bereits aus dem Leben, als Jeanne von Kermor sich noch in Martinique befand und als noch niemand wußte, daß sie die Tochter des Oberst war. Erst sieben Jahre darauf wurde der Brief, damals schon dreizehn Jahre alt, unter den Papieren des Verstorbenen gefunden. Da beeilten sich seine Erben, die die Geschichte Jeanne von Kermors kannten und ebenso wußten, daß sie sich bei dem Sergeanten Martial aufhielt, wie daß sie alles versucht hatte, auf ihren Vater bezügliche Schriftstücke zu entdecken – ihr von dem Briefe Kenntnis zu geben.

Jeanne von Kermor war inzwischen mündig geworden. Seitdem sie, man könnte sagen, »unter den Mutterflügeln« des alten Waffengefährten ihres Vaters gelebt, hatte sich ihre bei der Familie Eridia erhaltene

Ausbildung unter dem sachlichen und ernsten Unterricht, den die neuere Pädagogik bietet, noch wesentlich vervollkommnet.

Da kann man sich wohl vorstellen, von welch unwiderstehlichem Drange sie erfaßt wurde, als jenes Schriftstück in ihre Hände kam – erbrachte es doch den Beweis, daß der Oberst von Kermor 1879 in San-Fernando geweilt hatte. Und wußte man deshalb auch noch nicht, was später aus ihm geworden wäre, so war es doch eine Andeutung, der so ersehnte Hinweis, auf Grund dessen die ersten Schritte zu seiner Aufsuchung unternommen werden konnten. Jetzt gingen wiederholte Briefe an den Gouverneur von San-Fernando ab... die Antworten lauteten immer gleichmäßig, daß niemand einen Oberst von Kermor kenne oder sich erinnern könne, daß ein solcher nach dem Orte gekommen sei. Und doch war an der Echtheit des Briefes gar nicht zu deuteln.

Unter diesen Umständen erschien es natürlich am ratsamsten, selbst nach San-Fernando zu gehen, und Jeanne faßte ohne Bedenken den Entschluß, nach jener Gegend am obern Orinoco zu reisen.

Fräulein von Kermor war mit der Familie Eridia in ununterbrochenem Briefwechsel geblieben. So teilte sie den Adoptiveltern auch ihre Absicht mit, sich dahin zu begeben, wo es ihr vielleicht möglich wäre, die ersten Spuren von ihrem Vater wieder zu entdecken, und jene konnten sie, trotz der Schwierigkeiten einer solchen Reise, in ihrem Entschlusse nur bestärken.

Doch wenn Jeanne von Kermor diesen offenbar weitaussehenden Plan entworfen hatte, war damit noch gar nicht gesagt, daß auch der Sergeant Martial ihm zustimmen mußte. Er verwarf ihn vielleicht von Anfang an, widersetzte sich der Ausführung dessen, was Jeanne als Pflicht betrachtete, und erhob Widerspruch schon aus Besorgnis vor den Anstrengungen und Gefahren, denen sie sich in den weltfernen Gebieten Venezuelas aussetzte... Viele tausend Kilometer zurückzulegen!... Ein junges Mädchen, das sich in ein so abenteuerliches Wagnis stürzte... nur geführt von einem alten Haudegen... denn eines wußte er: Wenn sie abreiste, würde er sie selbstverständlich begleiten.

»Und doch hat mein guter Martial zuletzt nachgeben müssen«, sagte Jeanne, ihre Mitteilungen beendigend, worin sie den zwei jungen Männern das Geheimnis ihrer Vergangenheit offenbart hatte. »Ja, er hat nun zugestimmt, und das mußte er wohl; nicht wahr, mein alter Freund?«

»Leider hab' ich genügende Ursache, es zu bereuen«, antwortete der Sergeant Martial, »da trotz aller Vorsicht...«

»Unser Geheimnis entdeckt worden ist!« setzte das junge Mädchen lachend hinzu. »Nun da bin ich eben nicht mehr dein Neffe und du bist nicht mehr mein Onkel. Herr Helloch und Herr Paterne werden davon aber keinem Menschen ein Wort sagte; nicht wahr, Herr Helloch?«

»Keinem Menschen, geehrtes Fräulein!«

»Oh, nicht Fräulein, Herr Helloch«, beeilte sich Jeanne von Kermor zu widersprechen; »die gefährliche Gewohnheit, mich so zu nennen, dürfen Sie gar nicht annehmen. Sie würden mich dabei zuletzt verraten. Nein... Jean... nur Jean!«

»Jawohl... Jean... ganz kurz, höchstens der Abwechslung wegen: unser lieber Jean«, sagte Germain Paterne.

»Und jetzt, Herr Helloch, werden Sie sich auch erklären können, was der gute Martial mir angesonnen hatte. Er wurde mein Onkel, ich sein Neffe. Ich habe mir das Aussehen eines jungen Mannes gegeben, mir das Haar abgeschnitten, und in dieser Weise verändert, hab ich mich in Saint-Nazaire nach Caracas eingeschifft. Das Spanische war mir so geläufig wie meine Muttersprache – was im Verlauf der Reise von großem Nutzen sein mußte –, und nun bin ich hier in San-Fernando! Wenn ich aber meinen Vater wiedergefunden habe, kehren wir über Havanna nach Europa zurück. Er muß jedenfalls einen Besuch der edelmütigen Familie abstatten, die so lange seine Stelle an mir vertreten hat und der wir beide so unendlichen Dank schulden!«

In Jeanne von Kermors Augen glänzte eine Träne; sie faßte sich jedoch schnell und fuhr in ihrer Rede fort.

»Nein, lieber Onkel, nein, darüber ist nicht zu klagen, daß unser Geheimnis enthüllt worden ist. Gott hat es gewollt, ebenso wie es sein Wille war, daß wir zwei Landsleute, zwei wohlwollende und ergebene Freunde, unterwegs treffen sollten. Im Namen meines Vaters, meine Herren, danke ich Ihnen aus ganzer Seele für das, was Sie für mich bereits getan haben und noch zu tun willens sind!«

Das junge Mädchen streckte die Hände Jacques Helloch und Germain Paterne entgegen, die sie mit freundschaftlicher Wärme drückten.

Am nächsten Tage nahmen die jungen Leute, der Sergeant Martial und Jean – diesen Namen legen wir ihm auch ferner für alle erforderlichen Fälle bei – Abschied von den Herren Miguel, Felipe und Varinas, die bereits ihre Vorbereitungen trafen, um die beiden Nebenflüsse, den Guaviare und den Atabapo, mit kritischer Brille zu besichtigen. Die beiden Kollegen sahen den jungen Mann nicht ohne lebhafte Besorgnisse, trotz der schützenden Begleitung seiner Landsleute, nach dem Bett des obern Orinoco weiterziehen.

Herr Miguel wünschte ihm indessen von Herzen Glück zu dem Erfolg seiner Fahrt.

»Vielleicht finden Sie, liebes Kind«, sagte er, »uns bei Ihrer Rückkehr hier noch wieder, wenn wir, meine Kollegen und ich, über unsre Streitfrage nicht haben einig werden können.«

Zuletzt verabschiedete sich auch der Gouverneur von San-Fernando und gab ihnen Briefe an die Vorstände der wichtigsten, stromaufwärts gelegenen Ortschaften mit; auch Herr Mirabal hatte sich eingestellt, um Jean noch einmal väterlich zu umarmen – und dann schiffte sich die kleine Gesellschaft auf ihren zur Abfahrt bereitliegenden Piroguen ein.

Selbst viele Einwohner des Ortes strömten herbei, der Abreise beizuwohnen. Hochrufe und Glückwünsche begrüßten die beiden Falcas, als sie vom linken Stromufer abstießen. Nachdem sie um die Felsmassen herumgekommen waren, die sich an der Stelle erheben, wo der Atabapo und der Guaviare ihre Fluten mischen, steuerten sie nach dem Orinoco hinaus und verschwanden bald in der Richtung nach Osten.

Zweites Kapitel

Erste Etappe

Die »Gallinetta« und die »Moriche« wurden wie seit der Abfahrt von Caïcara von den Schiffern Parchal und Valdez befehligt. Mit Parchal und dessen Leuten hatten Jacques Helloch und Germain Paterne wegen der Verlängerung der Fahrt keinerlei Schwierigkeiten gehabt. Für eine Reise von unbestimmter Dauer angeworben, kümmerten sich die wackern Leute sehr wenig darum, ob dabei der Orinoco bis zu seinen Quellen oder irgendeiner seiner Nebenflüsse untersucht werden sollte, wenn sie nur gute Bezahlung erhielten.

Was dagegen Valdez betraf, so mußten mit diesem neue Bedingungen vereinbart werden. Der Indianer sollte ja den Sergeanten Martial und dessen Neffen zunächst nur nach San-Fernando befördern, denn diese hatten nur einen dahin lautenden Vertrag mit ihm abschließen können, da alles Weitere von den Nachrichten abhing, die sie in dem genannten Orte einziehen konnten. Valdez stammte, wie wir wissen, aus San-Fernando, wo er auch seinen Wohnsitz hatte, und nach Verabschiedung vom Sergeanten Martial hatte er darauf gerechnet, mit andern Passagieren, Reisenden oder Händlern, den Strom wieder hinabzufahren.

Der Sergeant Martial und Jean waren nun aber mit der Geschicklichkeit und dem Eifer des Valdez ganz zufrieden gewesen und hätten es herzlich bedauert, sich für den zweiten und gleichzeitig schwierigsten Teil der Fahrt von ihm trennen zu müssen. Sie machten ihm deshalb den Vorschlag, bei der Reise über den obern Orinoco auch ferner auf seiner Pirogue, der »Gallinetta«, zu bleiben.

Valdez ging gern darauf ein. Von den neun Lcuten seiner Mannschaft konnte er freilich nur fünf behalten, während die andern sich für die Kautschukernte verdingen wollten, bei der sie recht hohen Lohn bezogen. Der Führer konnte sie aber glücklicherweise ersetzen, indem er drei Mariquitarer und einen Spanier anwarb, um die Besatzung der »Gallinetta« zu vervollständigen.

Die Mariquitarer, die dem gleichnamigen, in den Gebieten des Ostens hausenden Stamme angehörten, sind vortreffliche Ruderer. Sie kennen auch den Strom gründlich bis einige hundert Kilometer aufwärts von San-Fernando.

Was den Spanier, namens Jorres betrifft, der erst vor vierzehn Tagen im Orte eingetroffen war, so suchte dieser gerade Gelegenheit, nach Santa-Juana zu kommen, wo der Pater Esperante, wie er sagte, es nicht abschlagen würde, ihn in den Dienst der Mission aufzunehmen. Da er nun gehört hatte, daß der Sohn des Oberst von Kermor und in welcher Absicht dieser sich auch nach Santa-Juana begeben wollte, bot sich Jorres sofort als Ruderer und Bootsgehilfe an. Valdez, dem ja noch ein Mann fehlte, ging auf das Anerbieten ein. Der Spanier schien recht geweckter Natur zu sein, obwohl seine harten Züge und ein fast unheimlicher Glanz seiner Augen nicht gerade zugunsten des Mannes sprachen. Übrigens sprach er nur das Nötigste und war jedenfalls nicht mitteilsamer Art.

Hier sei eingeschaltet, daß die Schiffer Valdez und Parchal den Strom schon bis zum Rio Mavaca, einem linksseitigen Nebenflusse, hinaufgefahren waren, d.h. etwa bis dreihundertfünfzig Kilometer unterhalb des Gebirgsstockes der Parima, von dem die ersten Wasseradern des großen Stromes entspringen.

Die Piroguen, die zur Vermittlung des Verkehrs auf dem obern Orinoco dienen, sind gewöhnlich von leichterer Bauart als die auf dem Mittellaufe. Die »Gallinetta« und die »Moriche« schienen indes bei ihren an und für sich beschränkten Abmessungen zu dieser Art Schiffahrt nicht ungeeignet. Sie waren auch sorgfältig untersucht, am Boden frisch kalfatert und überhaupt so gut wie möglich instand gesetzt worden. Im Oktober hat die trockene Jahreszeit noch nicht den größten Tiefstand des Stromes herbeigeführt; er hatte für die beiden Falcas daher immer noch genug Wasser, und da die Reisenden sich auf diesen schon seit zwei Monaten sozusagen eingewohnt hatten, würde sie keiner gern gegen andre vertauscht haben.

Zur Zeit, als Chaffanjon seine berühmt gewordene Reise ausführte, gab es von Stromkarten nur die im ganzen wenig zuverlässige von Codazzi, deren vielfach falsche Angaben der französische Reisende erst berichtigen mußte. So sollte denn jetzt die von Chaffanjon entworfene Karte bei dem zweiten Teile der Fahrt benutzt werden.

Der Wind, eine ziemlich steife Brise, war günstig. Die beiden Piroguen mit ihren festgestellten Segeln glitten, fast in gleicher Linie, schnell dahin. Die Mannschaft, die auf den Vorderteilen in Gruppen zusammenstand, brauchte ihre Arme nicht anzustrengen. Es war schönes Wetter mit leichten, von Westen heranziehenden Wolken am Himmel.

In San-Fernando waren die Falcas frisch verproviantiert worden, und zwar mit gedörrtem Fleisch, Gemüsen, Cassavebrot, Konserven, Tabak, Tafia und Aguardiente, ferner mit Tauschartikeln, wie mit Messern, Äxten, Glaswaren, Spiegeln, Stoffen, doch auch mit Kleidungsstücken, Decken und einem reichlichen Vorrat an Munition. Das war eine weise Vorsicht, denn weiter stromaufwärts wurde es, von den nötigsten Nahrungsmitteln abgesehen, gewiß sehr schwierig, sich derartige Gegenstände zu beschaffen. Was übrigens die Ernährung der Mannschaften betraf, durfte man erwarten, daß die Hammerleßbüchse Jacques Hellochs und die Jagdflinte des Sergeanten Martial dazu genügende Beiträge liefern würden. Auch auf ergiebigen Fischfang war jedenfalls zu rechnen, denn an den Mündungen der zahlreichen Rios, die sich in den Oberlauf des Stromes ergießen, wimmelt es überall von schmackhaften Wasserbewohnern.

Abends gegen fünf Uhr legten die von der Brise getriebenen Piroguen an der äußersten Spitze der Insel Mina fast gegenüber dem Mawa an. Hier wurde ein Wasserschweinspärchen erlegt, und so brauchte weder für die Passagiere noch für die Mannschaften auf den vorhandenen Mundvorrat zurückgegriffen zu werden.

Am nächsten Tage, am 4. Oktober, ging die Fahrt unter ganz gleichen Verhältnissen weiter. Nach Zurücklegung einer fast ganz geraden, zwanzig Kilometer langen Strecke des Orinoco, der die Indianer den Namen Cañon Nube gegeben haben, ankerten die »Moriche« und die »Gallinetta« am Fuße der merkwürdigen Felsen der Piedra Pintada.

Diese bilden den »Bemalten Stein«, dessen Inschriften Germain Paterne vergebens zu entziffern suchte und die übrigens auch zum Teil überflutet wurden. Die reichlichen Niederschläge der Regenzeit erhielten hier noch immer einen die normale Höhe übersteigenden Wasserstand. Jenseits der Mündung des Cassiquiare trifft man noch auf eine andre »Piedra Pintada« mit ganz ähnlichen hieroglyphischen Zeichen – eine Erinnerung an uralte Indianerrassen –, die der Zahn der Zeit verschont hat.

Die Reisenden auf dem Alto Orinoco bringen die Nacht mit Vorliebe auf dem Lande zu. Sobald da unter Bäumen eine Art Lagerplatz hergestellt ist, bringen sie ihre Hängematten an niedrigeren Zweigen an und schlafen ruhig unter dem sternenbesäten Himmel, wenn gerade Sterne flimmern, die dann aber am venezolanischen Firmament immer schön sind. Die Passagiere hatten sich bisher freilich mit dem Obdach, das die Deckhäuser boten, begnügt und hielten es nicht für notwendig, ihre Piroguen zu verlassen.

Wer unter freiem Himmel schläft, ist hier übrigens plötzlichen und heftigen, gerade in dieser Gegend häufigen Regenschauern ausgesetzt und auch noch andern Zufälligkeiten preisgegeben, die ebensowenig angenehmer Art sind.

Die beiden Schiffer Valdez und Parchal sprachen gerade an diesem Abend darüber.

»Wenn man dadurch von den Moskitos verschont bliebe, meinte der erstere, dann wäre ja ein Nachtlager am Lande vorzuziehen. Die Quälgeister sind am Ufer aber ebenso zudringlich wie auf dem Strome.

»Außerdem«, ergänzte Parchal seines Kollegen Rede, »wird man dort noch von Ameisen überfallen, deren Bisse einen fieberhaften Zustand erzeugen können.«

»Sind das nicht die, die man ›Veinte y cuatro‹ nennt?« fragte Jean, der sich durch fleißiges Studium seines Führers vielseitig unterrichtet hatte.

»Ganz recht«, bestätigte Valdez, »und zu jenen gesellen sich noch die Chipitas, kleine Insekten, die einen vom Kopf bis zu den Füßen zerstechen; ferner die Termiten, die so unerträglich sind, daß die Indianer vor ihnen nicht selten aus ihren Hütten entfliehen...«

»Ohne von den Sandflöhen zu reden«, setzte Parchal hinzu, und von den Vampiren, die ihrem Opfer das Blut bis zum letzten Tropfen absaugen...«

»Und die Schlangen nicht zu vergessen«, vervollständigte Germain Paterne diese Liste, »die über sechs Meter lange Culebra mapanare und andre. Gegen sie sind mir die Moskitos doch noch lieber...«

»Und ich mag weder von den einen noch von den andern etwas wissen!« erklärte Jacques Helloch.

Dieser Ansicht schlossen sich alle an. Das Nachtlager an Bord sollte also beibehalten werden, solange kein Unwetter, wie etwa ein plötzlicher Chubasco, die Passagiere nötigte, am Ufer Schutz zu suchen.

Im Laufe des Nachmittags gelang es noch, die Mündung des Rio Ventuari, eines bedeutenden rechtsseitigen Nebenflusses, zu erreichen. Es war kaum um fünf Uhr und blieb also noch zwei Stunden lang tageshell. Auf Anraten des Schiffers Valdez wurde jedoch schon hier haltgemacht, denn oberhalb des Ventuari bietet das von Felsen durchsetzte Flußbett der Schiffahrt ernste Schwierigkeiten, und es wäre unklug gewesen, sich diesen bei Annäherung der Dunkelheit auszusetzen.

Das Abendessen wurde gemeinschaftlich verzehrt. Der Sergeant konnte jetzt, wo Jeans Geheimnis seinen beiden Landsleuten bekannt war, dagegen nichts mehr einwenden. Jacques Helloch und Germain Paterne bewahrten in ihrem Auftreten dem jungen Mädchen gegenüber auch die äußerste Zurückhaltung. Sie hätten sich, vorzüglich Jacques Helloch, ernste Selbstvorwürfe gemacht, wenn sie sich zu sehr aufgedrängt hätten. Bei dem Genannten war das nicht etwa die Folge von Verlegenheit, sondern die einer eigentümlichen Empfindung, die sich in Gegenwart des Fräuleins von Kermor seiner stets bemächtigte. Letzterer konnte das gar nicht entgehen, sie wollte aber darauf nicht besonders achten und benahm sich ebenso ungezwungen und offenherzig wie bisher. Wenn der Abend kam, lud sie die beiden jungen Männer ein, nach ihrer Pirogue herüberzukommen. Dann plauderte die kleine Gesellschaft von den Erlebnissen während der Fahrt, von den Möglichkeiten, die ihnen die nächste Zeit noch bieten könnte, von den Aussichten auf endlichen Erfolg und von den Aufklärungen, die in der Mission von Santa-Juana jedenfalls zu erhalten sein würden.

»Der Name ist schon von guter Vorbedeutung bemerkte Jacques Helloch. »Ja gewiß, von guter Vorbedeutung, weil er auch der Ihrige ist... Fräulein.«

»Herr Jean, wenn ich bitten darf, Herr Jean!« unterbrach ihn das junge Mädchen, während der Sergeant Martial die Brauen drohend zusammenzog.

»Jawohl, Herr Jean!« antwortete Jacques Helloch, nachdem er noch durch eine Handbewegung angedeutet hatte, »daß ihn keiner von der Mannschaft der Falca habe hören können.«

Am laufenden Abend drehte sich das Gespräch um den Nebenfluß, an dessen Mündung die Piroguen sich für die Nacht festgelegt hatten.

Es ist das einer der bedeutendsten Zuflüsse des Orinoco. An einer der stärksten Biegungen seines ganzen hydrographischen Systems, einem fast spitzen, weit vorspringenden Winkel, führt er diesem durch sieben ein Delta bildende Arme eine ungeheure Wassermasse zu. Der Ventuari kommt aus den von Nordost bis Südwest sich ausdehnenden Gebieten her, wird von den unerschöpflichen Quellen der guyanesischen Anden gespeist und bewässert die Landstrecken, die in der Hauptsache von den Macos- und den Mariquitare-Indianern bevölkert sind. Sein Wasserzufluß ist also weit mächtiger als der der linksufrigen Nebenflüsse, die sich nur langsam durch ebene Savannen winden.

Das veranlaßte Germain Paterne, der dabei leicht mit den Schultern zuckte, zu der Bemerkung:

»Nun wahrlich, hier hätten die Herren Miguel, Felipe und Varinas ein würdiges Streitobjekt! Der Ventuari machte ihrem Atabapo und ihrem Guaviare gewiß mit Erfolg den Rang streitig, und wären die Herren hier, so hätten wir zweifellos die Beweisgründe, die sie mit dem Brustton der Überzeugung anzuführen lieben, die ganze Nacht über mit anzuhören.

»Höchstwahrscheinlich«, stimmte Jean ein, »denn dieser Wasserlauf ist der bedeutendste der ganzen Gegend.«

»Wahrhaftig«, rief Germain Paterne, »ich fühle

schon, daß der Dämon der Hydrographie in mein armes Gehirn einzieht. Warum sollte denn der Ventuari nicht der eigentliche Orinoco sein?«

»Wenn du glaubst, daß ich mich auf eine Erörterung dieser Frage einlassen sollte…«, erwiderte Jacques Helloch.

»Und warum nicht? – Sie verdient das ebensogut wie die der Herren Felipe und Varinas…«

»Sage lieber, sie verdient das ebensowenig…«

»Ja warum denn?«

»Weil der Orinoco eben der Orinoco ist und bleibt!«

»Eine hübsche Beweisführung, Jacques!«

»Ihre Anschauung, Herr Helloch«, fragte Jean, »deckt sich also mit der des Herrn Miguel?«

»Vollständig, lieber Jean.«

»Armer Ventuari!« stieß Germain Paterne lachend hervor. »Ich sehe, daß dir keine Aussichten blühen, und gebe dich also auf!«

Die drei Tage des 4., 5. und 6. Oktober erforderten von seiten der Mannschaften eine ganz außerordentliche Anstrengung, entweder beim Schleppen und Aufholen der Fahrzeuge oder bei der Handhabung der Pagaien und der Palancas. Nach der Piedra Pintada mußten die Piroguen sieben bis acht Kilometer weit durch ein Labyrinth von Inseln und Felsblöcken bugsiert werden, was das Fortkommen sehr verlangsamte und erschwerte. Obgleich noch immer eine westliche Brise wehte, konnten die Segel durch diese Irrgänge doch unmöglich benutzt werden. Außerdem stürzte wiederholt ein gewaltiger Regen herab, und die Passagiere mußten daher lange Stunden unter den Deckhäusern aushalten.

Oberhalb jener Felsen folgten sogleich die Stromschnellen von San-Barbara, die die Piroguen aber ohne vorherige Entlastung überwinden konnten. An dieser Stelle sah man nichts von den Ruinen eines alten, von Chaffanjon erwähnten Dorfes, ja es sah aus, als ob dieser Teil des linken Stromufers niemals von seßhaften Indianern besiedelt gewesen wäre.

Erst jenseits der Flußenge von Cangreo konnte die Schiffahrt unter normalen Verhältnissen wiederaufgenommen werden, was den Falcas gestattete, am Nachmittage des 6. Oktober das Dorf Guachapana zu erreichen, wo sie ans Ufer gingen.

Wenn die Schiffer Valdez und Parchal schon hier haltmachten, so geschah es nur, um den Mannschaften einen halben Tag und eine Nacht zum gründlichen Ausruhen zu gönnen.

Guachapana besteht nämlich einzig aus einem halben Dutzend längst verlassener Strohhütten. Das kommt daher, daß die den Platz umgebende Savanne geradezu verpestet ist von Termiten, deren Bauten bis zu zwei Meter hoch sind. Gegen einen solchen Überfall durch jene »Holzläuse« gibt es keine andre Rettung, als ihnen den Platz zu überlassen, und das hatten die Indianer auch getan.

»Das offenbart«, bemerkte Germain Paterne, »die Macht des unendlich Kleinen. Nichts widersteht den winzigen Bestien, wenn sie zu Myriaden auftreten. Eine Bande Tiger oder Jaguare kann man schließlich zurücktreiben, man kann das Land von ihnen säubern, wandert wegen des Raubgesindels aber nicht aus...«

»Wenigstens, wenn man kein Piaroa-Indianer ist«, flocht Jean ein, »denn nach dem, was ich gelesen habe...«

»Ja, ja; doch ergreifen die Piaroas unter solchen Umständen die Flucht mehr aus Aberglauben als aus Furcht«, setzte Germain Paterne hinzu, »während jene Ameisen, jene Termiten ein Land ganz unbewohnbar machen.«

Gegen fünf Uhr glückte es den Leuten von der »Moriche«, eine Schildkröte von der Terecaïe genannten Art zu fangen. Dieser Chelonier diente zur Bereitung einer vortrefflichen Suppe und eines ebenso schmackhaften Fleischgerichts, das die Indianer als »Sancoco« zu bezeichnen pflegen. Außerdem – und das erlaubte, an den mitgeführten Vorräten der Falcas zu sparen – warteten am Saume der nahe gelegenen Wälder Affen, Wasser- und Bisamschweine nur auf einen Flintenschuß, um auf der Tafel der Passagiere zu erscheinen. Ananas und Bananen konnte man überall pflücken. Über das Uferland flatterten geräuschvoll Schwärme von Wildenten, Hoccos (Baumhühner) mit weißlichem Bauche und schwarze wilde Hühner dahin. Das Wasser wimmelte von Fischen, die hier so zahlreich sind, daß die Indianer sie mit Pfeilen töten. Binnen einer Stunde hätten die Boote der Piroguen damit gefüllt werden können.

Nahrungssorgen brauchen sich Reisende auf dem obern Orinoco also niemals zu machen.

Oberhalb Guachapanas beträgt die Breite des Stromes überall nicht mehr als fünfhundert Meter. Trotzdem ist sein Bett häufig von Inseln unterbrochen, die dann »Chorros« erzeugen, heftige Stromschnellen, deren Wellen sich mit belästigendem Ungestüm hinabwälzen. Die »Moriche« und die »Gallinetta« kamen an diesem Tage nicht weiter als bis zur Insel Perro de Aqua, wo sie aber auch erst mit einbrechender Nacht eintrafen.

Vierundzwanzig Stunden später, nach einem sehr regnerischen Tage und häufigen Störungen durch Umspringen des Windes – wodurch es oberhalb der Insel Camucapi sich mittels der Palancas fortzuarbeiten galt –, erreichten die Reisenden die Lagune von Carida.

Früher lag an dieser Stelle ein Dorf, das aber verlassen worden war, als ein Piaroa unter dem Zahne eines Tigers umgekommen war, wie das auch von Chaffanjon bestätigt wird. Der französische Reisende fand in diesem Dorfe übrigens nur wenige Hütten, die damals ein Baré-Indianer bezogen hatte, der minder abergläubisch und auch kein so lächerlicher Prahlhans war wie seine Stammesverwandten. Dieser Baré legte einen Rancho an, den Jacques Helloch und seine Begleiter jetzt in gedeihlichstem Zustande fanden. Der Rancho umfaßte Felder mit Mais, Maniok, nebst Anpflanzungen von Bananen, Tabak und Ananas. Im Dienste des Indianers und seiner Frau standen wohl ein Dutzend Bauern, die in Carida mit jenen im besten Einvernehmen lebten.

Die Einladung des wackern Mannes, sein Anwesen zu besichtigen, konnte man nicht wohl abschlagen. Er kam an Bord der Piroguen, als diese kaum erst angelegt hatten. Als ihm ein Gläschen Aguardiente angeboten wurde, nahm er es nur unter der Bedingung an, daß die Fremden in seiner Hütte ein Glas Tafia trinken und Zigaretten von seinem »Tabori« rauchen würden. Es hätte doch einen schlechten Eindruck gemacht, diese Einladung nicht anzunehmen, und die Passagiere versprachen deshalb, nach dem Mittagsmahle den Rancho aufzusuchen.

Da ereignete sich noch ein kleiner Zwischenfall, dem indes niemand weder besondere Bedeutung beilegte noch solche beilegen konnte.

Eben als er die »Gallinetta« wieder verlassen wollte, blieb der Blick des Baré auf einem von der Mannschaft haften, auf jenem Jorres, den der Schiffer in San-Fernando angeworben hatte.

Der Leser erinnert sich, daß der Spanier dort seine

Dienste nur anbot, weil er sich nach der Mission von Santa-Juana begeben wollte.

Nachdem der Baré ihn mit einer gewissen Neugierde betrachtet hatte, sprach er den Mann direkt an.

»Sagen Sie, guter Freund, hab' ich Sie nicht schon irgendwo gesehen?«

Jorres runzelte ein wenig die Stirn.

»Hier wenigstens nicht, Indianer«, antwortete er hastig, »denn ich bin noch nie nach Euerm Rancho gekommen.«

»Das ist merkwürdig! Bei Carida kommen doch nur wenige Fremde vorbei, und man vergiß ihr Gesicht nicht so leicht, wenn man's auch nur ein einziges Mal gesehen hatte.

»Vielleicht haben Sie mich in San-Fernando getroffen«, erwiderte der Spanier.

»Seit wie lange waren Sie da?«

»Seit... seit drei Wochen.«

»Dann ist das unmöglich, denn ich bin seit reichlich zwei Jahren nicht in San-Fernando gewesen.«

»Dann täuscht Ihr Euch, Indianer; Ihr habt mich noch nie gesehen«, erklärte der Spanier in schroffem Tone, »und ich befahre jetzt zum ersten Male den obern Orinoco.«

»Ich will Ihnen ja glauben«, antwortete der Baré, und doch...«

Hiermit endete das Gespräch, und wenn Jacques Helloch auch dessen Schlußworte hörte, machte er sich doch keinerlei Gedanken darüber. Warum sollte Jorres denn zu verleugnen haben, daß er schon einmal nach Carida gekommen sei, wenn das wirklich der Fall gewesen war?

Valdez konnte den Mann obendrein nur loben, der vor keiner Arbeit, so anstrengend sie auch sein mochte, zurückschreckte und überall ebensoviel Kraft wie Behendigkeit entwickelte. Höchstens konnte man beobachten – ohne ihm daraus einen Vorwurf zu machen –, daß er sich von den andern etwas abgesondert hielt, wenig sprach und dafür mehr auf alles lauschte, was zwischen den Passagieren oder den Mannschaften gesprochen wurde.

Infolge jenes Austausches von Worten zwischen dem Baré und Jorres kam Jacques Helloch indes auf den Gedanken, letzteren zu fragen, aus welchem Grunde er gerade nach Santa-Juana zu gehen beabsichtigte.

Jean, der sich ja lebhaft für alles interessierte, was diese Mission anging, erwartete gespannt die Antwort des Spaniers.

Dieser sagte da sehr einfach und ohne eine Spur von Verlegenheit zu verraten:

»Ich war von Kindheit an für die Kirche bestimmt und bin auch Novize im Kloster der Mercedes in Cadix gewesen. Da packte mich jedoch das Reisefieber; ich habe mehrere Jahre auf Schiffen des Staates gedient. Mit der Zeit wurde ich dessen aber überdrüssig, mein erster Beruf erschien mir wieder verlockender, und deshalb gedachte ich, in eine Mission einzutreten. Vor sechs Monaten befand ich mich in Caracas noch auf einem Handelsschiffe, als ich von der vor mehreren Jahren vom Vater Esperante gegründeten Mission Santa-Juana reden hörte. Da kam mir der Gedanke, in diese einzutreten, denn ich zweifelte keinen Augenblick, in dieser blühenden Anstalt Aufnahme zu finden. So verließ ich denn Caracas und vermietete mich als Ruderer, bald auf der einen, bald auf der andern Falca, bis ich in dieser Weise nach San-Fernando gelangte. Hier wartete ich auf eine Gelegenheit, den obern Orinoco hinaufzufahren, und meine Hilfsmittel, das heißt, was ich während der Reise gespart hatte, waren nahezu erschöpft, als Ihre Piroguen dort am Orte vor Anker gingen. Schnell hatte sich in San-Fernando die Nachricht verbreitet, daß der Sohn des Oberst von Kermor, in der Hoffnung, seinen Vater wiederzufinden, im Begriff stehe, nach Santa-Juana aufzubrechen. Da ich nun auch gehört hatte, daß der Schiffer Valdez einige Leute zur Vervollständigung seiner Mannschaft suchte, bot ich mich ihm an, und so bin ich nun auf der ›Gallinetta‹. Mit Sicherheit kann ich aber behaupten, daß jener Indianer mich noch niemals gesehen hat, denn ich bin zum ersten Male nach Carida gekommen.«

Jacques Helloch und Jean waren verwundert über den wahrhaftigen Ton, mit dem der Spanier sprach; das konnte sie aber nicht überraschen, da sie aus seiner Antwort erfuhren, daß dieser Mann in seiner Jugend eine bessere Erziehung genossen hatte. Sie erklärten sich deshalb bereit, einen Indianer an seiner Stelle zur Hilfeleistung auf der »Gallinetta« anzustellen, ihn aber auf einer der Piroguen als Passagier an Bord zu behalten.

Jorres sprach den beiden Franzosen dafür seinen Dank aus. Einmal jedoch an der Arbeit als Ruderer, die er nun bis zum Rancho von Carida versehen hatte, wollte er diese Stellung auch bis zu den Quellen des Stromes beibehalten.

»Und«, fügte er hinzu, »sollte ich dann nicht in das Personal der Mission eintreten können, so würde ich Sie, meine Herren, bitten, mich in Ihre Dienste und bis San-Fernando wieder mit zurückzunehmen – ja am liebsten bis nach Europa, wenn Sie einst dahin zurückkehren.«

Der Spanier sprach mit ruhiger, doch ziemlich scharfer Stimme, obgleich er diese zu mildern bemüht schien. Der Ton paßte aber zu seinen etwas groben

Zügen, zu dem entschlossenen Gesichtsausdruck, dem großen Kopfe mit schwarzen Haaren, dem dunkeln Teint und zu seinem Munde, dessen schmale Lippen kaum die sehr weißen Zähne bedeckten.

Er zeigte jedoch auch noch eine andre Eigentümlichkeit, die bisher allen entgangen war und die von diesem Tage an von Jacques Helloch vielfach beobachtet wurde: einen ganz seltsamen Blick nämlich, den er zeitweilig auf den jungen Mann richtete. Das legte die Frage nahe, ob er vielleicht das Geheimnis Jeanne von Kermors, von dem doch weder Valdez und Parchal noch einer von den Leuten der Besatzung das geringste ahnten, entdeckt haben könnte.

Dieser Gedanke machte Jacques Helloch recht unruhig und veranlaßte ihn, den Spanier scharf im Auge zu behalten, obgleich weder das junge Mädchen noch der Sergeant Martial irgendwelchen Verdacht geschöpft hatten. Wenn der Verdacht Jacques Hellochs zur Gewißheit werden sollte, würde es ja Zeit sein, entschieden einzugreifen und sich von Jorres zu befreien, der in einem beliebigen Dorfe, etwa bei la Esmeralda, wenn die Piroguen daselbst landeten, ausgesetzt werden konnte. Dafür brauchte ihm auch gar kein Grund angegeben zu werden; Valdez hatte einfach seine Rechnung mit ihm zu begleichen, und er konnte sich dann nach der Mission Santa-Juana durchschlagen, wie es ihm beliebte.

Bezüglich dieser Mission drängte es Jean jedoch, den Spanier über das auszuforschen, was er etwa davon wissen konnte, und so fragte er ihn, ob er wohl den Pater Esperante, bei dem er sich niederlassen wollte, schon kenne.

»Jawohl, Herr von Kermor«, antwortete Jorres nach leichtem Zögern.

»Haben Sie ihn gesehen?«

»Gewiß, in Caracas.«

»Zu welcher Zeit?«

»Im Jahre 1879, wo ich mich an Bord eines Kauffahrers befand.«

»War das das erste Mal, daß der Pater Esperante nach Caracas kam?«

»Ja... das erste Mal... und von da zog er weiter, um die Mission Santa-Juana zu errichten.«

»Was für ein Mann ist er wohl«, mischte sich hier Jacques Helloch ein, »oder vielmehr, was für ein Mann war er damals?«

»Ein Mann in den Fünfzigerjahren, von hohem Wuchs, großer Körperkraft und mit schon ergrauendem Vollbart, der jetzt ganz weiß sein dürfte. Man sah es ihm an, daß er ein entschlossener, energischer Charakter war, wie es im allgemeinen die Missionäre sind, die ihr Leben daran wagen, die Indianer zu bekehren...«

»Ein edler Beruf«, sagte Jean.

»Der schönste, den ich kenne!« erwiderte der Spanier.

Das Gespräch fand mit dieser Antwort sein Ende, auch war die Zeit zum Besuche des Rancho herangekommen. Der Sergeant Martial und Jean sowie Jacques Helloch und Germain Paterne begaben sich ans Ufer und wanderten dann durch die Mais- und Maniokfelder hin nach der Wohnstätte, die der Indianer mit seiner Frau einnahm.

Diese Hütte war sorgfältiger gebaut, als man es sonst bei den Strohhütten der Indianer der Umgegend beobachtet. Sie enthielt einige Möbel, Hängematten, Geräte für den Ackerbau und die Küche, einen Tisch, mehrere als Schrank dienende Körbe und ein halbes Dutzend Schemel.

Der Baré begrüßte seine Gäste, denn seine Frau war

des Spanischen nicht mächtig, das er ganz geläufig sprach. Die Frau war eine eigentlich noch halbwilde Indianerin, die offenbar tief unter ihrem Mann stand.

Letzterer, der auf sein Besitztum etwas stolz zu sein schien, plauderte ausführlich über seinen Betrieb und seine Zukunft und drückte dabei auch sein lebhaftes Bedauern aus, daß seine Gäste den Rancho nicht in dessen ganzer Ausdehnung besichtigen könnten.

Das sollte indes nur aufgeschoben sein, denn er erwartete, daß die Piroguen bei der Rückfahrt hier etwas länger liegenbleiben würden.

Maniokkuchen, vorzügliche Ananasfrüchte, Tafia, den der Baré aus seinem Zuckerrohr selbst bereitete, Zigaretten aus Tabak eigner Ernte, bestehend aus zusammengerollten Tabaksblättern mit einer Tabariumhüllung, alles das wurde freundlichst angeboten und ebenso angenommen.

Nur Jean allein lehnte trotz des Drängens des Indianers die Zigaretten ab und kostete von dem Tafia nicht mehr, als daß er sich mit einigen Tropfen die Lippen benetzte. Das war recht klug und weise von ihm, denn der Likör brannte wie höllisches Feuer. Wenn Jacques Helloch und der Sergeant Martial dabei auch keine Miene verzogen, so konnte Germain Paterne dagegen gleich beim ersten Schluck eine Grimasse nicht unterdrücken, um die ihn die Affenwelt des Orinoco beneidet hätte – was dem Indianer eine angenehme Genugtuung zu bereiten schien.

Die Gäste zogen sich gegen zehn Uhr zurück, und der Baré, dem einige seiner Feldarbeiter folgten, begleitete sie nach den Falcas, deren Mannschaften schon in tiefem Schlafe lagen.

Als sich die Gesellschaft eben trennen wollte, konnte der Indianer es nicht unterlassen, im Hinblick auf Jorres zu sagen:

»Und ich bleibe doch dabei, den Spanier in der Umgebung des Rancho schon früher einmal gesehen zu haben!«

»Warum sollte er das aber nicht zugestehen?« fragte Jean.

»Es wird sich nur um eine auffallende Ähnlichkeit handeln, mein braver Indianer!« begnügte sich Jacques Helloch zu erwidern.

Drittes Kapitel

Zweitägiger Aufenthalt in Danaco

Schon seit achtundvierzig Stunden zeigten sich am östlichen Horizont die Umrisse eines Berges, den die beiden Schiffer Valdez und Parchal für den Cerro Yapacana erklärten. Sie fügten dem auch hinzu, daß dieser Berg von Geistern bewohnt sei, die alljährlich, im Februar und März, auf seinem Gipfel ein mächtiges Feuer auflodern ließen, dessen Widerschein die ganze Gegend erhellt und bis zum Himmel hinanreicht.

Am Abend des 11. Oktober hatten die Piroguen die Stelle erreicht, von wo aus jener vier Kilometer lange, anderthalb Kilometer breite und etwa zwölfhundert Meter hohe Cerro sich am besten überblicken läßt.

In den drei Tagen nach der Abreise von Carida war die von einer beständigen Brise unterstützte Fahrt der Falcas ziemlich schnell und unbehindert verlaufen. Die Reisenden waren dabei an der Insel Luna vorübergekommen und den von dicht mit Palmenhainen bedeckten Ufern eingefaßten Strom hinaufgefahren ohne jede andre Schwierigkeit als die der Passage eines unbedeutenden Raudal, das die »Teufelsbarre«

genannt wird – obwohl sich der Teufel hier keineswegs quer vor den Weg gelegt hat.

Der Cerro von Yapacana steigt aus der Ebene empor, die sich an der rechten Seite des Orinoco hinzieht. Wie bereits Chaffanjon bemerkt hat, zeigt er sich in der Gestalt eines riesenhaften Sarkophags.

»Das erklärt es ja«, bemerkte Germain Paterne, »daß allerlei Feld- und Waldgeister, Gespenster, Hexen und andre Fabelwesen mythologischen Ursprungs sich mit Vorliebe dahin zurückziehen.«

Am linken Ufer, gegenüber dem Cerro und oberhalb der Insel Mavilla, befand sich die Niederlassung eines venezolanischen Handelskommissärs, eines Mestizen namens Manuel Assomption. Der Mann lebte hier mit seiner Gattin, ebenfalls einer Mestizin, und mehreren Kindern – im ganzen eine recht interessante Familie.

Als die Falcas vor Danaco anhielten, was erst in der Dunkelheit erfolgte, war die Fahrt durch eine der »Gallinetta« zugestoßene Havarie etwas verzögert gewesen. Trotz seiner Gewandtheit hatte Valdez es nicht verhindern können, daß seine von einem Wasserwirbel erfaßte Pirogue an einen Felsblock anprallte. Durch den Stoß war ein zum Glück nur kleines Leck entstanden, das schon mit einer mäßigen Menge trocknen Grases wenigstens notdürftig geschlossen werden konnte. Für die weitere Reise mußte die beschädigte Stelle freilich gründlich ausgebessert werden, und dazu bot sich in Danaco günstige Gelegenheit.

Die Passagiere blieben die Nacht über am Fuße des Uferrandes an der Südseite der Insel Mavilla, ohne daß ihre Ankunft dem Kommissär sofort gemeldet worden wäre.

Am nächsten Tage steuerten die Piroguen mit dem ersten Frührot über den schmäleren Arm des Stromes und legten sich an einer Art Schiffbrücke fest, die jedenfalls zur Beladung und Löschung von Fahrzeugen diente.

Danaco war jetzt ein Dorf, nicht mehr ein einfacher Rancho, als welchen es der französische Reisende (Chaffanjon) noch verzeichnet hatte.

Dank der verständnisvollen Tätigkeit Manuel Assomptions war die Ansiedlung in einigen Jahren auffallend gewachsen und versprach bei ihrem blühenden Zustande noch weiter zuzunehmen. Es war von dem Mestizen ein glücklicher Gedanke gewesen, seinen früheren »Sitio« in Guachapana aufzugeben, wo er wegen der geringeren Entfernung San-Fernandos von dem Gouverneur daselbst ärgerlichen Vexationen leicht ausgesetzt war. In Danaco war er nahezu ganz frei, konnte sich seinen Handelsgeschäften nach Belieben widmen, und diese Ungebundenheit hatte denn auch zu recht glücklichen Ergebnissen geführt.

Frühzeitig am Morgen erhielt Manuel Kenntnis von dem Eintreffen der Piroguen. Von einigen seiner Leute begleitet, kam er jetzt herbei, um die Reisenden zu begrüßen.

Auch diese gingen ihm ein Stück entgegen, und Jean hielt es für angezeigt, ihm eines der Empfehlungsschreiben zu überreichen, die der Gouverneur von San-Fernando dem jungen Mann für die Kommissäre am obern Orinoco eingehändigt hatte.

Manuel Assomption nahm den Brief, durchlas ihn, sagte darauf aber mit einigem Selbstbewußtsein:

»Es hätte für mich dieses Briefes nicht bedurft, um Fremden, die in Danaco haltmachen, einen wohlwollenden Empfang zu bereiten. Reisende, und vor allem Franzosen, können stets darauf rechnen, in unsern venezolanischen Dörfern willkommen zu sein.

»Nehmen Sie dafür unsern Dank, Herr Manuel«,

antwortete ihm Jacques Helloch. »Die Ausbesserung einer Havarie, die eine unsrer Falcas erlitten hat, wird uns aber nötigen, achtundvierzig Stunden lang hier liegenzubleiben...«

»Oh, gern acht Tage lang, mein Herr, wenn Sie es wünschen. Danaco steht immer den Landsleuten des Franzosen Truchon offen, dem die Pflanzer am obern Orinoco so viel Dank schuldig sind.«

»Wir wußten im voraus, daß wir hier gute Aufnahme finden würden, Herr Manuel«, bemerkte Jean.

»Und woher wußten Sie das, junger Freund?«

»Weil Sie die Gastfreundschaft, die Sie uns anbieten, schon vor fünf Jahren einem unrer Landsleute, der bis zu den Quellen des Orinoco vordrang, in gleich freundlicher Art erwiesen haben.«

»Ah, Sie sprechen von Herrn Chaffanjon!« rief der Kommissär. »Ja, das war ein kühner Forscher, den ich ebenso wie seinen Begleiter Moussot im besten Andenken habe...«

»Und der sich Ihrer, Herr Manuel, mit aller Wärme erinnert«, fiel Jean ihm ins Wort, »ebenso wie der Dienste, die Sie ihm geleistet haben, wie er sich in seinem Reiseberichte darüber äußert.«

»Besitzen Sie vielleicht dieses Buch?« fragte Manuel mit lebhafter Neugier.

»Gewiß«, antwortete Jean, »und wenn Sie es wünschen, will ich Ihnen gern die betreffenden Stellen übersetzen.«

»Das würde mir viel Vergnügen machen«, versicherte der Kommissär, indem er den Passagieren der Falcas die Hände entgegenstreckte.

In dem betreffenden Berichte wird nicht nur des Herrn Manuel Assomption und seines Anwesens in Danaco rühmlichst gedacht, sondern auch des Herrn Truchon, dem es die Franzosen zu verdanken haben, daß sie am Oberlaufe des Orinoco in so gutem Ansehen stehen.

Der genannte Truchon hatte nämlich vor einigen vierzig Jahren im Gebiete des obern Orinoco eine Ansiedlung gegründet. Vorher verstanden sich die Indianer nun noch gar nicht auf die Gewinnung des Kautschuks; durch das Verfahren, das er einführte, wurde die sehr ausgiebige Ausbeute der betreffenden Bäume dagegen zum reichen Segen für diese entlegenen Landesteile. Daher rührt die gerechtfertigte Beliebtheit des französischen Namens in allen Provinzen, wo jene Kultur die Hauptindustrie bildet.

Manuel Assomption zählte jetzt sechzig Jahre. Er bot das Bild eines noch kraftvollen Mannes mit stark gebräunter Haut, intelligenten Zügen und lebhaften Augen, eines Mannes, der sich, weil er zu befehlen verstand, Gehorsam zu erzwingen wußte, der aber andrerseits gütig, aufmerksam, ja zuvorkommend gegen die in seinem Rancho beschäftigten Indianer war.

Diese gehörten zu den Mariquitarern, zu einer der besten angestammten Rassen Venezuelas, und das Dorf, das er rings um seinen Rancho hatte entstehen lassen, barg eine ausschließlich mariquitarische Bevölkerung.

Nachdem die Passagiere die ihnen von dem Kommissär angebotene Gastfreundschaft angenommen hatten, wurde sofort Auftrag gegeben, mit Ausbesserung der Beschädigungen der »Gallinetta« zu beginnen. Hierzu war es nötig, alles, was sich darauf befand, auszuladen, sie auf das Ufer zu ziehen und umzulegen, um den Boden frisch kalfatern zu können. Mit den Arbeitskräften, die der Kommissär dem Schiffer Valdez dazu zur Verfügung zu stellen versprach, mußte das binnen zwei Tagen beendigt sein.

Es war jetzt um sieben Uhr morgens. Dazu

herrschte ein bedeckter Himmel mit hochziehenden, keinen Regen verkündenden Wolken und eine erträgliche Temperatur, die siebenundzwanzig Zentigrade nicht überstieg.

Alle brachen also in der Richtung nach dem unter dichten Baumkronen versteckten Dorfe auf, das etwa fünfhundert Meter vom linken Ufer entfernt lag.

Manuel Assomption, Jacques Helloch und Jean gingen auf einem ziemlich breiten, geschickt angelegten und gut unterhaltenen Fußwege voraus, und der Sergeant Martial folgte ihnen mit Germain Paterne nach.

Unterwegs erweckte der Kommissär schon die Bewunderung der Reisenden über die vielfältigen Erzeugnisse seines Rancho, dessen Kulturen fast bis zum Strome herabreichten und die starke Bestände von Mango- und Zitronenbäumen, von Bananen, Kakaostauden und Macanillepalmen aufwiesen. Weiter draußen sah man noch höchst fruchtbare Bananengärten, Mais- und Maniokfelder sowie Anpflanzungen von Zuckerrohr und Tabak. Eigentlich lieferten aber die zu den Euphorbiaceen gehörenden Kautschukbäume und Tonkabohnensträuche, die die auch unter dem Namen Sarrapia vorkommenden länglichen Schoten tragen, die wichtigste Ernte der ganzen Besitzung.

»Wenn Ihr Landsmann jetzt wieder zu uns kommen könnte«, wiederholte Manuel öfters, »wie verändert würde er den Rancho von Danaco finden, ganz abgesehen von dem Dorfe, das in weiter Umgebung schon eines der bedeutendsten ist!«

»Auch bedeutender als la Esmeralda?« fragte Jacques Helloch, der damit ein weiter stromaufwärts liegendes Dorf nannte.

»Gewiß, denn diese kleine Ortschaft ist jetzt verlassen«, antwortete der Kommissär, »während Danaco in erfreulicher Weise aufblüht. Sie werden selbst ebenso urteilen, wenn Sie an la Esmeralda vorüberkommen. Dazu sind die Mariquitarer anstellige und fleißige Arbeiter, und Sie können sich durch den Augenschein überzeugen, daß ihre Wohnstätten weit besser hergestellt und eingerichtet sind als die der Mapoyos und der Piaroas des mittleren Orinoco.«

»Nun«, wandte Jacques Helloch ein, »wir haben indes in la Urbana einen Herrn Mirabal kennengelernt...«

»Ich weiß... ich weiß schon«, fiel ihm Manuel Assomption ins Wort, »den Besitzer des Hato von Tigra. Das ist ohne Zweifel ein intelligenter Mann, ich hab' ihn schon mehrfach rühmen gehört. Sein Hato wird sich jedoch niemals zu einem Flecken entwickeln, zu einem solchen erhebt sich aber bald unser Dorf Danaco, bei dem wir in diesem Augenblick angelangt sind.«

Vielleicht war der Kommissär etwas eifersüchtig auf die Erfolge des Herrn Mirabal.

»Und wo sich einmal die Eifersucht einnistet...«, dachte Jacques Helloch recht zur Zeit für sich.

Manuel Assomption hatte bezüglich des Dorfes, von dem er mit berechtigtem Stolze sprach, übrigens nur die Wahrheit gesagt. Zur Zeit bestand Danaco aus etwa fünfzig Wohnstätten, worauf man die Bezeichnung Strohhütten nicht wohl anwenden konnte.

Die kleinen Baulichkeiten bestehen aus einem zylindrisch-konischen Teile, der ein mit Palmenblättern bedecktes Dach trägt, aus dem noch eine an ihrem Fuße mit Pflanzenbüscheln verzierte Spitze hervorragt. Die Wände sind aus fest miteinander verbundenen Zweigen gebildet und mit einer Art Mörtel aus fetter Erde berappt, dem vertiefte Linien das Aussehen von Backsteinmauerwerk verleihen.

Zwei einander gegenüberliegende Türen vermitteln den Eintritt ins Innere, das, statt wie gewöhnlich einen Raum, zwei getrennte Stuben für den Gebrauch ein und derselben Familie bildet und noch ein gemeinschaftliches Zimmer zwischen diesen aufweist. Ein bemerkenswerter Fortschritt gegenüber den gebräuchlichen Indianerhütten, der jede Gemeinsamkeit ausschließt; daneben zeigen die Wohnungen einen gleichen Fortschritt in der wenn auch auf das nötigste beschränkten Ausstattung, die mit ihren Truhen, Tischen, Schemeln, Bastkörben, Hängematten usw. den Ansprch auf eine gewisse Behaglichkeit verrät.

Bei dem Gange durch das Dorf konnten die Reisenden die männliche und die weibliche Bewohnerschaft von Danaco sehen, denn weder Frauen noch Kinder suchten bei ihrer Annäherung zu entfliehen.

Die gutgebauten, kräftig und gesund aussehenden Männer ließen jetzt vielleicht weniger von einer »Lokalfärbung« erkennen als zur Zeit, wo ihre Bekleidung nur aus dem durch einen Gürtel zusammengehaltenen Guayuco bestand. Dasselbe galt für die Frauen, die sich früher mit einer einfachen, großen, mit aus Glasperlen bestehendem Muster verzierten Schürze begnügten, die über den Hüften durch einen Gürtel aus Perlen befestigt war. Jetzt näherte sich ihre Tracht mehr der der Mestizen oder zivilisierten Indianer und verstieß in keiner Weise gegen die Regeln der Schicklichkeit. Bei den Männern fand man übrigens ein Äquivalent für den mexikanischen Poncho, und die Frauen würden doch ihr Geschlecht gänzlich verleugnet haben, wenn sie nicht um Hand und Fußgelenk zahlreiche Spangen oder Armbänder getragen hätten.

Nach etwa hundert Schritten durch das Dorf führte der Kommissär seine Gäste nach links hin, und zwei Minuten darauf standen sie vor der Hauptwohnung

Danacos.

Vergegenwärtige man sich darunter ein Doppelhaus oder vielmehr zwei aneinandergefügte, doch im Innern verbundene Wohnstätten, die sich auf ihrem Unterbau ziemlich hoch erhoben und deren Mauern Fenster und Türen hatten. Sie waren von einem Gehege aus Flechtwerk umgeben, durch Pallisaden noch weiter geschützt und hatten an der Front einen geräumigen Vorhof. Kräftige Bäume spendeten ihnen Schatten, und auf beiden Seiten derselben standen besondere Schuppen, worin die Ackergeräte untergebracht wurden, oder Ställe zur Aufnahme der Haustiere.

Der Empfang fand im ersten Raume einer der beiden Wohnhäuser statt, worin sich schon die Gattin Manuel Assomptions mit ihren zwei Söhnen aufhielt, sie eine Mestizin von einem Indianer und einer Brasilianerin, die Söhne ein Paar kräftige Erscheinungen von fünfundzwanzig und von dreißig Jahren, auch von weniger dunklem Teint als ihr Vater und ihre Mutter.

Jacques Helloch und seine Begleiter wurden hier ungemein herzlich aufgenommen. Da die ganze Familie spanisch verstand und geläufig sprach, kam eine Unterhaltung bald und ohne Schwierigkeiten in Gang.

»Und zunächst«, wandte sich Manuel an seine Gattin, »werden, da die ›Gallinetta‹ hier achtundvierzig Stunden in Reparatur liegt, der Sergeant und sein Neffe bei uns wohnen. Mache ihnen ein Zimmer oder zwei zurecht.«

»Zwei, wenn ich bitten darf«, sagte eiligst der Sergeant Martial.

»Gut, recht gern zwei«, antwortete der Kommissär, »und wenn Herr Helloch und sein Freund auch im Rancho zu übernachten wünschen...«

»Nein, besten Dank für Ihre Freundlichkeit, Herr Manuel«, erklärte Germain Paterne. »Unsre Pirogue, die ›Moriche‹, ist im besten Zustande, und um Ihnen nicht zu viele Mühe zu machen, werden wir heute abend an Bord zurückkehren.«

»Wie es Ihnen beliebt, meine Herren«, erwiderte der Kommissär. »Sie würden uns nicht im mindesten belästigen, wir wollen Sie in Ihren Entschließungen aber auch nicht beschränken.«

Dann richtete er das Wort an seine beiden Söhne:

»Wir werden einige unsrer besten Leute hinschikken müssen, um den Mannschaften der Falcas zu helfen.«

»Oh, wir beteiligen uns auch gleich selbst an der Arbeit«, antwortete der ältere der beiden Brüder.

Er äußerte diese Worte unter einer gleichzeitigen respektvollen Verbeugung vor Vater und Mutter, ein Beweis von Ehrerbietung, dem man in venezolanischen Familien fast überall begegnet.

Nach dem Frühstück, wobei es Wild, Früchte und Gemüse in großer Menge gab, fragte Herr Manuel seine Gäste nach dem Zwecke ihrer Reise. Bisher wurde der obere Orinoco kaum von andern besucht als von vereinzelten Kaufleuten, die sich meist nur bis zum Cassiquiare, stromaufwärts von Danaco, begaben. Noch weiter hinauf hörte auch der Handelsverkehr auf dem Strome gänzlich auf, und nur Forschungsreisenden konnte der Gedanke kommen, auch noch bis zu den Quellen vorzudringen.

Der Kommissär erstaunte deshalb nicht wenig, als Jean ihm die Veranlassung zu dieser Reise mitgeteilt hatte, bei der ihn seine beiden Landsleute freiwillig begleiteten.

»Sie stehen also im Begriff, Ihren Vater zu suchen?« fragte er mit sichtlicher Rührung, die seine Söhne und seine Gattin offenbar teilten.

»Ja, Herr Manuel, und wir hoffen, in Santa-Juana

seine Spur wiederzufinden.«

»Sie haben nicht zufällig von dem Oberst von Kermor reden hören?« wandte sich Jacques Helloch jetzt an den Herrn des Hauses.

»Niemals ist ein solcher Name an mein Ohr gedrungen.«

»Und Sie waren doch«, fragte Germain Paterne, auch schon vor zwölf Jahren in Danaco ansässig?«

»Nein, zu jener Zeit wohnten wir noch im Sitio von Guachapana; es ist aber nichts davon zu unrer Kenntnis gekommen, daß man dort von der Ankunft eines Oberst von Kermor gesprochen hätte.«

»Und doch kann man«, warf der Sergeant Martial ein, der von diesem Gespräch genug verstand, um sich daran zu beteiligen, »zwischen San-Fernando und Santa-Juana keinen andern Weg einschlagen als den auf dem Orinoco.«

»Das ist wenigstens der bequemste und der kürzeste«, antwortete Herr Manuel. »Der Reisende setzt sich dabei weniger Gefahren aus, als wenn er durch die von Indianern bewohnten Gebiete im Innern ginge. Hat sich der Oberst von Kermor nach den Quellen des Stromes begeben, so ist er diesen ebenso hinaufgefahren, wie Sie es vorhaben.«

Als er sich in dieser Weise äußerte, zeigte Manuel Assomption doch, daß die Sache auch ihm nicht ganz gewiß erschien. Es war ja zu auffallend, daß der Oberst von Kermor, als er sich nach Santa-Juana begab, bei seiner Fahrt auf dem Orinoco von San-Fernando aus gar keine Spuren hinterlassen hätte.

»Haben Sie, Herr Manuel«, fragte da Jacques Helloch, die Mission jemals besucht?«

»Nein; nach Osten zu bin ich nie über die Mündung des Cassiquiare hinausgekommen.«

»Oder haben Sie gelegentlich von Santa-Juana reden gehört?«

»Ja, als von einer Niederlassung, die dank der Arbeitsfreudigkeit ihres Chefs recht gut aufblühen soll.«

»Sie kennen den Vater Esperante nicht?«

»O doch... ich hab' ihn einmal gesehen... vor etwa drei Jahren. Er war in Angelegenheiten der Mission den Fluß heruntergekommen und hat sich damals einen Tag in Danaco aufgehalten.«

»Was für ein Mann ist es, dieser Missionar?« fragte der Sergeant Martial.

Der Kommissär entwarf von dem Pater Esperante ein Bild, das ganz den Aussagen des Spaniers Jorres entsprach. Es war also sicher, daß dieser, wie er damals behauptete, den Missionar in Caracas getroffen hatte.

»Und seit seinem Erscheinen in Danaco«, fuhr Jean fort, »haben Sie mit dem Pater Esperante in keinerlei Verbindung gestanden?«

»Nein, niemals«, erklärte Herr Manuel. »Wiederholt hab' ich dagegen von Indianern, die aus dem Osten kamen, gehört, daß Santa-Juana sich Jahr für Jahr vergrößere. Es ist ein lobenswertes Liebeswerk, dem sich jener Missionär zu Ehren der Menschheit widmet.«

»Gewiß, Herr Kommissär«, ließ sich Jacques Helloch vernehmen, »und es ehrt auch das Land, das solche Männer hervorbringt. Ich bin überzeugt, daß wir beim Pater Esperante den besten Empfang finden werden.«

»Ganz zweifellos«, erwiderte Herr Manuel, »er wird Sie aufnehmen, als ob Sie seine Landsleute wären. Derselbe Empfang hätte des Herrn Chaffanjon gewartet, wenn dieser je nach Santa-Juana gekommen wäre.«

»Und möchte uns dort«, setzte Jean hinzu, »endlich

Nachricht werden, die uns auf die Spuren meines Vaters führte!«

Am Nachmittage mußten die Gäste des Kommissärs dessen Rancho besuchen, seine gutbearbeiteten Felder und wohlunterhaltenen Anpflanzungen besichtigen und seine Wälder – worin er gegen die so schädlichen Affen einen unausgesetzten Vernichtungskrieg führte – und die von weidenden Herden bevölkerten Wiesengründe durchstreifen.

Eben jetzt war die Kautschukernte in vollem Gange – dieses Jahr etwas vorzeitig, denn gewöhnlich beginnt sie erst im November und dauert dann bis Ende März.

»Wenn es für Sie Interesse hat, meine Herren«, sagte darüber Herr Manuel, »so zeige ich Ihnen morgen, wie es bei dieser Ernte zugeht.«

»Es wird uns ein großes Vergnügen bereiten«, versicherte Germain Paterne, »und ich hoffe, dabei zu lernen...«

»Unter der Bedingung, daß Sie sehr frühzeitig aufstehen«, fiel ihm der Kommissär ins Wort. »Meine Gomeros gehen mit Tagesanbruch an die Arbeit.«

»Wir werden sie nicht warten lassen, verlassen Sie sich darauf«, erklärte Germain Paterne. »Dir paßt es doch, Jacques?«

»Ich werde zur richtigen Zeit bereit sein«, versprach Jacques Helloch. »Und Sie, lieber Jean?«

»Ich werde diese Gelegenheit nicht verfehlen«, antwortete Jean, »und wenn mein Onkel etwa noch schliefe...«

»So wirst du mich wecken, lieber Neffe, ja ich erwarte bestimmt, daß du mich dann weckst!« fiel der Sergeant Martial ein. »Da wir einmal ins Land des Kautschuks gekommen sind, ist es nur recht und billig, auch kennenzulernen...«

»Wie man das Gummielastikum gewinnt, Sergeant, das Gummielastikum!« rief Germain Paterne.

Damit ging es endlich nach der Wohnung zurück, nach einem Spaziergange, der den ganzen Nachmittag gedauert hatte.

Das Abendessen versammelte die Gäste des Kommissärs wieder an der Tafel. Das Gespräch dabei drehte sich in der Hauptsache um die Reise und deren Zwischenfälle seit der Abfahrt von Caïcara, um die Massenwanderung der Schildkröten und das Auftreten des Chubasco, wodurch die Piroguen und das Leben der Passagiere so ernstlich gefährdet worden waren.

»Diese Chubascos sind in der Tat entsetzlich«, sagte Herr Manuel, »und auch der obere Orinoco bleibt davon nicht verschont. Was die Einfälle von Schildkröten angeht, so haben wir solche in unserm Landesteile nicht zu befürchten, denn hier finden sich keine geeigneten Strandflächen zum Ablegen der Eier, und jene Tiere trifft man nur vereinzelt an.«

»Oh, sagen Sie ihnen nichts Schlechtes nach!« meldete sich Germain Paterne. »Ein richtig zubereiteter Sancoco von Schildkröten ist etwas Ausgezeichnetes. Nur durch diese Tiere und – wer möchte es glauben? – durch die Affen ist einem bei der Fahrt auf Ihrem Strome eine leckere Mahlzeit ermöglicht.«

»Das ist ja richtig«, stimmte der Kommissär zu. »Doch um auf die Chubascos zurückzukommen, so hüten Sie sich davor, meine Herren. Sie treten ebenso plötzlich und ebenso heftig oberhalb wie unterhalb San-Fernandos auf, und Herrn Helloch, lieber Herr Jean, sollte besser nicht zum zweiten Male die Gelegenheit, Sie zu retten, geboten werden.«

»Ganz recht... ganz recht!« rief der Sergeant Martial, der diesen Gesprächsgegenstand nicht sonderlich liebte. »Wir werden auf die Chubascos achten, Herr Kommissär, wir werden sie schon überwachen!«

Da schlug Germain Paterne ein andres Thema an und sagte:

»Haben wir denn unsre Reisegefährten schon so gänzlich vergessen, daß wir Herrn Manuel gegenüber gar nicht von ihnen reden?«

»Wahrhaftig«, antwortete Jean, »den ehrenwerten Herrn Miguel... und die Herren Felipe und Varinas.«

»Wer sind die Herren, die Sie eben nannten?« erkundigte sich der Kommissär.

»Drei Venezolaner, mit denen wir die Fahrt von Ciudad-Bolivar nach San-Fernando zusammen gemacht haben.«

»Einfache Reisende?« fragte Herr Manuel.

»Und auch Gelehrte«, erklärte Germain Paterne.«

»Und was wissen sie, die gelehrten Herren?«

»Sie würden besser tun, zu fragen, was sie nicht wissen«, bemerkte Jacques Helloch.

»Nun, was wissen sie denn nicht?«

»Sie wissen nicht, ob der Strom, woran Ihr Rancho liegt, der Orinoco ist.«

»Alle Wetter«, rief Herr Manuel, »sie erkühnten sich, das zu bezweifeln?«

»Der eine, Herr Filipe, behauptet, daß der eigentliche Orinoco dessen Nebenfluß, der Atabapo, sei, und der andre, Herr Varinas, hält den Guaviare für den richtigen Hauptstrom.«

»Das ist ja die reine Frechheit!« polderte der Kommissär hervor. »Sapperment, der Orinoco sollte nicht der Orinoco sein!«

Er war wirklich wütend, der würdige Herr Manuel Assomption, und seine Gattin wie seine beiden Söhne teilten seinen Ingrimm. Ihre Eigenliebe war tief verletzt in dem, was ihrem Herzen am nächsten lag, in ihrem Orinoco, d.h. dem »Großen Wasser« oder – in der Tamanaquensprache – dem »Könige der Ströme«.

Jetzt mußte nun näher erklärt werden, was Herr Miguel und seine beiden Kollegen in San-Fernando vorhatten und welchen Untersuchungen – die gewiß von stürmischen Auseinandersetzungen begleitet wurden – sie sich in der nächsten Zeit widmen wollten.

»Welche Ansicht vertritt denn jener Herr Miguel?« fragte der Kommissär.

»Er ist der Meinung«, antwortete Germain Paterne, »daß der Fluß, auf dem wir von San-Fernando nach Danaco gekommen sind, der wirkliche Orinoco sei.«

»Der aus dem Gebirgsstock der Parima hervorbricht!« setzte der Kommissär mit laut schallender Stimme hinzu. »Nun, Herr Miguel möge nur zu uns kommen, er wird mit aller Herzlichkeit empfangen werden. Die beiden andern mögen sich's aber nicht einfallen lassen, im Rancho Rast machen zu wollen; wir würden sie in den Strom werfen, und von dessen Wasser könnten sie genug verschlucken, sich zu überzeugen, daß es das des Orinoco ist!«

Es war gar lustig, Herrn Manuel mit solcher Lebhaftigkeit reden und so furchtbare Drohungen ausstoßen zu hören. Doch von jeder Übertreibung abgesehen: Der Besitzer des Rancho hielt auf seinen Strom und hätte ihn wohl bis aufs Äußerste verteidigt.

Gegen zehn Uhr abends verabschiedeten sich Jacques Helloch und sein Begleiter von der Familie Asomption, sagten dem Sergeanten Martial und Jean gute Nacht und begaben sich nach ihrer Pirogue zurück.

Unwillkürlich oder infolge einer Art Vorgefühls richteten sich die Gedanken Jacques Hellochs auf Jorres. Es unterlag keinem Zweifel, daß dieser Spanier den Pater Esperante gekannt hatte und ihm in Caracas oder sonstwo begegnet war, da er ihn ganz so, wie eben jetzt Herr Manuel, geschildert hatte. Man konnte den Mann also nicht wohl beschuldigen, ein Zusammentreffen mit dem Missionar nur erfunden zu haben, um sich den Fahrgästen der Piroguen, die nach Santa-Juana wollten, aufzudrängen.

Dem entgegen stand freilich die Aussage des Baré-Indianers, der ja behauptete, daß Jorres bereits den Orinoco, mindestens bis zum Rancho von Carida, hinaufgekommen sei, und er blieb dabei, auch trotz der Verneinungen des Spaniers. Fremdlinge, die durch die Gebiete des mittleren Orinoco kommen, sind nun nicht so zahlreich, daß man so leicht eine Verwechslung der Personen begehen könnte, wenn das auch einem Eingebornen gegenüber vielleicht am ehesten anzunehmen wäre. War es wirklich der Fall, hier, wo es sich um diesen Spanier mit dem so leicht wieder erkennbaren Gesicht handelte?...

Wenn Jorres aber schon nach Carida und folglich auch nach den Dörfern und Sitios unterhalb desselben gekommen war, warum leugnete er das? Welche Gründe hatte er, es zu verheimlichen? Was konnte es ihm bei denen schaden, die er nach der Mission Santa-Juana begleitete?

Vielleicht täuschte sich der Baré aber doch. Wenn einer sagte: »Ich hab' Euch hier gesehen!«, und ein andrer sagt: »Ihr könnt mich hier nicht gesehen haben, da ich niemals hierher gekommen bin!«, kann der Irrtum nicht wohl bei dem zweiten liegen.

Und dennoch wollte die Sache Jacques Helloch nicht aus dem Kopfe. Zwar flößte sie ihm keine Besorgnis um seiner selbst willen ein, doch alles, was die Reise der Tochter des Oberst von Kermor betraf, was sie verzögern oder ihren Erfolg gefährden konnte, beschäftigte, beunruhigte und erregte ihn mehr, als er sich selbst zugestehen wollte.

Diese Nacht schlief er erst spät ein, und am nächsten Morgen mußte Germain Paterne ihn noch mit einem freundschaftlichen Rippenstoß wecken, als die Sonne schon etwas über den Horizont aufgestiegen war.

Viertes Kapitel

Die letzten Ratschläge des Herrn Manuel Assomption

Kaum dürfte es nötig sein, hier bei den Empfindungen Jacques Hellochs seit jenem Tage zu verweilen, wo Jeanne anstelle Jeans getreten war, seit dem Tage, wo die Tochter des Oberst von Kermor, nachdem sie vom Tode gerettet worden war, sich nicht mehr unter der Maske eines Neffen des Sergeanten Martial verstekken konnte.

Es ist wohl erklärlich, daß die Natur dieser Gefühle Jeanne von Kermor nicht entgehen konnte, zählte sie doch bereits zweiundzwanzig Jahre, wenn sie auch die Verkleidung als junger Mann erst als siebzehn Sommer alt erscheinen ließ.

Germain Paterne, der, wenn man seinem Gefährten glauben durfte, »von solchen Dingen nichts verstand«, hatte übrigens recht wohl bemerkt, welche immer zunehmenden Veränderungen im Herzen Jacques Hellochs vor sich gingen. Hätte er jetzt diesem gerade ins Gesicht gesagt: »Jacques, du liebst Fräulein Jeanne von Kermor!«, so wäre es sehr fraglich gewesen, ob Jacques zu antworten gewagt hätte: »Mein armer Junge, von solchen Dingen verstehst du ja nichts!«

Germain Paterne wartete auch nur auf eine passende Gelegenheit, sich ihm darüber auszusprechen, und wäre es auch nur zu dem Zwecke, mit seiner eignen Person für die Ehre der Naturforscher, Botaniker und andrer Gelehrten einzutreten, die für die süßesten Empfindungen des Herzens gar nicht so unempfänglich sind, wie es die böse Welt zu behaupten liebt.

Welchen Gedanken gab sich aber erst der Sergeant Martial hin, wenn er sich die verschiedenen Zufälligkeiten, die sich bisher ereignet hatten, vor Augen führte, wenn er sein Geheimnis entdeckt, seinen Plan gescheitert sah, wenn er sich sagen mußte, daß alle seine fein ausgesonnenen Vorsichtsmaßregeln durch jenen verwünschten Chubasco zerstört worden waren und daß seine Stellung als Onkel Jean von Kermors unwiderruflich erschüttert war, da man diesen Neffen als eine Nichte erkannt hatte, zu der er nicht einmal in dem Verhältnisse eines Onkels stand!

Natürlich war er wütend – wütend gegen sich selbst und gegen alle andern. Jean hätte bei dem plötzlichen Sturme nicht in den Strom fallen dürfen, und er hätte sich ihm nachstürzen sollen, statt seine Rettung einem Dritten zu überlassen. Jacques Hellochs Sache war es ja gar nicht gewesen, ihm Hilfe zu bringen! Was ging ihn denn die Sache an? Und doch hatte er recht daran getan, denn ohne ihn wäre er... nein, sie... jedenfalls ums Leben gekommen. Freilich durfte man hoffen, daß das keine weiteren Folgen haben werde. Das Geheimnis war sorgsam gehütet worden. Wenn er sich das zurückhaltende Benehmen des Retters Jeannes vergegenwärtigte, glaubte der Sergeant Martial sich beruhigen zu dürfen, und sein Oberst würde ihm, wenn sie sich Auge in Auge gegenüberstanden, keinerlei Vorwürfe zu machen haben.

Armer Sergeant Martial!

Sehr frühzeitig wurde er von Jean geweckt, den Herr Manuel und seine Söhne schon vor dem Hause erwarteten.

Fast gleichzeitig trafen die beiden Franzosen ein, die ihre Pirogue eine Viertelstunde vorher verlassen hatten.

Man sagte einander guten Tag. Jacques Helloch meldete, daß die Ausbesserung der »Gallinetta« gut vorwärtsschreite und die Falca am folgenden Morgen wieder weiterfahren könne.

Nun ging es sofort nach den Feldern hinaus, wo die Gomeros schon versammelt waren.

Diese »Felder« sind eigentlich Wälder, worin bestimmte Bäume, ganz wie beim Baumfällen, vorher bezeichnet sind. Hier handelte es sich freilich nicht darum, sie umzulegen, sondern nur darum, ihre Rinde zu ritzen, sie, wie man in Australien von den Milchbäumen sagt, zu »melken«.

In Begleitung seiner Gäste betrat Herr Manuel die seltsamen Gruppen von Kautschukbäumen grade zur Zeit, als die Gomeros ihre Arbeit begannen.

Der wißbegierigste unter den Besuchern, der, der sich in seiner Eigenschaft als Botaniker vorzüglich für das hier geübte Verfahren interessierte, war – wen könnte das überraschen? – natürlich Germain Paterne. Er beobachtete die Arbeit mit größter Aufmerksamkeit, und der Kommissär ließ es sich angelegen sein, alle seine Fragen zu beantworten.

Die Operation selbst war höchst einfach.

Zuerst schnitt jeder Gomero, dem je etwa hundert Bäume einer sogenannten »Estrade« zugeteilt waren, deren Rinde mit einer sehr scharfen, kleinen Axt an.

»Ist die Zahl dieser Einschnitte eine bestimmte?« fragte Germain Paterne.

»Sie wechselt je nach der Dicke der Bäume zwischen vier und zwölf, und die Beilhiebe müssen dabei mit größter Genauigkeit geführt werden, um die Rinde nicht tiefer als nötig zu spalten.«

»Dann handelt es sich also«, meinte Germain Paterne, »nicht um eine Amputation, sondern nur um einen Aderlaß.«

Gleich nachdem der Einschnitt erfolgt war, begann der Saft des Baumes an diesem herunter und in ein kleines Gefäß zu laufen, das so angebracht war, daß kein Tropfen verlorenging.

»Und wie lange dauert das Auslaufen?« fragte Germain Paterne.

»Gegen sechs bis sieben Stunden«, belehrte ihn Herr Manuel.

Einen Teil des Vormittags durchwanderten Jacques Helloch und seine Gefährten diese Anpflanzung, während die Gomeros die Bäume »ansteckten«, ein ganz treffender Ausdruck, dessen sich der Sergeant Martial bediente. Siebenhundert Bäume wurden in dieser Weise einem Aderlaß unterzogen, der eine reiche Ernte an Kautschuk versprach.

Nach der Wohnung kam die Gesellschaft erst zur Zeit des Frühstücks zurück, dem alle mit gutem Appetit große Ehre antaten. Die beiden Söhne Manuels hatten am Morgen in dem benachbarten Walde mit Erfolg gejagt, und das Wildbret, dessen Zubereitung ihre Mutter überwacht hatte, war wirklich ausgezeichnet. Ausgezeichnet auch die Fische, die zwei Bauern am nämlichen Morgen im Orinoco gefangen oder mit Pfeilen geschossen hatten; ausgezeichnet endlich die Früchte und die Gemüse des Rancho, darunter die Ananas, die dieses Jahr fast überreichlich gediehen waren.

Der Anfangsarbeit der Kautschukernte beigewohnt und gesehen zu haben, wie die Einschnitte gemacht wurden, das konnte die Wißbegierde Germain釐釐Paternes noch nicht befriedigen, und er bat Herrn Manuel, ihn auch über das weitere Verfahren aufzuklären.

»Verweilten Sie noch einige Tage in Danaco«, antwortete der Kommissär, »so würden Sie zunächst gesehen haben, daß der Gummisaft in den frühen Morgenstunden nach dem Einschneiden der Rinde nur langsam ausläuft. Es vergeht auch eine ganze Woche, ehe die Bäume ihren Saft ganz abgegeben haben.«

»All dieses Gummi werden Sie also erst in acht Tagen eingebracht haben?«

»Nein, Herr Paterne. Heut abend schon bringt jeder Gomero die Ernte dieses Tages hierher, und dann entzündet er sofort ein sehr rauchgebendes Feuer, um den Saft zum Gerinnen zu bringen. Nach dem Ausbreiten der dicken Flüssigkeit auf einem Brette setzt man dieses dem dichten Rauch von grünem Holze aus. Dabei bildet sich eine erste, mehr erhärtete Schicht, über die sich nach dem wiederholten Bestreichen des Brettes eine zweite lagert und so weiter. Auf diese Weise stellt man eine Art Laib aus Kautschuk her, der nun zum Versenden fertig ist.«

»Und vor dem Eintreffen unsers Landsmanns Truchon«, fragte Jacques, »verstanden sich die Indianer ja wohl noch gar nicht auf dieses Verfahren?«

»Gar nicht oder doch kaum«, bestätigte der Kommissär. »Sie hatten nicht einmal eine Ahnung von dem Werte dieses Naturerzeugnisses. Niemand konnte auch die Wichtigkeit voraussehen, die es für Handel und Gewerbe später gewinnen sollte. Der Franzose Truchon, der sich erst in San-Fernando und später in la Esmeralda aufhielt, war es, der den Indianern die Weiterbearbeitung des Kautschuksaftes lehrte, die in diesem Teile Amerikas jetzt ihre Haupttätigkeit bildet.«

»Vivat also Herr Truchon und vivat das Land, dem er einst entsproß!« rief oder sang vielmehr Germain Paterne halblaut vor sich hin.

Darauf trank man voller Begeisterung erst auf die Gesundheit Truchons und dann auf das glückliche Gedeihen Frankreichs.

Am Nachmittage und nach mehrstündiger Ruhe ersuchte der Kommissär seine Gäste, sich mit ihm nach dem kleinen Hafen hinunter zu begeben, wo an der Ausbesserung der Pirogue gearbeitet wurde. Er wollte sich selbst überzeugen, daß dabei nichts vernachlässigt würde.

So wanderten denn alle durch die Felder des Rancho und lauschten dabei den Worten des Herrn Manuel, der von seiner Domäne mit dem berechtigten Stolze des Besitzers sprach.

Als man am Hafen angelangt war, sollte die inzwischen völlig reparierte »Gallinetta« eben wieder neben der »Moriche«, die an ihrem Haltetau leicht schaukelte, ins Wasser gesetzt werden.

Von ihren eignen Leuten und einigen Bauern unterstützt, hatten Valdez und Parchal die Arbeit sehr gut ausgeführt. Der Kommissär sprach seine volle Befriedigung darüber aus und erklärte, daß ihm beide Falcas für die Fortsetzung der Fahrt jetzt in gleich gutem Zustande zu sein schienen.

Die »Gallinetta« brauchte nur noch über den Strand hin geschleppt zu werden. Wenn sie dann wieder schwamm, konnte das Deckhaus aufgesetzt, der Mast errichtet und endlich die vorher getragene Fracht usw. neu verladen werden. Noch denselben Abend sollten der Sergeant Martial und Jean sie wieder beziehen, und die Abreise sollte erfolgen, sobald sich der Horizont mit dem ersten Morgenscheine färbte.

Eben jetzt versank die Sonne hinter einer purpurnen Dunstwand, die das Eintreten von Westwind versprach – ein günstiger Umstand, der nicht unbenutzt gelassen werden durfte.

Während die Schiffsmannschaften und die andern Hilfskräfte Anstalt trafen, die »Gallinetta«, wieder aufs Wasser zu setzen, lustwandelten Herr Manuel Assomption, dessen beide Söhne und die Passagiere der Piroguen am Strande auf und ab.

Unter den Leuten, die bei jener letzten Arbeit mit Hand anlegten, fiel dem Kommissär zufällig Jorres auf, der sich von seinen Gefährten schon dem Äußern nach so merkwürdig unterschied.

»Wer ist der Mann da?« fragte er.

»Einer der Leute, die zur ›Gallinetta‹ gehören«, antwortete Jacques Helloch.

»Das ist aber kein Indianer…«

»Nein, ein Spanier.«

»Wo haben Sie ihn angeworben?«

»In San-Fernando.«

»Und er verdingt sich berufsmäßig als Flußschiffer auf dem Orinoco?«

»Berufsmäßig wohl nicht; uns fehlte aber gerade ein Mann, und da jener die Absicht hatte, nach Santa-Juana zu gehen, und er sich uns zur Aushilfe anbot, hat ihn der Schiffer Valdez in Dienst genommen.«

Jorres hatte offenbar bemerkt, daß von ihm die Rede war, denn ohne seine Arbeit zu unterbrechen, lauschte er gespannt auf alles, was hier gesprochen wurde.

Da kam es Jacques Helloch in den Sinn, an den Kommissär selbst eine weitere, naheliegende Frage zu stellen.

»Kennen Sie etwa diesen Mann?« sagte er.

»Nein«, erwiderte Herr Manuel. »Ist er schon früher nach dem obern Orinoco gekommen?«

»Der Baré-Indianer behauptet, ihn in Carida gesehen zu haben, obwohl Jorres versichert, dort noch niemals gewesen zu sein.«

»Mir kommt er hier bestimmt das erste Mal vor Augen«, fuhr der Kommissär fort, »und er fiel mir nur auf, weil man ihn unmöglich mit einem Indianer verwechseln kann. Sie sagen, daß er sich nach Santa-Juana begibt?«

»Es schien ihm daran gelegen, in den Dienst der Mission einzutreten, denn er hatte schon sein Noviziat hinter sich, als er als Seemann die Welt zu durchstreifen begann. Seiner Aussage nach kennt er den Pater Esperante, den er schon vor zwölf Jahren in Caracas gesehen haben will, und das mag wohl richtig sein, denn er hat uns von jenem Missionar ganz dasselbe Bild entworfen wie Sie, Herr Manuel.«

»Na, es kommt ja darauf nicht viel an, wenn er nur jetzt seine Stelle ordentlich ausfüllt. Freilich soll man hierzulande allen Abenteurern mißtrauen, die irgendwoher kommen und irgendwohin gehen wollen.«

»Eine Warnung, die ich mir hinters Ohr schreiben werde, Herr Manuel«, versicherte Jacques Helloch. »Ich werde den Spanier stets scharf im Auge behalten!«

Es ließ sich zwar nicht sagen, ob Jorres gehört hatte, was hier mit Beziehung auf ihn gesagt worden war; jedenfalls ließ er sich's nicht merken, obwohl seine Augen wiederholt in seltsamer Glut, die er nicht zu dämpfen vermochte, dabei aufflammten. Obgleich dann nicht mehr von ihm die Rede war, als sich der Kommissär und die Reisenden der »Gallinetta« näherten, die jetzt neben der »Moriche« vertäut lag, lauschte er doch noch immer möglichst unauffällig auf jedes Wort, das in der kleinen Gruppe fiel.

Das Gespräch drehte sich jetzt um die Notwendigkeit, die Piroguen tadellos instand zu haben, wenn es sich darum handelte, die im obern Teil des Flußbetts oft sehr starke Strömung zu bewältigen, und Herr Manuel wies auf diese Anforderung mit großem Nachdruck hin.

»Sie werden noch auf Raudals stoßen«, sagte er, »die zwar weniger lang und gefährlich als die von Apure und Maipure sind, der Schiffahrt aber doch ernstliche Schwierigkeiten bieten. Gelegentlich müssen die Fahrzeuge sogar über Klippen hinweggeschleppt werden, was sie leicht zur Weiterbenutzung unfähig machen kann, wenn sie nicht ganz solid gebaut sind. Ich sehe, daß bei der des Sergeanten Martial nichts vernachlässigt worden ist, doch ist denn die Ihrige, Herr Helloch, nicht auch gründlich untersucht worden...?«

»Ich hoffe es wenigstens, Herr Manuel, denn ich hatte es ausdrücklich empfohlen. Parchal hat sich gewiß überzeugt, daß der Boden der ›Moriche‹ fest ist. Wir dürfen also annehmen, daß die beiden Falcas ohne Beschädigung über die Raudals hinwegkommen und auch den Chubascos gut widerstehen werden, wenn diese selbst, wie Sie sagen, weiter oben noch ebenso schrecklich auftreten wie weiter unten...«

»Das ist auch richtig«, versicherte der Kommissär, »und wenn die Schiffsmannschaften den Strom nicht genau kennen, werden sie kaum den Gefahren derselben trotzen können. Das sind überdies noch nicht die schlimmsten...«

»Welche denn?« fragte der Sergeant Martial etwas beunruhigt.

»Nun die, die das Vorkommen von Indianern längs der Ufer mit sich bringt.«

»Sie haben dabei doch nicht die Guaharibos im

Sinne, Herr Manuel?« fragte Jean.

»O nein, liebes Kind«, antwortete der Kommissär lächelnd, »diese Indianer sind ganz harmloser Natur. Ich weiß, daß sie früher für gefährlich galten. Gerade 1879, zur Zeit, wo der Oberst von Kermor also nach den Quellen des Orinoco hinaufgegangen wäre, schrieb man ihnen die Zerstörung mehrerer Dörfer und die Ermordung der Bewohner derselben zu...«

»Mein Vater hätte sich also gegen Überfälle dieser Guaharibos zu verteidigen gehabt«, rief Jean, »und könnte ihnen dabei vielleicht gar in die Hände gefallen sein...«

»Nein, nein!« beeilte sich Jacques Helloch zu versichern. »Jedenfalls hat Herr Manuel davon nie etwas gehört.«

»Niemals, Herr Helloch, niemals, mein liebes Kind! Ich wiederhole Ihnen übrigens: Ihr Vater kann gar nicht ein Opfer jener Indianersippen geworden sein, weil diese ihren üblen Ruf vielleicht gar nicht, seit den letzten fünfzehn Jahren aber gewiß nicht verdient haben.«

»Haben Sie selbst mit ihnen zu tun gehabt?« fragte Germain Paterne.

»Ja freilich, mehr als einmal, und ich habe die Gewißheit erlangt, daß Herr Chaffanjon nur die Wahrheit gesagt hatte, als er mir bei seiner Rückkehr jene Indianer als armselige, kleine, schwächliche Burschen schilderte, die sehr furchtsam, scheu und überhaupt nicht zu fürchten wären. Ich ermahne Sie also auch nicht: Achtung vor den Guaharibos! sondern: Achtung vor den Abenteurern aus allen Nationen, die sich in den Savannen umhertreiben! Hüten Sie sich vor all solchem, jedes Verbrechens fähigen Raubgesindel, von dem die Regierung unser Land durch Entsendung von Milizen säubern sollte.«

»Noch eine Frage«, ließ sich Germain Paterne vernehmen. »Ist das, was eine Gefahr für Reisende bildet, nicht auch eine für die Ranchos und deren Besitzer?«

»Gewiß, Herr Paterne, meine Söhne, meine Feldarbeiter und ich selbst, wir bleiben auch stets auf unsrer Hut. Jede Annäherung solcher Banditen an den Rancho würde so zeitig gemeldet werden, daß sie uns nicht überrumpeln können. Dann empfingen wir sie mit Gewehrfeuer, das ihnen wohl das Wiederkommen verleiden dürfte. Von hier, von Danaco, wissen sie übrigens, daß die Mariquitarer keine Furcht kennen, und sie werden es kaum wagen, uns anzugreifen. Die Reisenden auf dem Strome müssen aber, vorzüglich oberhalb des Cassiquiare, stets strenge Wacht halten, denn die Ufergelände sind dort niemals sicher.«

»Uns ist auch schon mitgeteilt worden«, bemerkte hierzu Jacques Helloch, »daß eine zahlreiche Bande von Quivas jene Gebiete durchstreift.«

»Ja, leider!« bestätigte der Kommissär.

»Man nennt als ihren Anführer sogar einen entsprungenen Sträfling...«

»Ganz recht, einen höchst gefährlichen Kerl!«

»Da hören wir nun«, bemerkte der Sergeant Martial, »immer wieder von diesem Sträfling reden, der aus dem Bagno von Cayenne entwichen sein soll.«

»Aus Cayenne, das stimmt.«

»Ist es denn ein Franzose?« fragte Jacques Helloch.

»Nein, ein Spanier, der aber in Frankreich verurteilt worden war«, erklärte Herr Manuel.

»Und er heißt...?«

»Alfaniz.«

»Alfaniz?... Vielleicht ein angenommener Name?« bemerkte Germain Paterne.

»Nein, nein, es scheint sein richtiger Name zu

sein.«

Hätte Jacques Helloch in diesem Augenblicke Jorres angesehen, so würde er jedenfalls erstaunt gewesen sein über ein Zittern in den Zügen des Mannes, das dieser nicht zu unterdrücken vermochte. Der Spanier ging langsam an der Uferböschung so hin, daß er sich der Gruppe wie zufällig mehr näherte, und während er verschiedene, auf dem Sande umherliegende Gegenstände auflas, das Gespräch der Herren besser hören konnte.

Jacques Helloch hatte sich aber grade auf einen plötzlichen Aufruf hin umgedreht.

»Alfaniz?« hatte der Sergeant Martial, an den Kommissär gewendet, gerufen, »Sie sagten, Alfaniz?«

»Jawohl, Alfaniz.«

»Oh, Sie haben ganz recht. Hier ist von keinem falschen Namen die Rede... es ist der jenes elenden Wichtes...«

»Sie kennen diesen Alfaniz?« fiel ihm Jacques Helloch, über diese Erklärung verwundert, lebhaft ins Wort.

»Ob ich ihn kenne! Rede du, Jean, und erzähle, wie es kam, daß wir von ihm erfuhren. Ich würde mit meinem schlechten Spanisch nicht weit kommen, und Herr Manuel verstände mich am Ende nicht einmal richtig.«

Jean erzählte nun die Geschichte, die er vom Sergeanten Martial her kannte, eine Geschichte, die der alte Soldat mehrfach vor ihm wiederholt hatte, wenn sie in ihrem Hause in Chantenay von dem Oberst von Kermor sprachen.

Im Jahre 1871, kurz vor dem Ende des unseligen Krieges, wo der Oberst ein Infanterieregiment befehligte, hatte er in einer Diebstahls- und Verratssache als Zeuge aufzutreten.

Der Dieb war kein andrer als der Spanier Alfaniz gewesen. Der Verräter, der für den Feind arbeitete, indem er ihm Spionendienste leistete, beging verschiedene Diebstähle im Einverständnisse mit einem alten Verwaltungssoldaten, der sich der Hinrichtung nur durch einen Selbstmord entzog.

Als Alfaniz seine Schandtaten entdeckt sah, gewann er noch Zeit zu entfliehen, so daß man ihn nicht gleich dingfest machen konnte. Nur durch einen glücklichen Zufall gelang zwei Jahre später, 1873, seine Verhaftung, die etwa sechs Monate vor dem Verschwinden des Oberst von Kermor erfolgte.

Vor das Kriminalgericht der Untern Loire gebracht und durch die Aussage des Oberst schwer belastet, wurde er hier zu lebenslänglicher Zwangsarbeit verurteilt. Seit diesem Ausgang der Sache hegte er gegen den Oberst von Kermor den grimmigsten Haß, einen Haß, der sich mit den schrecklichsten Drohungen Luft machte in der Erwartung, die Worte einst noch in Taten übersetzen zu können.

Der Spanier wurde nach dem Bagno von Cayenne gebracht, von wo es ihm nach neunzehn Jahren, 1892, mit zwei seiner Mitgefangenen auszubrechen glückte. Da er zur Zeit seiner Verurteilung dreiundzwanzig Jahre alt war, zählte er jetzt also zweiundvierzig Jahre, und da man ihn als sehr gefährlichen Verbrecher betrachtete, sendete die französische Verwaltung Häscher aus, seine Spur zu verfolgen. Das erwies sich fruchtlos. Alfaniz war es gelungen, über die Grenzen von Guyana zu flüchten, und in den ausgedehnten, wenig bevölkerten Gebieten, in den ungeheuern Ilanos Venezuelas, war gar nicht mehr an die Auffindung seiner Fährte zu denken.

Die Verwaltung erfuhr über ihn weiter nichts – und die venezolanische Polizei glaubte dessen sicher zu sein – als daß er sich an die Spitze einer Quivas-Bande gestellt habe, die nach ihrer Vertreibung aus Columbia im rechten Ufergebiete des Orinoco hauste. Durch den Tod des Häuptlings Meta Sarrapias ihres Anführers beraubt, unterwarfen sich die Indianer, die gefürchtetsten aller Eingebornen, willig Alfanizens Befehle, und dieser Rotte von Übeltätern waren auch die Plünderungen und Metzeleien zuzuschreiben, deren Schauplatz die mittleren Provinzen der Republik seit Jahresfrist gewesen waren.

Das Unglück wollte es also, daß dieser Alfaniz gerade die Gebiete durchstreifte, in denen Jeanne von Kermor und Sergeant Martial den Oberst von Kermor suchen wollten. Wenn sein Ankläger aber ihm in die Hände fiel, unterlag es keinem Zweifel, daß der Verbrecher sich ohne alles Mitleid an ihm rächen würde. Das bildete also für das junge Mädchen zu den vielen andern eine neue Beunruhigung, und die Tränen stürzten ihr aus den Augen bei dem Gedanken, daß der elende, nach Cayenne verbannte Sträfling von da hatte entweichen können.

Jacques Helloch und Herr Manuel bemühten sich, ihr beruhigend zuzureden. Wo lag die Wahrscheinlichkeit, meinten sie, daß Alfaniz den Ort, an dem der Oberst von Kermor sich aufhielt, hätte entdecken können, während doch alle Nachforschungen danach vergeblich gewesen wären. Nein, es war nicht zu befürchten, daß der Oberst in seines Feindes Hände gefallen wäre.

Jedenfalls galt es aber, jetzt alles aufzubeiten, die Nachforschungen fortzusetzen, keine Verzögerung eintreten zu lassen und vor keinem Hindernis zurückzuschrecken.

Übrigens sollte für die Weiterfahrt bald alles bereit sein. Die Leute des Schiffers Valdez, und Jorres unter ihnen, beschäftigten sich schon mit der Wiederbeladung der »Gallinetta«, die am nächsten Morgen segelfertig sein sollte.

Herr Manuel führte seine Gäste, die für die zuvorkommende Aufnahme in Danaco herzlich dankbar waren, nach der Wohnstätte im Rancho zurück, wo sie auch den letzten Abend mit ihm zubringen sollten.

Nach dem Abendessen plauderten alle noch bis zehn Uhr. Jeder merkte sich bestens die dringenden Ermahnungen des Kommissärs, vorzüglich soweit sie die Achtsamkeit betrafen, die man an Bord der Piroguen nicht vernachlässigen sollte.

Als die Trennungsstunde geschlagen hatte, begleitete die Familie Assomptions die Passagiere nach dem kleinen Hafen.

Hier nahm man voneinander Abschied, wechselte unter dem Versprechen eines Wiedersehens bei der Rückkehr die letzten Händedrücke, und Herr Manuel unterließ es nicht, zu sagen:

»Ah, Herr Helloch, und auch Sie, Herr Paterne, wenn Sie Ihre in San-Fernando verlassenen Reisegefährten wieder treffen sollten, so bringen Sie dem Herrn Miguel meine besten Empfehlungen, seinen beiden Freunden aber meine Verwünschung mit einem Hoch auf den Orinoco – wohlverstanden, den einzigen, wahren Orinoco, auf den, der bei Danaco vorüberflutet und die Ufer meines Landbesitzes bewässert!«

Fünftes Kapitel

Rinder und Zitteraale

Die Fahrt auf dem Oberlaufe des Stromes ist jetzt wiederaufgenommen. Die Reisenden sind voll guten Vertrauens auf den Erfolg ihres Vorhabens. Sie haben es nur eilig, nach der Mission Santa-Juana zu kommen, und gebe der Himmel, daß der Pater Esperante ihnen dann den richtigen Weg weisen könne, daß eine zuverlässige Auskunft sie endlich zu ihrem Ziele führe! Möchte ihnen auch ein Zusammentreffen mit der Bande jenes Alfaniz, das das Schicksal aller in Frage stellen könnte, gnädig erspart bleiben!

An diesem Morgen, zur Stunde der Abfahrt, hatte sich Jeanne von Kermor an Jacques Helloch, als sie allein waren, mit folgenden Worten gewendet:

»Sie haben mir nicht allein das Leben gerettet, Herr Helloch, sondern wollen auch meine Bemühungen zur Auffindung meines Vaters freundlich unterstützen. Mein Herz ist voller Dankbarkeit! Ich weiß nicht, wie ich Ihnen das jemals entgelten soll...«

»Oh, sprechen wir nicht von Dankbarkeit, geehrtes Fräulein«, antwortete Jaques Helloch. »Unter Landsleuten sind solche kleinen Dienste nur eine Pflicht, und diese Pflicht bis zum Ende zu erfüllen wird mich nichts abhalten können!«

»Vielleicht gehen wir aber neuen und sehr ernsten Gefahren entgegen, Herr Jacques!«

»Nein, das fürchte ich nicht. Übrigens wäre das für mich nur ein weiterer Grund, Fräulein von Kermor nicht zu verlassen. Ich... Sie verlassen... denn – setzte er mit einem Blick auf das junge Mädchen, das die Augen niederschlug, hinzu – das... das haben Sie mir doch zu verstehen geben wollen.«

»Herr Helloch... ja... ich wollte... ich mußte es... Ich kann Ihren Edelmut nicht mißbrauchen. Allein hatte ich mich auf diese weite Reise begeben... Gott hat Sie mir in den Weg gesendet, und ich danke ihm dafür aus Herzensgrund... doch...«

»Doch Ihre Pirogue erwartet Sie, mein Fräulein, wie mich die meinige, und beide werden zusammen dem Ziele zustreben. Ich habe diesen Beschluß mit gutem Bewußtsein gefaßt, und was ich einmal zu tun beschlossen habe, das führ' ich auch aus! Wenn Sie dafür, daß ich Sie diese Fahrt allein fortsetzen ließe, keine andern Gründe haben als die Gefahren, die Sie andeuten...«

»Herr Jacques«, fiel Fräulein von Kermor lebhaft ein, »welch andre Gründe könnt' ich dazu haben...?«

»Nun also, Jean, mein lieber Jean – ich muß Sie ja noch so nennen –, sprechen wir nicht mehr von einer Trennung, und nun mutig vorwärts!«

Das Herz klopfte ihm mächtig, diesem »lieben Jean«, während er nach der »Gallinetta« zurückkehrte. Und als Jacques Helloch wieder zu seinem heimlich lächelnden Freunde kam, empfing ihn dieser mit den Worten:

»Ich möchte gleich darauf wetten, daß Fräulein von Kermor dir gedankt hat für das, was du für Sie getan hast, und daß sie dich gleichzeitig bat, es damit genug sein zu lassen...«

»Ich hab' ihr das aber abgeschlagen«, rief Jacques Helloch. »Ich werde sie nie und nimmer verlassen!«

»Sapperment, das ist viel gesagt!« erwiderte einfach Germain Paterne, der den Freund leicht auf die Schulter klopfte.

Daß der letzte Teil der Reise den Insassen der Piroguen noch schwere Unannehmlichkeiten vorbehalten könnte, war nicht nur möglich, sondern sogar wahrscheinlich. Vorläufig hatten sie sich aber nicht zu beklagen. Der Wind hielt sich sehr stetig aus Westen, und die Falcas kamen mit ihren Segeln recht gut gegen die nicht unbedeutende Strömung auf.

An diesem Tage gelangte man, nach dem Vorüberkommen an mehreren Inseln, auf denen der Wind die Kronen der hohen Bäume beugte, gegen Abend nach der nahe einer Biegung des Orinoco gelegenen Insel Bayanon. Bei dem Überflusse an Proviant, den man der Freigebigkeit des Herrn Manuel Assomption und seiner Söhne verdankte, war es nicht nötig, jagen zu gehen. Da ferner die Nacht besonders klar und vom Mond hell erleuchtet war, schlugen Parchal und Valdez vor, erst am nächsten Morgen haltzumachen.

»Wenn der Strom frei von Klippen und Felsen ist«, meinte Jacques Helloch dazu, »und wenn Sie nicht fürchten, gegen einen Kiesel anzustoßen...«

»Nein, nein«, versicherte der Schiffer Valdez, »wir müssen aber die schöne Witterung benutzen, um ein Stück stromaufwärts zu kommen. Es ist selten, daß man sich in dieser Jahreszeit so begünstigt sieht.«

Der Vorschlag war gut, er wurde angenommen, und die Piroguen sandten ihre Haltetaue nicht ans Land.

Die Nacht verstrich ohne Unfall, obgleich der ohnehin nur dreihundertfünfzig Meter breite Strom zuweilen durch eine Kette von Inselchen – vorzüglich bei der Mündung des Rio Guanami, eines Zuflusses am rechten Ufer – noch weiter eingeengt wurde.

Am Morgen befanden sich die »Gallinetta« und die »Moriche« in der Höhe der Insel Tremblador, wo Chaffanjon mit einem intelligenten und dienstwilligen Neger namens Ricardo in Beziehung getreten war. Dieser Neger aber, der damals den Titel eines Kommissärs des Cunucunuma und des Cassiquiare führte, hatte inzwischen seinen Wohnsitz gewechselt. Nach

Aussage des französischen Reisenden war es ein sehr strebsamer, streng nüchterner und energischer Mann gewesen, dessen Unternehmungen gewiß gediehen waren und der nun jedenfalls einen andern Rancho im nördlicheren Teile der Savanne eingerichtet hatte.

»Ich bedaure, daß dieser Ricardo nicht mehr hier ist«, bemerkte Jacques Helloch. »Vielleicht hätten wir von ihm erfahren, ob Alfaniz in der Nachbarschaft des Stromes aufgetaucht sei.«

Dann wendete er sich an den Spanier.

»Haben Sie, Jorres, bei Ihrem Aufenthalte in San-Fernando wohl von den Flüchtlingen von Cayenne reden hören und von der Indianerbande, die sich ihnen angeschlossen hat?«

»Gewiß, Herr Helloch«, antwortete der Spanier.

»Hat man ihr Auftreten in den Provinzen des obern Orinoco gemeldet?«

»Daß ich nicht wüßte. Man sprach nur von einer Rotte Quivas-Indianer.«

»Ganz recht, Jorres, und Alfaniz, ein Sträfling ist es, der sich an ihre Spitze gestellt hat.«

»Das ist das erste Mal, daß mir dieser Name zu Ohren kommt«, erklärte der Spanier. »Auf keinen Fall hätten wir aber ein Zusammentreffen mit jenen Quivas zu fürchten, denn wie man allgemein behauptete, suchten sie wieder nach Columbia, woraus man sie vertrieben hatte, zu gelangen, und wenn das zutrifft, können sie nicht auf dieser Seite des Orinoco sein.«

Es war ja möglich, daß Jorres recht unterrichtet war, als er sagte, daß die Quivas sich mehr nördlich nach den Ilanos Columbias zu zurückgezogen hätten. Trotzdem vergaßen die Reisenden aber die Empfehlungen des Herrn Manuel Assomption keine Minute und hielten sich immer auf ihrer Hut.

Der Tag ging hin, ohne daß sich ein besondrer Zwischenfall ereignete. Die Piroguen kamen ziemlich schnell vorwärts und gingen von Insel zu Insel, von denen immer die eine gleich auf die andre folgte.

Am Abend legten sie sich an der Spitze der Insel Caricha fest.

Da Windstille eingetreten war, erschien es ratsamer, haltzumachen, als in der Dunkelheit zu den Palancas zu greifen.

Bei einem kurzen Ausflug, den Jacques Helloch und der Sergeant über das Uferland der Insel unternommen hatten, erlegten sie eines jener Faultiere, die gern zwischen den Ästen einer Cecropia hocken, deren Blätter ihnen als gewöhnliche Nahrung dienen. Darauf nach der Mündung des Rio Caricha zurückgekehrt, wo ein Paar jener zur Familie der Chironecten gehörigen Sariguen auf eigene Rechnung fischten, gelang den Jägern noch ein Doppelschuß, der ebenso geschickt als glücklich zu nennen war. Da sich jene Sariguen nur von Fischen nähren, ist ihr Fleisch aber zähe und so tranig, daß selbst die Indianer nichts davon wissen wollen. Sie können also keineswegs die Affen ersetzen, die, selbst für europäische Gaumen, ein wirklich vortreffliches Gericht abgeben.

Dagegen fanden die Chironecten einen freundlichen Empfang bei Germain Paterne, der mit Unterstützung Parchals sofort daranging, sie auszunehmen und zu präparieren, um ihr Fell haltbar zu machen.

Das sich ausschließlich von Früchten nährende Faultier wurde geröstet, indem man es in ein mit glühendheißen Steinen ausgelegtes Loch steckte, worin es die Nacht über bleiben sollte. Die Passagiere freuten sich darauf, es zu verspeisen, wenn es am nächsten Tage beim Frühstücke erschien und wenn sein Fleisch dann ja etwas zu stark nach Rauch schmeckte, so fanden sich unter den Leuten der Piroguen dafür gewiß immer noch Liebhaber genug. Diese Indianer waren ja überhaupt nicht wählerischer Natur, und als einer von ihnen am nämlichen Abende einige Dutzend großer, fast einen Fuß langer Regenwürmer mitgebracht hatte, sotten sie diese mit Kräutern ab und verzehrten sie mit behaglichem Schmunzeln.

Natürlich wollte Germain Paterne, getreu seinem Grundsatze, alles womöglich selbst zu prüfen, zuerst auch davon kosten. Der Widerwille siegte hier aber doch über den Wissenstrieb, wenigstens brachte er die »Speise« nur bis an den Rand der Lippen.

»Ich glaubte, du wärest deiner Wissenschaft inniger ergeben!« scherzte Jacques Helloch über den Widerwillen des Freundes, der mit seinem Naturforscherinstinkt ja eigentlich unvereinbar war.

»Ich bitte dich, Jacques, auch der Opfermut des Naturforschers hat seine Grenzen!« antwortete Germain Paterne, bemüht, nicht merken zu lassen, daß es ihm noch einmal schlimm und übel wurde.

Am nächsten Tage wurde eiligst aufgebrochen, um einen Morgenwind zu benutzen, der kräftig genug war, die Segel der Falcas zu schwellen. Von jetzt ab sah man auch eine hohe Bergkette die Waldmassen überragen, die sich am rechten Ufer bis zum Horizont ausdehnten. Es war das Duidogebirge, eines der bedeutendsten dieser Gegenden, das den Reisenden mehrere Tage in Sicht blieb.

Nach vierundzwanzig Stunden einer anstrengenden Fahrt, während der der Wind öfters aussetzte und Regenschauer mit kurzem Aufklären des Himmels sich ablösten, machten Valdez und Parchal für die Nacht an der Piedra Pintada halt.

Dieser »Bemalte Stein« ist nicht mit dem zu verwechseln, den die Reisenden schon bald nach der Abreise von San-Fernando gesehen hatten. Wenn er dieselbe Bezeichnung hat, so rührt das daher, daß die Felsen am linken Ufer ähnliche Spuren von symbolischen Figuren und hieroglyphischen Schriftzeichen aufweisen. Infolge des schon recht niedrigen Wasserstandes waren solche Zeichen auch schon am Fuße des Gesteins sichtbar, und Germain Paterne konnte sie nach Belieben studieren.

Auch Chaffanjon hatte das getan; er erwähnt es in seinem Reiseberichte, den die Passagiere unaufhörlich zu Rate zogen. Hierzu muß indes darauf hingewiesen werden, daß ihr Landsmann diesen Teil des Orinoco in der zweiten Hälfte des November bereist hatte, während Jacques Helloch und seine Gefährten schon in der zweiten Hälfte des Oktober hier waren. Der Zeitunterschied eines Monats kommt aber durch einen sehr deutlichen Witterungsunterschied in einem Lande zum Ausdruck, wo die trockne Jahreszeit sich sozusagen schroff an die Regenzeit anlehnt.

Der Wasserstand des Flusses war also jetzt noch etwas höher, als er es nach einigen Wochen sein mußte, und dieser Umstand sollte die Fahrt der beiden Piroguen begünstigen, denn gerade der Wassermangel wird hier oft zur Ursache der ärgerlichsten Hindernisse.

Am heutigen Abend rastete die kleine Gesellschaft an der Mündung des Cunucunuma, eines der Hauptzuflüsse der rechten Seite. Germain Paterne glaubte nicht für diesen Nebenfluß Partei ergreifen zu sollen, wie er es für den Ventuari getan hatte, und doch wäre das hier nicht weniger begründet gewesen.

»Was nützte es auch?« begnügte er sich zu sagen. »Die Herren Felipe und Varinas sind ja nicht zur Stelle, und das Gespräch darüber würde einschlafen.«

Unter andern Verhältnissen wäre Jacques Helloch wohl, mehr eingedenk des erhaltenen Auftrages, dem

Beispiele des Landsmanns gefolgt, der ihm auf dem obern Orinoco vorhergegangen war. Vielleicht hätte er mit Parchal und einem seiner Leute den Curiare der »Moriche« bestiegen und gleich Chaffanjon den Lauf des Cunucunuma im mariquitarischen Gebiete fünf bis sechs Tage lang näher erforscht; vielleicht wäre er schließlich auch mit jenem Generalkapitan, dem Schlaukopf Aramare und seiner Familie, die von dem französischen Reisenden aufgesucht und fotografiert worden waren, in nähere Beziehung getreten.

Jetzt aber waren die Vorschriften des Ministers des öffentlichen Unterrichts einem neuen Ziele, das Jacques Helloch nach Santa-Juana verlockte, geopfert worden. Es drängte ihn, dahin zu kommen, und er hätte sich bittere Vorwürfe gemacht, wenn er die Lösung der kindlichen Aufgabe Jeannes irgendwie verzögert hätte.

Nur zuweilen erinnerte ihn Germain Paterne – nicht um ihm einen Vorwurf zu machen, sondern nur, um das eigene Gewissen etwas zu beruhigen – leichthin an seine, etwas vernachlässigte Aufgabe.

»Ja, ja... es ist schon gut!« antwortete dann Jacques Helloch. »Was wir auf dem Hinwege versäumten, können wir auf dem Rückwege nachholen.«

»Wann denn?«

»Nun, sapperment, wenn wir zurückkommen. Glaubst du etwa, wir würden niemals zurückkehren?«

»Ich?... Ich weiß gar nichts. Wer weiß denn, wohin wir gehen? Wer weiß, was uns da draußen zustößt? Angenommen, der Oberst von Kermor würde überhaupt nicht gefunden...«

»Nun, Germain, dann wird es Zeit sein, an die Rückfahrt zu denken.«

»Mit Fräulein von Kermor?«

»Natürlich!«

»Nehmen wir aber an, unsre Nachsuchungen glückten, der Oberst von Kermor würde aufgefunden, und seine Tochter wünschte dann – wie wahrscheinlich – bei ihm zu bleiben, könntest du dich dann entschließen umzukehren?«

»Umzukehren... wiederholte Jacques Helloch mit einer Betonung, die erkennen ließ, daß ihn solche Fragen in Verlegenheit setzten.«

»Allein umzukehren... selbstverständlich mit mir?«

»Gewiß, Germain!«

»Na, Jacques, auf dieses ›gewiß‹ möcht' ich nicht so viel bauen.«

»Du bist ein kleiner Narr!«

»Zugegeben; doch du... du bist verliebt, und das ist nur eine andre, nicht weniger unheilbare Narrheit.«

»Auch das noch?... Du sprichst da von Dingen...«

»Von denen ich kein Jota verstehe. Weiß schon! Doch unter uns, Jacques, wenn ich nichts davon verstehe, so hab' ich doch ein Paar Augen, und ich weiß nicht, warum du dich bemühst, ein Gefühl zu verheimlichen, das mit deiner wissenschaftlichen Aufgabe ja nichts gemein hat und das ich übrigens ganz natürlich finde.«

»Nun ja, alter Freund, gestand Jacques mit einer Stimme, die vor Erregung zitterte, ja, ich liebe dieses junge, so mutige Mädchen, und ist es denn etwas Wunderbares, daß die Teilnahme, die sie mir einflößte, sich entwickelt hat zur... Ja, ich liebe sie, werde sie niemals verlassen! Was daraus werden, wie es enden soll... ich weiß es nicht.«

»Gut wird es enden!« antwortete Germain Paterne.

Er glaubte, dieser Versicherung nichts weiter hinzufügen zu sollen, sie brachte ihm aber den wärmsten Händedruck ein, den er von seinem Freunde jemals erhalten hatte.

Es ergibt sich aus diesen wichtigen Nebendingen, daß es, wenn der Lauf des Cunucunuma jetzt nicht untersucht wurde, recht unsicher war, daß das bei der Rückkehr der Piroguen nachgeholt würde. Und doch hätte er es verdient, denn er ist eine bedeutende Wasserader, die eine malerische und reiche Gegend durchzieht. Ihre Mündung hat auch schon eine Breite von zweihundert Metern.

Am nächsten Tage setzten sich die »Gallinetta« und die »Moriche« wieder in Bewegung, und was bei dem Cunucunuma nicht geschehen war, das unterblieb ebenso bei dem Cassiquiare, dessen Mündung noch am Vormittag passiert wurde.

Es handelte sich hier übrigens um einen der wichtigsten Nebenflüsse des großen Stromes. Das Wasser, das er diesem durch eine Einbuchtung des Ufers zuführt, kommt aus den Abdachungen des Beckens des Amazonenstromes. Das hatte Humboldt erkannt, und schon vor ihm hatte der Naturforscher Solano sich überzeugt, daß zwischen den beiden Becken erst durch den Rio Negro und weiterhin durch den Cassiquiare eine Verbindung bestand.

Gegen 1725 war der portugiesische Kapitän Moraes, als er den Rio Negro bis unterhalb San-Gabriel, am Einflusse des Guaïria, hierauf diesen bis San-Carlos befuhr und von diesem auf den Cassiquiare überging, auf dem Orinoco herausgekommen, nachdem er auf diese Weise das venezolanisch-brasilianische Gebiet durchschifft hatte.

Entschieden verdiente der Cassiquiare die Untersuchung eines Sachverständigen, obgleich seine Breite hier kaum vierzig Meter übersteigt. Die Piroguen setzen jedoch ihren Weg stromaufwärts fort.

In diesem Teile des Stromes ist das rechte Ufer sehr

uneben. Ohne von der Duidokette zu sprechen, die sich, von undurchdringlichen Wäldern bedeckt, am Horizonte hinzieht, bilden die Guaaco-Cerros eine natürliche Böschung, über die der Blick weit über die Ilanos zur Linken schweifen kann, die von dem gewundenen und abwechslungsreichen Cassiquiare durchfurcht werden.

Die Falcas kamen also bei recht mäßigem Winde vorwärts, so daß sie die Strömung bisweilen nur mit Mühe überwanden. Da machte Jean, kurz vor Mittag, auf eine niedrige, dichte Wolke aufmerksam, die sich über die Savanne hinzuziehen schien.

Parchal und Valdez betrachteten diese Wolke, deren schwere, dunkle Masse sich nach dem rechten Ufer zu heranwälzte.

Auf dem Vorderteil der »Gallinetta« stehend, blickte auch Jorres nach der nämlichen Richtung hinaus und suchte sich die Ursache der Erscheinung zu enträtseln.

»Das ist eine Staubwolke«, sagte Valdez.

Parchal teilte diese Anschauung.

»Wer kann den Staub aber aufwirbeln?« fragte der Sergeant Martial.

»Vielleicht eine marschierende Truppe«, antwortete Parchal.

»Dann müßte sie aber zahlreich sein«, bemerkte Germain Paterne.

»Freilich, sehr zahlreich!« setzte Valdez hinzu.

Nur noch zweihundert Meter vom Ufer, zog die Wolke jetzt sehr schnell heran. Dann und wann zerriß sie ein wenig, und man sah dann durch solche Spalten scheinbar rötliche Massen sich fortbewegen.

»Sollte das eine Bande Quivas sein?« rief Jacques Helloch.

»In diesem Fall«, erwiderte Valdez, »müßten wir die

Piroguen aus Vorsicht nach dem linken Ufer hinüberführen.

»Aus Vorsicht, ja«, stimmte Parchal zu, »und ohne einen Augenblick zu zögern!«

Sofort wurde der betreffende Befehl erteilt. Die Mannschaften zogen die Segel ein, da diese die Falcas auf dem Wege schräg über den Strom nur gehindert hätten, und auf die Palancas gestemmt trieben sie die »Gallinetta«, die der »Moriche« vorausfuhr, nach dem linken Ufer.

Jorres war übrigens, nachdem er die Staubwolke aufmerksam betrachtet hatte, an seinen Platz zurückgekehrt und hatte ohne ein Zeichen von Unruhe eine Pagaie ergriffen.

Wenn der Spanier aber nicht unruhig war, hatten die Reisenden doch alle Ursache, es zu sein, wenn sie hier von einem Überfall durch Alfaniz und seine Indianer bedroht waren. Von diesen Raubgesellen war keine Schonung zu erwarten. Zum Glück aber mußten die Piroguen, da jene keine Mittel hatten, über den Strom zu setzen, vorläufig und solange sie sich am linken Ufer hielten, gegen einen Angriff geschützt sein.

Hier angelangt, legten sie Valdez und Parchal an Baumstümpfe des steilen Ufers fest, und die Passagiere bereiteten sich, ihre Waffen bereithaltend, für den schlimmsten Fall auf die Abwehr vor.

Die dreihundert Meter der Breite des Orinoco gingen nicht über die Schußweite der Gewehre hinaus.

Man brauchte nicht lange zu warten. Die Staubwolke wirbelte jetzt kaum zwanzig Meter vom Ufer daher. Daraus tönte Geschrei hervor oder vielmehr ein charakteristisches Brüllen, über das sich niemand täuschen konnte.

»Oh, da ist nichts zu fürchten!« rief Valdez. »Das ist ja nur eine Herde Rinder!«

»Valdez hat recht«, bestätigte Parchal. »Aus dem Staube tauchen einige tausend Tiere hervor...«

»Und verursachen allen diesen Heidenlärm!« setzte der Sergeant Martial hinzu.

Der betäubende Lärm rührte in der Tat von dem Gebrüll dieser lebenden Flutwelle her, die über die Flächen der Ilanos daherrollte.

Jean, den Jacques Helloch bestimmt hatte, im Deckhause der »Gallinetta« Schutz zu suchen, trat wieder heraus, um den Durchzug einer Viehherde durch den Orinoco mit anzusehen.

Solche Wanderungen von Rindern sind auf dem Gebiete Venezuelas nichts Seltnes. Die Eigentümer der Tiere müssen wohl oder übel den Anforderungen der trocknen und der nassen Jahreszeit Rechnung tragen. Wenn es in den höher gelegenen Landstrecken an Gras zu fehlen beginnt, macht es sich nötig, Weideplätze auf den niedriger gelegenen Ebenen in der Nachbarschaft des Stromes aufzusuchen, wobei mit Vorliebe die Talgründe gewählt werden, die bei Hochwasser Überschwemmungen ausgesetzt sind und darauf einen desto üppigeren Pflanzenwuchs zeigen. Gräser aller Art bieten den Tieren dann auf der ganzen Ausdehnung der Esteros eine ebenso reichliche wie ausgezeichnete Nahrung.

Die Ilaneros müssen also mit ihrem Tierbestand zeitweilig auswandern, und wo sie auf einen Wasserlauf, einen Fluß, Rio oder Bayou treffen, wird er schwimmend überschritten.

Jacques Helloch und seine Gefährten sollten jetzt dem interessanten Schauspiele beiwohnen, ohne von diesem Tausende von Köpfen zählenden Haufen von Wiederkäuern etwas zu fürchten zu haben.

Am Ufer angelangt, blieben die Rinder zunächst stehen. Da verdoppelte sich aber der Lärm, denn die letzten Reihen drängten die ersten widerstandslos weiter, während diese anfänglich zauderten, in den Strom zu springen.

Sie wurden dazu aber schließlich durch den ihnen vorausgehenden Cabestero gezwungen.

»Das ist nämlich der Schwimmeister«, erklärte Valdez. »Er wird sein Pferd mitten in den Strom treiben, und die Tiere folgen ihm dann nach.«

In der Tat stürzte sich der Cabestero mit raschem Sprung über das abfallende Ufer hinunter. Einige Kuhhirten, denen ein Führer vorausging, welcher eine Art wilder Hymnen, ein »Vorwärts!« von seltsamem Rhythmus anstimmte, schwammen voran. Nun stürzte sich auch die Herde in den Strom, auf dessen Fläche man nur noch die Köpfe mit den langen, geschweiften Hörnern sah, während die mächtigen Nasenlöcher geräuschvoll schnauften.

Bis zur Mitte des Strombettes vollzog sich der Übergang ohne Schwierigkeit, trotz der Strömung, und man konnte annehmen, daß er unter der Leitung des Schwimmeisters und dank der Geschicklichkeit der Führer auch ohne Unfall durchgeführt würde.

Es sollte aber anders kommen.

Plötzlich entstand eine auffallende Bewegung unter den schwimmenden Tieren, als sich noch mchrere Hunderte etwa zwanzig Meter vom Ufer entfernt befanden. Auch laute Ausrufe der Kuhhirten mischten sich unter das Gebrüll der Rinder. Es schien, als ob die ganze Masse von Schrecken gepackt wäre, dessen Ursache nicht erkenntlich war.

»Die Cariben!... Die Cariben!« riefen da die Leute von der »Moriche« und der »Gallinetta«.

»Die Cariben!« wiederholte Jacques Helloch.

»Ja, bestätigte Parchal, »das verschulden Cariben und Parayos!«

Offenbar war die Herde zwischen eine große Anzahl jener furchtbaren Zitterrochen und elektrischen Aale geraten, die es in den Wasserläufen Venezuelas zu Millionen gibt.

Durch die Entladungsschläge dieser lebenden »Leydener Flaschen«, die immer einen großen Vorrat hochgespannter Elektrizität enthalten, wurden die Rinder erst von heftigen Zuckungen befallen, dann mehr und mehr gelähmt und endlich ganz bewegungslos gemacht. Dann sanken sie auf die Seite und bewegten höchstens noch zum letzten Male die von den elektrischen Entladungen durchschütterten Beine.

Viele davon versanken binnen wenigen Sekunden, während andre in ihrer Verwirrung, die Zurufe der Führer, von denen einige selbst von den Gymnoten getroffen worden waren, überhörend, von der Strömung weggerissen wurden und das andre Ufer erst einige hundert Meter flußabwärts erklimmen konnten.

Da es nicht möglich gewesen war, die noch nach dem Ufer herandrängenden hintern Reihen der Tiere, welche die andern gleichsam vor sich herschoben, anzuhalten, mußten sich immer weitere von den erschreckten Rindern wohl oder übel ins Wasser stürzen. Jedenfalls hatte sich die elektrische Energie der Parayos und der Cariben aber allmählich erschöpft. So gelangte denn eine große Menge der Tiere ohne größeren Schaden an das linke Ufer, von wo aus sie geräuschvoll nach der Savanne zu entflohen.

»Na«, meinte Germain Paterne, »so etwas sieht man in der Seine und Loire denn doch nicht, nicht einmal in der Garonne, und es ist wahrlich ein Schauspiel, das der Mühe des Zusehens lohnt!«

»Donner und Doria«, platzte der Sergeant Martial heraus, »wir würden uns vor diesen verwünschten Aalen schon zu hüten wissen!«

»Gewiß, mein wackrer Sergeant«, erklärte Jacques Helloch; »gegebenenfalls schützt man sich dagegen wie gegen eine elektrische Batterie.«

»Das Klügste bleibt aber doch«, bemerkte Parchal, »nicht da ins Wasser zu fallen, wo es von den gefährlichen Burschen wimmelt.«

»Ganz recht, Parchal, ganz recht!« stimmte Germain Paterne ihm zu.

Es ist allbekannt, daß Gymnoten in den Flüssen Venezuelas sehr zahlreich vorkommen und manches Unheil anrichten; dagegen wissen die Fischer daselbst auch, daß jene ein vortreffliches Nahrungsmittel abgeben. Deshalb fangen sie die Zitterrochen und dergleichen mit Angeln, lassen sie in fruchtlosen Entladungen sich erschöpfen und können dann ohne Gefahr damit hantieren.

Was soll man aber von Humboldts Berichte halten, worin ausgesprochen ist, daß seinerzeit Pferdeherden unter diese Wasserwüteriche gejagt und deren elektrischen Schlägen ausgesetzt worden wären, nur um den Fang der Fische zu erleichtern? Elisée Reclus' Ansicht geht dahin, daß selbst zur Zeit, wo noch zahllose Pferde durch die Ilanos schwärmten, diese doch noch für zu wertvoll galten, als daß man sie in so barbarischer Weise hingeopfert hätte, und er dürftc damit recht haben.

Als die Piroguen ihre Fahrt wiederaufgenommen hatten, wurde diese durch die Schwäche des Windes verzögert, der im allgemeinen jeden Nachmittag abflaute. An verschiedenen engen Stellen mit verstärkter Strömung mußte man sich deshalb mittels der Estrillas weiterhelfen, was den Verlust einiger Stunden verursachte. Schon war die Nacht herangekommen, als die Passagiere am Fuße des Dorfes la Esmeralda anhielten.

Zu dieser Zeit war über dem rechten Ufer der Himmel glänzend von lodernden Flammen beleuchtet, die aus dem bewaldeten Gipfel der Pyramide des zweitausendvierhundertvierundsiebzig Meter über das Meer emporragenden Duido hervorzüngelten. Es handelte sich dabei nicht um einen Krater, der seine Glutmassen durch vulkanische Zuckungen auspie, sondern nur um einfache, hüpfende Flammengarben, die die obern Abhänge des Cerro umgaukelten, während durch jene blendenden Blitze verwirrte Wasserfledermäuse über den still am Ufer liegenden Falcas hin und her huschten.

Sechsten Kapitel

Schwere Beunruhigung

Solange die Barés noch Barés sein werden, wird das Auftreten jener riesigen Irrlichter auf dem Gipfel des Duido in deren Lande auch als ein übles Anzeichen, als ein Vorläufer von Unglücksfällen betrachtet werden.

Und solange die Mariquitarer Mariquitarer bleiben, wird bei ihnen dieselbe Naturerscheinung als Hinweis auf glückliche Ereignisse gelten.

Diese beiden Indianerstämme deuten sich also das Verhalten ihres prophetischen Berges in grade entgegengesetzter Weise. Ob nun der eine oder der andre recht hat, jedenfalls ist die Nachbarschaft des Duido für das Dorf la Esmeralda nicht von Vorteil gewesen.

Kaum fände man wohl eine lieblichere Lage in den an den Orinoco grenzenden Savannen, kaum zur Viehzucht geeignetere Weidegründe oder ein besseres

Klima, dem jedes Übermaß tropischer Luftwärme fremd ist. Und doch erscheint la Esmeralda in einem Zustande trauriger Verlassenheit und beklagenswerten Verfalls. Von dem alten, durch spanische Ansiedler gegründeten Dorfe ist nichts mehr übrig als eine kleine Kirche und fünf bis sechs Strohhütten, die aber auch nur zur Zeit der Jagd und des Fischfangs bewohnt sind.

Als die »Gallinetta« und die »Moriche« hier eintrafen, fanden sie im Hafen auch nicht ein einziges Fahrzeug vor.

Wer hat denn aber die Indianer von hier vertrieben?... Die schrecklichen Moskitos sind es, die den Ort unbewohnbar machen, die Myriaden von Insekten, deren verwünschte Rasse alle Flammen des Duido nicht zu vernichten vermochten.

Die Falcas wurden von ihnen auch dermaßen belästigt, die Moskitonetze erwiesen sich so unzureichend, und Passagiere und Mannschaften hatten so arg von Insektenbissen zu leiden – selbst der Neffe des Sergeanten Martial, den sein Onkel dieses Mal nicht genügend zu schützen imstande war –, daß Parchal und Valdez schon vor Tagesanbruch mit Hilfe der Palancas abfuhren, ohne erst die Morgenbrise abzuwarten.

Gegen sechs Uhr sprang der Morgenwind auf, und zwei Stunden später kamen die Piroguen an der Mündung des Iguapo, eines der Zuflüsse des rechten Ufers, vorüber.

Jacques Helloch dachte ebensowenig daran, den Iguapo zu untersuchen, wie er den Cunucunuma oder den Cassiquiare beachtet hatte, und Germain Paterne erwähnte dieser Pflichtvergessenheit mit keinem Worte, nicht einmal in der Form einer freundschaftlichen Neckerei.

Der Sergeant Martiale wurde dagegen, und Jacques

Helloch nicht minder, durch eine andre Wahrnehmung beunruhigt.

So kräftig, ausdauernd und energisch Jeanne von Kermor auch war, die bisher allen Anstrengungen getrotzt hatte, war doch zu befürchten, daß sie den übeln Einwirkungen des Klimas und des Landes hier noch ihren Tribut werde zollen müssen. In den mehr sumpfigen Gegenden herrschen endemische Fieber, denen man nur selten entgeht. Dank ihrer widerstandsfähigen Konstitution hatten Jacques Helloch, Germain Paterne und der Sergeant Martial noch nichts von diesen Einflüssen gespürt, und schon infolge langer Gewöhnung waren die Mannschaften dagegen gefeit. Das junge Mädchen litt dagegen seit einigen Tagen an allgemeinem Unwohlsein, dessen ernste Bedeutung niemand verkennen konnte.

Germain Paterne durchschaute bald, daß Jeanne von Kermor von einem Sumpffieber bedroht war. Ihre Kräfte nahmen ab, ihr Appetit schwand gänzlich, und von diesem Tage ab war sie durch unüberwindliche Schlaffheit genötigt, sich stundenlang unter dem Deckhause niederzulegen. Sie zwang sich jedoch noch Möglichkeit, dem zu widerstehen, weil sie der Gedanke bedrückte, ihren Reisegenossen noch weitere Unruhe zu machen.

Noch blieb ja die Hoffnung, daß dieses Unwohlsein ein vorübergehendes sein werde; vielleicht irrte sich Germain Paterne überhaupt in seiner Diagnose, und außerdem mußte ja, bei Jeannes geistiger und körperlicher Zähigkeit, die Natur ihr bester Arzt sein, der noch durch das wirksamste Hilfsmittel – durch ihre Jugend – unterstützt wurde.

Immerhin setzten die Passagiere die Fahrt auf dem obern Teile des Stromes nur mit zunehmender Ängstlichkeit fort.

An diesem Tage legten die Piroguen für die Nacht nahe der Mündung des Gabirima, eines linksufrigen Nebenflusses, an. Von den Barés-Indianern, die Chaffanjon erwähnt, fand man hier keine Spur. Das war nicht zu bedauern, da die zwei Hütten von Gabirima zur Zeit als der französische Reisende hier weilte, nur einer Familie von Räubern und Mördern Obdach gewährten. Ein Mitglied derselben war der vormalige Kapitan de la Esmeralda gewesen. Ob jene nun Verbrecher geblieben oder ehrbare Leute geworden waren, das ließ sich nicht entscheiden, jedenfalls aber waren sie von hier fortgezogen, so daß irgendwelche Auskunft über die Bande des Alfaniz nicht zu erlangen war.

Mit Fleisch von Hirschen, Bisam- und Wasserschweinen, die die Jäger noch am Abend erlegt hatten, frisch versehen, stießen die Falcas schon am nächsten Tage vom Ufer wieder ab. Die Witterung war recht schlecht. Wiederholt stürzten gewaltige Regengüsse herab. Jeanne von Kermor litt nicht wenig von dieser Unbill der Witterung. Ihr Zustand besserte sich nicht. Das Fieber blieb bestehen und wurde sogar trotz aller angewendeten Mittel langsam schlimmer.

Die vielen Windungen des Stromes, der von Rissen durchsetzt und in der Breite auf zweihundert Meter eingeengt war, gestatteten es an diesem Tage nicht, über die Insel Yano, die letzte, der die Piroguen flußaufwärts begegnen sollten, hinauszukommen.

Am nächsten Tage, am 21. Oktober, bot ein Raudal, das zwischen hohen, nahe beieinanderliegenden Ufern herabbrauste, noch einige Schwierigkeiten, und gegen Abend ankerten die »Moriche« und die »Gallinetta«, die tagsüber bessern Wind gehabt hatten, vor dem Rio Padamo.

Das Fieber, das an dem jungen Mädchen nagte, war

noch immer nicht gewichen. Jeanne fühlte sich mehr und mehr abgeschlagen, und ihre Schwäche gestattete ihr nicht einmal mehr, das Deckhaus zu verlassen.

Hierdurch geängstigt, machte sich der alte Soldat die schlimmsten Vorwürfe, dieser Reise zugestimmt zu haben. Alles das war seine Schuld!... Was war aber zu tun?... Wie ließen sich die Fieberanfälle bannen und ihre Wiederkehr verhüten? Selbst angenommen, daß die Reiseapotheke der »Moriche« ein wirksames Mittel enthielt, war es unter den jetzigen Umständen nicht ratsamer, umzukehren?... Binnen wenigen Tagen mußten die Piroguen mit Hilfe der Strömung ja San-Fernando wieder erreichen können.

Jeanne von Kermor hatte den Sergeanten Martial und Jacques Helloch über diese Frage reden gehört und sagte darauf traurig und mit kaum vernehmbarer Stimme:

»Nein! Nein! Kehren wir nicht nach San-Fernando zurück! Ich will bis zur Mission gehen... will gehen, bis ich meinen Vater wiedergefunden habe! Nach Santa-Juana... Santa-Juana!«

Nach dieser Anstrengung sank sie fast bewußtlos zurück.

Jacques Helloch wußte nicht, wofür er sich entscheiden sollte. Gab er den Bitten des Sergeanten Martial nach, so lief er Gefahr, bei dem jungen Mädchen eine verderbliche Krisis heraufzubeschwören, wenn diese bemerkte, daß die Piroguen wieder den Strom hinabschwammen. Alles in allem schien es geratener, die Reise fortzusetzen und womöglich Santa-Juana zu erreichen, wo weitere Hilfe gewiß ebenso sicher zu finden war wie in San-Fernando.

Dann wandte sich Jacques Helloch noch an Germain Paterne.

»Du vermagst also nichts zu tun?« rief er mit verzweifelter Stimme. »Du kennst keine Arznei, die dieses Fieber, an dem sie zugrunde gehen muß, zu beseitigen vermag?... Siehst du nicht, daß das arme Kind von Tag zu Tag mehr verfällt?«

Germain Paterne wußte nicht, was er antworten oder was er außer dem, das er schon versucht hatte, noch tun sollte. Das schwefelsaure Chinin, wovon er reichlichen Vorrat besaß, hatte trotz Anwendung in großen Dosen das Fieber nicht zu unterdrücken vermocht.

Und als der Sergeant Martial und Jacques Helloch ihn mit ihren Fragen bestürmten, kam er in arge Verlegenheit.

»Das schwefelsaure Chinin bleibt auf sie ohne Wirkung« – das war alles, was er zu sagen imstande war. »Vielleicht müßte man zu gewissen Kräutern oder Baumrinden greifen, die sich hier in der Gegend finden müssen. Doch wer soll sie uns zeigen, und wie könnten wir sie herbeischaffen?«

Valdez und Parchal, die hierüber gefragt wurden, bestätigten die Aussagen Germain Paternes. In San-Fernando benutzte man allgemein gewisse fieberwidrige Erzeugnisse des Landes... wirklich spezifische Mittel gegen die von sumpfigen Ausdünstungen hervorgerufenen Fieber, von denen Fremde und Einheimische in der trocknen Jahreszeit so viel zu leiden haben.

»Am meisten«, versicherte Valdez, »bedient man sich der Rinde der Cinchora und vor allem der des Coloradito.«

»Würden Sie diese Pflanzen erkennen?«

»Nein«, antwortete Valdez. »Wir sind nur Schiffsleute und immer auf dem Strome. Da müßte man sich schon an die Ilaneros wenden, von denen an den Ufern leider keiner zu sehen ist.«

Germain Paterne war es recht wohl bekannt, daß die Wirkung des Coloradito bei Sumpffiebern fast souverän ist, und es unterlag keinem Zweifel, daß auch hier das Fieber weichen würde, wenn die Kranke mehrere Abkochungen dieser Rinde nehmen könnte. Leider war auch er, ein Botaniker, nicht imstande, die Pflanze auf den Ufersavannen zu suchen.

Auf die bestimmte Willensäußerung Jeanne von Kermors hin hatten ihre Gefährten indes beschlossen, die Reise ohne Verzug fortzusetzen.

Das wertvolle Heilmittel konnte man sich in Santa-Juana jedenfalls verschaffen. Doch wieviel Zeit würden die beiden Piroguen brauchen, die zweihundert Kilometer, die es noch bis zur Mission war, zurückzulegen?

Am folgenden Tage wurde die Fahrt also mit dem Morgengrauen fortgesetzt. Heute drohte es mit Gewittern, und man hörte zuweilen auch fernen Donner. Dabei herrschte aber ein günstiger Wind, den sich Valdez und Parchal nicht entgehen lassen wollten. Die braven Männer nahmen an dem Schmerze ihrer Passagiere aufrichtigen Anteil. Sie liebten ja den jungen Mann und waren untröstlich, ihn von Tag zu Tag schwächer werden zu sehen. Der einzige, der sich ganz gleichgültig erwies, war der Spanier Jorres. Er schien gar nicht darauf zu achten, was an Bord vorging. Seine Blicke schweiften nur über die Ilanos auf der rechten Seite des Ufers. In der Befürchtung, Verdacht zu erwecken, hielt er sich dann meist ganz vorn auf der »Gallinetta« auf, während seine Kameraden sich um den Mast herum ausgestreckt hatten. Ein- oder zweimal machte Valdez darüber eine Bemerkung, und ohne Zweifel hätte auch Jacques Helloch das Benehmen des Spaniers verdächtig gefunden, wenn er Muße gefunden hätte, diesen zu beobachten. Seine Gedanken waren aber ganz woanders, und während die Falcas Seite an Seite dahinglitten, verweilte er lange Stunden auf dem Fahrzeuge am Eingang des Deckhauses und behielt das junge Mädchen im Auge, das zu lächeln suchte, um ihm für seine Aufmerksamkeit zu danken.

Und heute sagte sie zu ihm:

»Herr Jacques, ich möchte Sie wohl um ein Versprechen bitten.«

»Sprechen Sie... sprechen Sie, Fräulein Jeanne. Ich werde das Versprechen halten, welches es auch sei.«

»Herr Helloch... vielleicht werd' ich doch nicht stark genug sein, unsre Nachsuchungen fortzusetzen. Vielleicht muß ich, in der Mission angelangt, in Santa-Juana längere Zeit zurückbleiben. Würden Sie nun, wenn wir erfahren, was aus meinem Vater geworden ist... ja... würden Sie...«

»Versuchen, ihn aufzufinden? – Gewiß Jeanne... meine liebe Jeanne. Ja, ich werde hinausziehen, werde den Spuren des Oberst von Kermor folgen, ihn sicherlich finden und ihn seiner Tochter zuführen.«

»Ich danke Ihnen, Herr Helloch, danke Ihnen im voraus von ganzem Herzen!« antwortete die Kranke, deren Kopf, den sie für einen Augenblick erhoben hatte, auf das Lager zurücksank.

Durch eine Mündungsstelle, die weit breiter als der Fluß selbst ist, ergießt der tiefe Padamo eine große Masse klaren Wassers in den Orinoco. Es ist einer der Nebenflüsse, der nicht ohne Grund mit dem Guaviare und dem Atabapo in Wettbewerb treten könnte.

Weiter aufwärts herrschte eine ziemlich schnelle Strömung zwischen steil abfallenden Ufern, über denen der Saum dichter Waldmassen sichtbar war. Die Piroguen fuhren manchmal unter Segel, manchmal wurden sie durch Pagaien fortbewegt. Vom Ocamo an nach aufwärts schrumpfte die Strombreite nun auf fünfzig Meter zusammen.

Der Tag verlief für die Kranke recht schlecht. Infolge eines sehr starken Fieberanfalls nahm ihre Schwäche noch weiter zu. Jetzt nahte offenbar der tödliche Ausgang, wenn es Germain Paterne nicht gelang, das einzige Arzneimittel zu beschaffen, das hier noch eine Wirkung versprach.

Wie könnten wir die schmerzliche Unruhe schildern, die unter den Passagieren der Piroguen herrschte! Des Sergeanten Martial hatte sich eine solche Verzweiflung bemächtigt, daß man für seinen Verstand fürchten konnte. Die Leute von der »Gallinetta« wichen gar nicht mehr von seiner Seite, weil sie besorgten, daß er sich in einem plötzlichen Anfalle geistiger Gestörtheit in den Fluß stürzen könnte.

Jacques Helloch blieb bei Jeanne, milderte den brennenden Durst, der sie verzehrte, mit etwas frischem Wasser und lauschte, beängstigt durch ihr leises Seufzen, auf jeden Laut von ihren Lippen. Sollte er wirklich die nicht retten können, der er so innig in reinster Liebe zugetan war und für die er sein Leben gern hundertmal in die Schanze geschlagen hätte?...

Da kam ihm auch der Gedanke, daß er dem Wunsche des jungen Mädchens hätte widerstehen und Anordnungen zur Rückkehr nach San-Fernando geben sollen. Es erschien ja fast widersinnig, unter den vorliegenden Verhältnissen bis zu den Quellen des Orinoco hinaufgehen zu wollen, und mit Erreichung derselben war man ja noch nicht einmal in Santa-Juana. Setzte kein Rio die Mission mit dem Flusse in Verbindung, so mußte man noch einen Weg über Land einschlagen und bei drückender Hitze durch unbegrenzte Wälder wandern.

Als Jeanne von Kermor aber aus ihrer Betäubung

erwachte, als das Fieber sie nur einigermaßen verlassen hatte, da fragte sie auch schon mit unruhiger Stimme:

»Herr Jacques, wir fahren doch immer noch auf dem richtigen Wege weiter?«

»Ja, Jeanne, ja!« antwortete er.

»Ich denke ohne Unterlaß an meinen armen Vater!... Ich habe auch geträumt, daß wir ihn gefunden hätten... daß er bei seiner Tochter wäre... und er dankte Ihnen, dankte für alles, was Sie für mich... und für ihn... getan hätten.«

Jacques Helloch wandte den Kopf ab, um seine Tränen zu verbergen. Ja, er weinte, dieser tatkräftige Mann weinte, weil er sich ohnmächtig fühlte gegenüber diesem sich immer verschlimmernden Leiden... gegenüber dem Tode, dessen kalte Hand sich schon nach dem jungen Mädchen ausstreckte!

Am Abend hielten die Piroguen bei Port Mapaya an, von wo sie früh am nächsten Morgen wieder abfuhren und sich bald der Segel, bald der Pagaien bedienten. Da das Wasser sehr niedrig war, liefen die Falcas wiederholt Gefahr, auf dem sandigen Grunde des Flusses aufzufahren.

Im Laufe dieses recht anstrengenden Tages kamen die beiden Piroguen an der Stelle vorüber, wo die Cerros Moras das rechte Ufer mit ihren letzten Ausläufern unterbrechen.

Am Nachmittag drohte ein neuer, ungemein heftiger Anfall das Leben der Kranken zu beendigen. Man glaubte ihr letztes Stündlein sei gekommen, der Sergeant Martial gebärdete sich so verzweifelt, daß Germain Paterne, um Jeanne dessen Weinen und Schluchzen nicht hören zu lassen, ihn nach der »Moriche« hinüberbringen ließ, die kaum fünfzig Schritte weit hinter der ersten Pirogue nachfolgte. Das schwefelsaure Chinin erwies sich völlig unwirksam.

»Germain... Germain«, sagte da Jacques Helloch, der seinen Genossen nach dem Vorderteile der »Gallinetta« geführt hatte, »Jeanne wird sterben müssen...«

»Gib noch nicht alle Hoffnung auf, Jacques!«

»Ich sage dir, sie wird sterben... und selbst, wenn dieser Anfall sie nicht tötet... einen zweiten solchen hält sie nicht mehr aus!«

Das war nur zu gewiß, und Germain Paterne ließ den Kopf sinken.

»Und nichts dagegen tun zu können«, seufzte er, »nichts!«

Gegen drei Uhr am Nachmittage fiel ein gewaltiger Regen herab, der die erstickende, fast unausgesetzt gewitterdrohende Luft etwas abkühlte. Das war recht erwünscht, denn dem Flusse kam das reichliche, aus den bleigrauen Wolken strömende Wasser recht sehr zugute. Die hier so zahlreichen Zuflüsse erhöhten den Wasserstand und begünstigten ja damit die Weiterfahrt der Piroguen.

Um vier Uhr kam hinter einer vorspringenden Waldmasse an der linken Seite der ziemlich hohe Cerro Yaname in Sicht, und oberhalb des scharfen Bogens, den der Orinoco hier beschreibt, öffnete sich die schmale Mündung des Rio Mavaca.

Da der Wind sich gänzlich gelegt hatte, unterbrachen Valdez und Parchal die Fahrt am Fuße eines Sitio, der nur aus wenigen, von fünf bis sechs Mariquitarer-Familien bewohnten Strohhütten bestand.

Der erste, der ans Land eilte, war Jacques Helloch, der noch nach der »Moriche« ein: »Kommen Sie mit, Parchal!« gerufen hatte.

Wohin wollte er?

Den Kapitan des Sitio aufsuchen.

Und welches Anliegen hatte er an diesen?

Er wollte ihn anflehen, die Sterbende dem Tode zu entreißen.

Der Kapitan bewohnte eine ziemlich ansehnliche Hütte, wie es die der Mariquitarer im allgemeinen sind. Es war ein geweckter, recht freundlicher Indianer von etwa vierzig Jahren, der die beiden Fremden sehr zuvorkommend empfing.

Auf Ersuchen Jacques Hellochs fragte ihn Parchal sofort nach dem Coloradito.

Wahrscheinlich kannte der Kapitan ja diese Pflanze, und jedenfalls kam sie in der Gegend hier vor.

»Ja, gewiß«, erwiderte der Indianer, »wir machen von ihr bei Fiebern gar oft Gebrauch.«

»Und sie heilt diese Leiden?«

»Immer!«

Vorstehende Worte wurden in der Indianersprache gewechselt, die Jacques Helloch nicht verstand; als Parchal ihm aber die Worte des Kapitans übersetzte, rief er drängend:

»Der Indianer soll uns etwas von dieser Rinde schaffen. Ich bezahle alles, was er dafür verlangt... gebe alles, was ich besitze.«

Der Kapitan entnahm einem der Körbe in seiner Hütte einige holzartige Stückchen, die er Parchal einhändigte.

Im nächsten Augenblick waren Jacques Helloch und Parchal schon zurück an Bord der »Gallinetta«.

»Germain! Germain! Der Coloradito! Der Coloradito!«

Das war alles, was Jacques Helloch hervorzubringen vermochte.

»Gut, Jacques, ein neuer Fieberanfall ist noch nicht wieder eingetreten«, antwortete Germain Paterne. »Jetzt ist die richtige Zeit... Wir werden sie retten, lieber Freund... ja, ja, wir retten sie noch!«

Während nun Germain Paterne die Abkochung zubereitete, suchte Jacques Helloch die Kranke zu beruhigen. Noch niemals hatte das Sumpffieber dem Coloradito widerstanden... darin konnte man dem Kapitan von Mavaca trauen...

Die arme Leidende mit ihren großen Augen und wachsbleichen Wangen hatte nach dem Anfall, bei dem ihre Körperwärme bis auf einundvierzig Grad gestiegen war, doch noch die Kraft, ein wenig zu lächeln.

»Ich fühle mich schon besser«, stammelte sie, »und ich habe doch noch gar nichts genommen...«

»Jeanne, meine liebste Jeanne«, murmelte Jacques Helloch, während er neben ihr niederkniete.

Germain Paterne genügten wenige Minuten, um aus der Rinde des Coloradito einen Auszug zu bereiten, und Jacques Helloch näherte die Tasse den Lippen des jungen Mädchens.

Als diese den Inhalt getrunken hatte, sagte sie nur: »Danke, danke!«, dann fielen ihr die Augen zu.

Jetzt mußte man sie allein lassen. Germain Paterne zog auch Jacques Helloch, der nicht von ihrer Seite gehen wollte, mit sich fort. Beide nahmen dann schweigend auf dem Vorderteil der Pirogue Platz.

Die Mannschaften waren schon veranlaßt worden, ans Land zu gehen, um an Bord jedes Geräusch zu vermeiden. Wenn die Kranke einschlummerte, war es höchst wichtig, ihren Schlaf durch nichts zu stören.

Der Sergeant Martial war über alles benachrichtigt worden; er wußte, daß das fieberwidrige Mittel erlangt und daß es Jeanne schon eingegeben worden war. Jetzt verließ er die »Moriche«, sprang eiligst ans Ufer und lief nach der »Gallinetta« zu.

Germain Paterne bedeutete ihm zurückzubleiben.

Der arme Mann gehorchte, und mit Tränen in den Augen lehnte er sich gegen ein Felsstück.

Nach der Ansicht Germain Paternes mußte, wenn ein neuer Anfall ausblieb, die Aufsaugung des Coloradito ihre Wirkung getan haben. Binnen zwei Stunden würde das entschieden sein. Binnen zwei Stunden mußte man wissen, ob die Hoffnung, ja sogar die gewisse Aussicht vorlag, das junge Mädchen zu retten.

Mit welch unsäglicher Angst warteten jetzt alle auf die Entscheidung! Jeder lauschte gespannt, ob ein Seufzer den Lippen der Kranken entschlüpfte... ob sie riefe... doch kein Wort von ihr wurde hörbar.

Jacques Helloch näherte sich dem Deckhause.

Jeanne schlummerte, schlummerte ganz ruhig, ohne jedes Zeichen von Atemnot.

»Sie ist gerettet... gerettet!« hauchte er Germain Paterne ins Ohr.

»Ich hoffe es... ich glaub' es! Oh, der Coloradito ist ein vortreffliches Mittel... leider sind nur die Apotheken am obern Orinoco gar so selten!«

Als Jeanne dann am Nachmittage einmal erwachte, konnte sie, die Hand ausstreckend, mit vollem Recht zu Jacques Helloch sagen:

»Ich fühle mich jetzt besser... ja, weit besser!«

Und zu dem Sergeanten Martial, der nun Erlaubnis erhalten hatte, an Bord der »Gallinetta« zurückzukehren, sagte sie:

»Es geht gut, lieber Onkel!« und dabei wischte sie dem alten Soldaten die Tränen aus den Augen.

Die ganze Nacht hielt man an ihrem Lager Wache, und wiederholt wurde ihr die heilsame Abkochung eingeflößt. Im übrigen schlief sie friedlich, und bei ihrem Erwachen am nächsten Morgen konnte es niemand mehr zweifelhaft sein, daß sie der Genesung entgegenging. Wie jubelten da die Passagiere, und wie aufrichtig teilten die Mannschaften ihre Freude!

Selbstverständlich nötigte man den Kapitan von

Mavaca, trotz seiner lobenswerten Weigerung, zugunsten seiner Familie aus der Ladung der »Moriche« zu wählen, was ihm begehrenswert erschien. Der wackre Mann zeigte sich höchst bescheiden. Einige Messer, eine kleine Axt, ein Stück Stoff, einige kleine Spiegel und Glasgegenstände nebst einem halben Dutzend Zigarren... das nahm er als Entschädigung für seinen Coloradito an.

Erst ganz kurz vor der Abfahrt fiel es auf, daß Jorres nicht an Bord der Pirogue und wahrscheinlich vom Abend vorher bis heute morgen abwesend gewesen war.

Als er sich schließlich einstellte und Jacques Helloch ihn deswegen fragte, gab er zur Antwort, daß er, da die Mannschaft Befehl erhalten hätte, ans Land zu gehen, gleich draußen im Wald geschlafen habe, und man mußte sich wohl mit dieser unkontrollierbaren Antwort, die ja nicht erfunden zu sein brauchte, begnügen.

In den folgenden vier Tagen kamen die Falcas nur mühsam den Orinoco weiter hinauf, so daß in vierundzwanzig Stunden kaum zehn Kilometer zurückgelegt wurden. Doch immerhin! Jeannes Genesung ging ja schnell vor sich, und Dank der guten Nahrung, die Germain Paterne für sie mit besondrer Sorgfalt auswählte, nahmen ihre Kräfte zusehends zu. Jacques Helloch wich gar nicht mehr von ihrer Seite, und der Sergeant Martial hatte das schließlich ganz natürlich gefunden.

»Das sollte nun einmal so kommen!« wiederholte er sich immer, »doch, alle Bomben und Granaten, was wird mein Oberst dazu sagen?«

Am nächsten Tage schon konnte die Rekonvaleszentin das Deckhaus zwischen zwölf und zwei Uhr einmal verlassen. In eine leichte Decke eingehüllt und auf weichem Lager aus trockenen Gräsern auf dem Hinterteile der Pirogue ausgestreckt, atmete sie begierig die reine und stärkende Luft der Savannen ein.

Die Breite des Flusses überstieg jetzt keine dreißig Meter. Sehr häufig mußten nun die Falcas mittels der Garapatos oder der Estrilla weitergetrieben werden. Man traf auch noch auf einige kleine, aber beschwerliche Raudals, und das Wasser war bisweilen so seicht, daß man sich fast veranlaßt sah, die Piroguen zu entladen.

Zum Glück konnte man sich diese langwierige Arbeit ersparen. Dadurch, daß die Mannschaften ins Wasser stiegen, wurden die Fahrzeuge so weit entlastet, daß sie auch über die schlimmsten Stellen hinwegkamen. So war es mit dem Raudal von Manaviche und dem von Yamaraquin am Fuße des Cerro Bocon, der den Fluß um achthundert Meter überragt.

Jeden Abend gingen Jacques Helloch und der Sergeant Martial in die wildreichen Uferwälder jagen und kehrten nie zurück, ohne eine Anzahl Hoccos oder Pavas mitzubringen. In den südlichen Provinzen Venezuelas spielt die Frage der Ernährung überhaupt keine Rolle, wenigstens nicht für den Liebhaber des hier ganz vortrefflichen Wildes – ohne von den Fischen zu reden, dic überall in Unmasse vorkommen.

Jeannes Gesundheit war jetzt völlig wiederhergestellt. Sie hatte seit der Anwendung des Coloradito nicht den geringsten Fieberanfall mehr gehabt. Ein Rückfall der Krankheit war auch nicht zu befürchten, wenn man nur die von ihrer Jugend unterstützte Natur walten ließ. Im Laufe des 25. tauchte eine geradlinige Bergkette auf, die man auf den Karten unter dem Namen der Cerros Guanayos findet.

Am 26. überwanden die Piroguen nicht ohne große Schwierigkeiten und ermüdende Anstrengungen das

Raudal von Marques.

Wiederholt drängte sich Jacques Helloch, Valdez und Parchal die Wahrnehmung auf, daß das rechte Ufer doch nicht so verlassen war, wie es anfänglich erschien. Gelegentlich glaubte man menschliche Gestalten wahrzunehmen, die zwischen den Bäumen und hinter dem Buschwerk hinhuschten. Waren das Guaharibos, so konnte man sich darüber beruhigen, denn diese Stämme sind so gut wie ganz harmlos.

Jetzt war es nicht mehr so wie zur Zeit, als Chaffanjon den Orinoco befuhr und seine Leute täglich einen Überfall durch Eingeborene fürchten mußten. Die Mannschaften legten jenen Wahrnehmungen auch keinerlei Bedeutung bei.

Es bleibe aber nicht unerwähnt, daß Jacques Helloch und der Sergeant Martial immer vergeblich versuchten, an die flüchtigen Gestalten, die sie am Saume des Waldes zu sehen glaubten, heranzukommen. Jede Verfolgung derselben erwies sich als fruchtlos.

Wenn das aber keine Guaharibos, sondern Quivas – und vorzüglich solche von der Bande jenes Alfaniz – waren, bildete ihr Vorkommen hier gewiß eine ernste Gefahr. Parchal und Valdez behielten darum auch das Ufer stets scharf im Auge und erlaubten keinem ihrer Leute mehr, ans Land zu gehen. Die Art und Weise, wie sich Jorres dabei verhielt, erweckte keinerlei Verdacht, ja er bekundete sogar niemals den Wunsch, sein Fahrzeug zu verlassen. Übrigens hatten die Piroguen nur noch sieben bis acht Tagesreisen vor sich und mußten dann wegen Wassermangels im Flußbett sowieso still liegenbleiben. Der Orinoco war dann auf ein dünnes Wasserfädchen reduziert, das sich aus der Parimakette hervorschlängelt und aus dem erst dreihundert Zuflüsse die große Verkehrsader Südamerikas machen.

Dann wurde es nötig, die Falcas zu verlassen und bis Santa-Juana eine Strecke von etwa fünfzig Kilometern durch die dichten Wälder des rechten Ufers zu Fuß zurückzulegen. Da lag ja das vorläufige Ziel, und diese Aussicht mußte jedem die Beschwerden eines solchen beschwerlichen Marsches erleichtern. Der 27. Oktober und der folgende Tag konnten zu den schlimmsten Reisetagen seit der Abfahrt von Caïcara gezählt werden. Es bedurfte der größten Hingebung der Mannschaften und aller Geschicklichkeit der Schiffer, um das Raudal der Guaharibos zu überwinden, die Stelle, die 1760 Diaz de la Fuente, der erste Erforscher des Orinoco, erreichte. Das veranlaßte Germain Paterne zu der gerechtfertigten Bemerkung:

»Wenn die Indianer dieses Namens nicht zu fürchten sind, so kann man das jedenfalls nicht von den Stromschnellen sagen, die nach ihnen benannt sind.«

»Ja, es wäre ein Wunder, wenn wir ohne Beschädigungen darüber hinwegkämen«, antwortete Valdez.

»Da der Himmel schon ein solches getan hat, indem er die Rettung unsers lieben Jean gelingen ließ, wird er auch noch ein zweites für die Pirogue tun, die ihn trägt. Ein Wunder ist ja leicht getan, wenn man der allmächtige Gott, der Schöpfer des Himmels und der Erde, ist...«

»Amen!« murmelte der Sergeant Martial in feierlichstem Ernste.

Und wahrlich, es war wunderbar, hier nur mit einigen leichten Havarien wegzukommen, mit ein paar Rissen und Schrammen, die gleich unterwegs geheilt werden konnten.

Man stelle sich eine Treppe von hintereinander liegenden Wasserbecken vor, die auf einer Strecke von zwölf Kilometern einanderfolgen. Diese Anordnung erinnerte lebhaft an die mächtigen Schleusenanlagen des Götakanals in Schweden. Der Kanal von Stockholm nach Göteborg ist jedoch mit Kammern und mit sich öffnenden und schließenden Wassertoren versehen, die den Schiffsverkehr darauf erleichtern. Hier gab es dagegen weder Kammern noch Schleusentore, man mußte sich vielmehr über die Treppenabsätze, die kaum einen Zoll Wasser unter den Bodenplanken der Falcas übrigließen, mühsam emporarbeiten. Alle Ruderer mußten also dabei mithelfen und die Fahrzeuge mit der an Bäumen oder Felsblöcken befestigten Espilla vorwärts schleppen. Wäre die trockne Jahreszeit schon weiter vorgeschritten gewesen, so hätte dieses Raudal die Piroguen gewiß endgültig aufgehalten.

Das ist so sicher, daß z. B. Chassanjon an dieser Stelle sein Fahrzeug verlassen und seine Weiterreise, die ihn bis zu den Orinocoquellen führen sollte, in einem Curiare ausführen mußte.

Früh am Morgen brach man wieder auf. Die Breite des Flusses wechselte nur noch zwischen fünfzehn und zwanzig Metern. Die Falcas überschifften auch noch andre Stromschnellen am Fuße der Sierra Guahariba – unter andern das Raudal der Franzosen –, und mehr als einmal rissen die kaum noch schwimmenden, sondern mehr mit den Armen fortgeschobenen Fahrzeuge tiefe Furchen in das sandige Flußbett.

Am Abend endlich legten Parchal und Valdez die Falcas am Abhange des linken Ufers fest.

Ihnen gegenüber, auf dem andern Ufer, ragte die dunkle Masse eines hohen Pics empor. Das konnte kein andrer als der Pic Maunoir sein – so getauft von dem französischen Reisenden zu Ehren des Generalsekretärs der Geographischen Gesellschaft von Paris.

Vielleicht wurde, infolge der Übermüdung, diese Nacht nicht so scharf Wache gehalten. Nach dem

Abendessen hatte wenigstens keiner einen andern Gedanken als den, die Ruhe zu suchen, die jeder so nötig brauchte. Passagiere und Mannschaften versanken denn auch bald in tiefen Schlummer.

Im Laufe der Nacht erfolgte kein Angriff – kein Überfall, weder durch die Bravos-Indianer, noch durch die Alfanizschen Quivas.

Beim Erwachen am frühen Morgen stießen die beiden Schiffer einen Schrei des Unmuts aus.

Das Wasser war seit gestern um fünfzig Zentimeter gefallen, und die Piroguen saßen fest. Kaum einzelne gelbliche Wasserfäden rannen noch im Bett des Orinoco hin.

Die Schiffahrt war damit also für die ganze Dauer der trocknen Jahreszeit unterbrochen.

Als die Mannschaften dann nach dem Vorderteile der Piroguen zusammengerufen wurden, zeigte es sich, daß einer der Leute beim Appell fehlte.

Jorres war wieder verschwunden, und diesmal sollte er auch nicht zurückkehren.

Siebtes Kapitel

Das Lager beim Pic Maunoir

Der Pic Maunoir überragt die Savanne um volle fünfzehnhundert Meter. Die Bergkette, die sich an die gewaltige Masse anschließt und deren unerschütterliches Bollwerk er zu bilden scheint, verzweigt sich über Sehweite hinaus nach Südosten.

Etwa vierundzwanzig Kilometer davon erhebt sich der Ferdinand von Lesseps-Pic – so hat ihn wenigstens Chaffanjon auf seiner Karte bezeichnet.

Hier beginnt die bergige Gegend, wo das orographische System Venezuelas die größten Erhebungen zeigt. Hier wölben sich breite, gewaltige Rücken und kreuzen sich diese verbindenden Kämme in allen Richtungen. Der Anblick, den die Gebirge bieten, wirkt überraschend großartig. Hier steigt die Sierra Parima, die Nährmutter des Orinoco, auf, dort, von Wolken umhüllt, der »Rote Berg«, von dem zahllose, bei den Indianern in besonderem Rufe stehende Bäche herabrieseln – jener Roraima, ein riesiger Meilenstein im Mittelpunkt der Grenzen der drei Staaten.

Wenn es möglich gewesen wäre, wären Jacques Helloch und seine Gefährten auf dem Strom bis zur Sierra Parima, aus der dessen erste Quellen hervorsprudeln, hinaufgefahren. Darauf mußten sie jetzt leider verzichten, wenn es auch zur Not möglich gewesen wäre, die Reise mittels der Curiares ihrer Piroguen noch fortzusetzen. Diese Boote hätten aber nur ein bis zwei Personen aufnehmen können. Wie wäre es aber möglich gewesen, ohne Mithilfe der Mannschaften weiterzukommen, und was wäre aus dem gesammten Gepäck dabei geworden?

Am Morgen dieses Tages traten Jacques Helloch, Germain Paterne, Jean, dessen Kräfte zusehends zunahmen, und der Sergeant Martial, denen sich die Schiffer Valdez und Parchal angeschlossen hatten, zu einer Beratung – einem von den Indianern Nordamerikas sogenannten Palaver – zusammen.

Ob Palaver oder Beratung – jedenfalls sollten dabei wichtige Beschlüsse gefaßt werden, von denen die Fortsetzung und vielleicht auch der ganze Erfolg der Reise abhingen.

Die genannten sechs Personen hatten am Saume des Waldes an einer Stelle Platz genommen, die den Namen des »Lagers am Pic Maunoir« erhielt, obgleich der Pic auf dem jenseitigen Ufer lag. Darunter dehnte sich das mit Sand und Steinen bedeckte Flußbett aus, in dem die Falcas an der Mündung eines Rio, des Rio Torrida, auf dem Trocknen saßen.

Das Wetter war schön, der Wind frisch und regelmäßig. Zur Linken, auf dem entgegengesetzten Ufer, erglänzte der von den Sonnenstrahlen gebadete Gipfel des Pics, und auf seiner bewaldeten östlichen Seite leuchtete eine breite, helle Fläche.

Die Mannschaften waren beschäftigt, auf dem Vorderteil der Pirogue, das von leichtem, nach Süden wegziehendem Rauche halb verhüllt war, die erste Mahlzeit herzurichten.

Übrigens zeigte sich jetzt kein Indianer, ebensowenig auf dem Fluße oder an dessen Ufer noch unter den ersten Bäumen des Waldes. Von bewohnten oder verlassenen Strohhütten war keine Spur zu sehen, obwohl sonst zu dieser Zeit die Ufer hier mehrfach von den Eingeborenen aufgesucht wurden. Die in diesen Landesteilen zerstreuten Indianer nehmen aber nirgends feste Wohnsitze ein. Selbstverständlich dringen Händler von San-Fernando niemals so weit den Fluß hinauf, da sie zu leicht von Wassermangel überrascht würden. Mit welchem Flecken, welchem Rancho sollten sie auch hier in Geschäftsverbindung treten? Jenseits von dem jetzt auch verödeten la Esmeralda trifft man Wohnstätten nicht einmal in genügender Anzahl beisammen, um ein Dorf zu bilden, und im ganzen ist es selten, daß Piroguen über die Mündung des Cassiquiare hinausgehen.

Unter den Versammelten nahm Jacques Helloch sofort das Wort.

»Sie sind noch niemals auf dem obern Orinoco weiter hinaufgekommen, Valdez?« fragte er.

»Niemals«, antwortete der Schiffer der »Gallinetta«.

»Sie auch nicht, Parchal?«

»Auch ich nicht«, erklärte der Schiffer der »Moriche«.

»Keiner Ihrer Leute kennt den Flußlauf oberhalb des Pic Maunoir?«

»Keiner«, versicherten Parchal und Valdez.

»Keiner... außer vielleicht Jorres«, ließ sich Germain Paterne vernehmen, »doch der hat sich von uns getrennt. Ich habe ihn in Verdacht, daß er nicht zum ersten Male diese Gebiete durchstreift, obgleich er das Gegenteil hartnäckig behauptete.«

»Wohin mag er denn gegangen sein?« fragte der Sergeant Martial.

»Dahin, wo er ohne Zweifel erwartet worden ist«, antwortete Jacques Helloch.

»Erwartet...?«

»Jawohl, Sergeant; seit einiger Zeit ist mir das Verhalten des Mannes überhaupt verdächtig vorgekommen.«

»Und mir nicht weniger«, setzte Valdez hinzu. »Als ich ihn nach seiner nächtlichen Abwesenheit am Rio Mavaca fragte, warum er eigentlich weggeblieben wäre, gab er mir eine recht nichtssagende Antwort.«

»Doch als er in San-Fernando an Bord kam«, fiel Jean jetzt ein, »war es doch seine Absicht, sich nach der Mission Santa-Juana zu begeben.«

»Es ist auch nicht zu bezweifeln, daß er den Pater Esperante gekannt hat«, setzte Germain Paterne hinzu.

»Das ist wahr«, sagte der Sergeant Martial, »es gibt aber keine Erklärung dafür, warum er gerade jetzt verschwunden ist, wo wir nur noch einige Tagreisen von der Mission entfernt sind.«

Schon in den letzten Tagen hatte sich der Gedanke,

daß Jorres den schlimmsten Verdacht rechtfertigen könne, bei Jacques Helloch mehr und mehr befestigt. Wenn er davon gegen niemand gesprochen hatte, kam das daher, daß er seine Gefährten nicht beunruhigen wollte. Von allen war er jetzt auch der, den das Verschwinden des Spaniers am wenigsten überraschte, wenn er sich auch kein Hehl daraus machte, daß das recht ernste Folgen haben könnte.

Wenn er darüber nachdachte, fragte er sich wohl auch schon, ob Jorres nicht einer der aus Cayenne entwichenen Sträflinge sei, die jetzt an der Spitze der von Alfaniz angeführten Quivas standen. Alfaniz war ja ebenso Spanier wie er. Wenn das der Fall war, was machte er dann zur Zeit, als man ihn traf, in San-Fernando?... Warum verweilte er überhaupt in jenem Orte? Gewiß war nur, daß er sich daselbst befand und daß er, nachdem ihm bekannt geworden war, daß die Passagiere der Piroguen nach Santa-Juana gehen wollten, dem Schiffer der »Gallinetta« seine Dienste anbot.

Jetzt, wo Jacques Hellochs Verdacht infolge der Flucht des Spaniers festere Gestalt angenommen hatte, erfüllten ihn folgende Gedanken:

Wenn Jorres nicht der Alfanizschen Bande angehört und er keine schlechten Absichten hat, wenn es wirklich seine Absicht war, nach der Mission zu gelangen, warum verläßt er uns so nahe am Ziel der Reise?

Er ist aber verschwunden, wo man erst recht hätte voraussetzen sollen, daß er bei der übrigen Gesellschaft bliebe. Und wer weiß, ob er nicht, auf eine geheim erhaltene Nachricht hin, daß die Quivas und ihr Führer in den benachbarten Savannen umherschwärmten, die Nacht benutzt hat, um das Raubgesindel aufzusuchen...

Wenn das der Fall war, jetzt, wo die Piroguen festsaßen und die kleine Gesellschaft gezwungen war, ziemlich weit durch den dichten Urwald zu marschieren, um nach Santa-Juana zu gelangen, dann drohte dieser auch die Gefahr eines Überfalles, den sie bei ihrer Minderzahl gewiß kaum abzuschlagen vermochte.

Von solchen recht ernsten Befürchtungen wurde Jacques Helloch jetzt beschlichen.

Davon hatte er aber gegen niemand gesprochen... kaum mit wenigen Worten gegen Valdez, der seinen Verdacht bezüglich des Spaniers teilte.

Nach der vom Sergeant Martial so bestimmt aufgeworfenen Frage nach dem unerklärlichen Verschwinden jenes Jorres bemühte er sich denn auch, dem Gespräch eine andre und bei der Lage der Dinge mehr Nutzen versprechende Wendung zu geben.

»Lassen wir Jorres, wo er ist«, sagte er. »Vielleicht kommt er doch noch wieder zurück, vielleicht nicht. Wir haben uns mehr mit unsrer gegenwärtigen Lage zu beschäftigen und die Mittel zur Erreichung des letzten Zieles zu erwägen. Auf dem Orinoco können wir die Reise nicht weiter fortsetzen, das ist, ich erkenne es an, ein unglücklicher Umstand...«

»Der aber doch«, fiel Jean ein, »nach wenigen Tagen sowieso eingetreten wäre. Selbst angenommen, wir hätten die Quellen mit unsern Piroguen erreichen können, so hätten wir sie doch am Fuße der Sierra Parima verlassen müssen. Wir haben es ja nicht anders gewußt, als daß wir die Strecke von da bis zur Mission Santa-Juana, die ja mit dem Orinoco nicht in unmittelbarer Verbindung steht, zu Fuß zurücklegen müßten.«

»Sie haben recht, lieber Jean«, antwortete Jacques Helloch, »früher oder später, morgen, wenn es nicht schon heute nötig geworden wäre, hätten wir die Falcas verlassen müssen. Wäre es möglich gewesen, noch etwa vierzig Kilometer weiter nach Osten vorzudringen – und eine solche Fahrt wäre in der Regenzeit leicht auszuführen gewesen –, so hätte uns das manche Anstrengungen erspart, die ich vor allem für Sie fürchte.«

»Oh, ich habe meine Kräfte wieder, Herr Helloch«, versicherte Jean; »ich wäre bereit, schon heute aufzubrechen, und würde gewiß nicht zurückbleiben.«

»Ah, vortrefflich!« rief Germain Paterne. »Man braucht Sie nur zu hören, um ganz frisch und munter zu werden! Doch wir wollen alles recht nüchtern überlegen, ehe ein Entschluß gefaßt wird. Kannst du, Jacques, wohl sagen, wie weit wir jetzt sowohl von den Quellen als auch von der Mission noch entfernt sind?«

»Das hab' ich mir nach der Karte berechnet«, antwortete Jacques Helloch. »Von der Sierra Parima dürften wir demnach höchstens fünfzig Kilometer entfernt sein. Ich glaube aber nicht, daß es der richtige Weg wäre, bis nach den Quellen hinaufzugehen.«

»Und warum nicht?« fragte der Sergeant Martial.

»Weil die Mission, wie wir bereits in San-Fernando gehört und von Herrn Manuel bestätigt bekommen haben, am Rio Torrido, im Nordwesten von unserm Lager am Pic Maunoir, liegt. Da erscheint es doch geratener, den geraden Weg dahin einzuschlagen und nicht über die Sierra Parima einen Umweg zu wählen.«

»Ganz recht«, stimmte Jean ihm zu. »Ich halte es für nutzlos, uns unnötige Anstrengungen zuzumuten, und es ist gewiß besser, in gerader Linie nach der Mission von Santa-Juana zu ziehen.«

»Ja, wie denn?« fragte der Sergeant Martial.

»Wie wir es getan hätten... hätten tun müssen, wenn wir bis nach der Sierra Parima gekommen wären.«

»Zu Fuß?«

»Natürlich zu Fuß«, erklärte Jacques Helloch. In diesem menschenverlornen Landstriche gibt es keinen Sitio, keinen Rancho, wo wir uns Pferde verschaffen könnten.«

»Und unser Gepäck«, fragte Germain Paterne... »das müßten wir also an Bord der Piroguen zurücklassen?«

»Ja freilich«, antwortete Jacques Helloch, »das kann ja ohne Bedenken geschehen. Warum sollten wir uns mit umfänglichen Gepäckstücken belasten?«

»Hm!« machte Germain Paterne, der mehr an seine Naturaliensammlungen als an seine Hemden und Strümpfe dachte.

»Wer weiß übrigens«, warf Jean ein, »ob unsre Nachsuchungen uns nicht noch über Santa-Juana hinausführen.«

»In diesem Falle«, erwiderte Jacques Helloch, »und wenn wir in der Mission nicht alles, was wir brauchen, finden, würden wir unser Gepäck nachkommen lassen müssen. Hier an dieser Stelle werden die Piroguen unsre Rückkehr abzuwarten haben. Parchal und Valdez oder wenigstens einer von beiden, werden sie mit der Schiffsmannschaft bewachen. Die Mission liegt nicht so weit von hier, daß ein Mann zu Pferde die Strecke nicht in vierundzwanzig Stunden zurücklegen könnte, und jedenfalls wird der Verkehr mit Santa-Juana nicht allzu schwierig sein.«

»Ihre Ansicht, Herr Helloch«, fuhr Jean fort, »geht also dahin, nur das Unentbehrlichste für eine drei- bis viertägige Wanderung mitzunehmen.«

»Ganz recht, lieber Jean, das ist das einzige, was wir tun können, und ich würde sogar vorschlagen, sofort aufzubrechen, wenn wir nicht erst noch das Lager an der Mündung des Rio Torrida einzurichten hätten. Vergessen wir nicht, daß wir hier unsre Piroguen wiederfinden müssen, wenn wir nach San-Fernando zurückkehren wollen.«

»Mit meinem Oberst!« rief der Sergeant Martial.

»Mit meinem Vater!« flüsterte Jean.

Über Jacques Hellochs Stirn war eine leichte Wolke des Zweifels gezogen. Er ahnte manche Schwierigkeiten und fürchtete manche Hindernisse, ehe das Ziel wirklich erreicht werden würde. Und würde man dann in Santa-Juana wohl zuverlässige Mitteilungen erhalten, die es erlaubten, die Spuren des Oberst von Kermor weiterzuverfolgen?

Jedenfalls hütete er sich, seine Gefährten irgendwie zu entmutigen. Die Umstände hatten es ihm auferlegt, zuzustimmen, daß er die Reise bis zum Ende mit ausführte, und er dachte, vor keiner Gefahr zurückzuweichen. Gleichsam zum Führer des kleinen Zuges geworden, dessen Erfolg noch in so unbestimmter Ferne lag, fühlte er sich auch verpflichtet, dessen Leitung zu übernehmen, und er wollte nichts versäumen, diese Pflicht zu erfüllen.

Die Abfahrt wurde bis zum nächsten Tage verschoben, und man ging daran, die Gegenstände auszuwählen, die bei einer drei bis vier Tagesmärsche langen Wanderung durch die Urwälder der Sierra unentbehrlich erschienen.

Auf seinen eignen Vorschlag hin wurden Valdez und zwei seiner Leute bestimmt, die Reisenden bis zur Mission zu begleiten. Parchal und die übrige sechzehn Köpfe zählende Mannschaft sollten am Lagerplatze bleiben und die Piroguen überwachen. Wer konnte aber wissen, ob es nicht mehrere Monate dauern würde, ehe deren Passagiere zurückkehren konnten! Dann neigte sich die trockne Jahreszeit ihrem Ende zu, und die Schiffahrt wurde wieder möglich. Doch das kam ja erst in Betracht, wenn es sich wirklich um die Rückreise handelte.

Gewiß konnte man schmerzlich bedauern, daß diese Gegend am obern Orinoco so völlig menschenleer war. Wie vorteilhaft wäre es gewesen, bei Indianerfamilien etwa nötige Erkundigungen einziehen zu können. Sie hätten jedenfalls über den einzuhaltenden Weg, über die Mission von Santa-Juana und deren genaue Lage im Nordosten des Flusses wertvolle Auskunft gegeben.

Jacques Helloch hätte dabei wohl auch erfahren, ob Alfaniz mit seiner Quivas-Bande in der Umgebung des rechten Ufers aufgetaucht wäre, denn wenn Jorres sich ihr hatte anschließen können, hauste sie unzweifelhaft in dem benachbarten Gebiete.

Überdies hätte man gewiß einen jener Indianer als Führer durch den dichten Wald anwerben können, der nur unbestimmte Pfade, die von vorübertrabenden Raubtieren oder von Indianern herrühren mochten, erkennen ließ.

Als Helloch gegen Valdez den Wunsch aussprach, daß er hier gern auf Indianer stieße, unterbrach ihn dieser mit den Worten:

»Möglicherweise treffen wir ein bis zwei Büchsenschuß weit vom Lager auf einzelne Hütten von Guaharibos.«

»Haben Sie Gründe, das zu glauben?«

»Wenigstens einen, Herr Helloch, denn als ich am Waldessaume, etwa zweihundert Schritt vom Ufer, entlangging, hab' ich Asche von einer Feuerstätte gefunden.«

»Erloschen gefunden...?«

»Ja, doch die Asche war noch warm.«

»Möchten Sie sich nicht getäuscht haben, Valdez! Doch wenn es Guaharibos hier in der Nähe gibt, warum sollten sie nicht neugierig auf die Piroguen zugelaufen sein?«

»Zugelaufen, Herr Helloch!... Nehmen Sie lieber an, sie wären spornstreichs entflohen.«

»Ja, warum denn? Wär' es für sie nicht ein glücklicher Zufall gewesen, mit Reisenden in Verkehr zu treten, wo sie mit ihnen hätten nützliche Tauschgeschäfte machen können?«

»Es sind Memmen, die armen Kerle! Ihre erste Sorge wäre es nur gewesen, sich im Walde zu verstekken und erst wieder hervorzukommen, wenn sie glaubten, das ohne jede Gefahr wagen zu können.«

»Nun gut, Valdez, wenn sie selbst auch entflohen sind, haben doch ihre Strohhütten nicht die Flucht ergriffen, und vielleicht entdecken wir eine solche tiefer im Walde.«

»Darüber ist leicht Gewißheit zu erhalten«, meinte Valdez, »wenn wir nur bis zwei- oder dreihundert Schritt vom Waldessaume eindringen. Die Indianer pflegen sich nie sehr fern vom Flusse zu halten. Gibt es in der Umgebung überhaupt einen Sitio oder eine Einzelhütte, so werden wir keine halbe Stunde zu gehen haben, um darüber aufgeklärt zu werden.«

»Dann, Valdez, ziehen wir also auf Entdeckung aus. Da der Ausflug aber doch längere Zeit in Anspruch nehmen könnte, wollen wir erst frühstücken; nachher geht's fort.«

Unter Leitung der beiden Schiffer wurde das Lager schnell eingerichtet. Obgleich größere Vorräte an Salzfleisch, Konserven, Maniokmehl u. dgl. vorhanden waren, beschloß man doch, diesen Proviant für die spätere Rückreise aufzubewahren, um dann nicht vielleicht völlig entblößt zu sein. Valdez und seine beiden Leute beluden sich mit einigen Säcken. Traf man Indianer in der Nachbarschaft, so sollten diese mit zu Hilfe genommen werden, und die Lockspeise einiger

Piaster würde sie leicht zu Trägern und zu Führern machen.

Übrigens mußte auch die Jagd Jacques Helloch und seinen Reisegefährten ebenso wie den im Lager am Pic Maunoir zurückbleibenden Mannschaften mehr als das Notwendige liefern. Wir wissen, daß die Ernährungsfrage nie von besondrer Bedeutung war, wenn man so wildreiche Landstriche bereiste. Schon der Saum des Waldes lieferte dafür einen Beweis. Hier flatterten Wildenten, Hoccos und Pavas umher, hier sprangen Affen von einem Baum zum andern und trabten Bisam- und Wasserschweine hinter dem Gebüsch dahin, während das Wasser des Rio Torrida von Fischen geradezu wimmelte.

Während des Essens gab Jacques Helloch den Entschluß kund, den er in Übereinstimmung mit Valdez gefaßt hatte. Beide wollten im Umkreis eines Kilometers zur Aufsuchung von Guaharibos-Indianern ausziehen, die hier in den llanos des obern Orinoco wohnen mochten.

»Ich möchte Sie so gern begleiten«, rief Jean.

»Wenn ich dir's erlaube, mein Herr Neffe!« erklärte der Sergeant Martial. »Ich bin aber der Ansicht, du schonst deine Beine für die Wanderung. Ruhe getrost diesen Tag noch aus... auf ärztliche Verordnung!«

Ein so großes Vergnügen auch Jacques Helloch bei dem kurzen Ausfluge die Begleitung des jungen Mädchens gewährt hätte, mußte er sich doch sagen, daß der Sergeant Martial diesmal im Rechte war. Auf der Fußtour nach Santa-Juana standen der kleinen Gesellschaft noch genug Anstrengungen bevor, daß Jeanne von Kermor sich recht wohl eine vierundzwanzigstündige Ruhe können konnte.

»Mein lieber Jean«, sagte er, »Ihr Onkel rät Ihnen gut. Der heutige Tag wird Ihnen alle Kräfte wiedergeben... Valdez und ich, wir sind genug...«

»Eines Naturforschers benötigt man nicht?« fragte Germain Paterne.

»Man braucht doch keinen Naturforscher, um Eingeborne zu entdecken«, erwiderte Jacques Helloch. »Bleib nur hier, Germain, und botanisiere nach Herzenslust am Rande des Waldes oder längs des Ufers.«

»Ich werde Ihnen dabei helfen, Herr Paterne«, erbot sich Jean, »und wenn's hier seltne Pflanzen gibt, werden wir eine gute Ernte einheimsen.«

Vor dem Aufbruch empfahl Jacques Helloch dem Schiffer Parchal dringend, die Reisevorbereitungen möglichst zu beschleunigen. Was Valdez und ihn anging, hofften sie, vor Ablauf von zwei Stunden zurück zu sein, und jedenfalls würden sie ihre Nachsuchung nicht über eine gewisse Entfernung hin ausdehnen.

Damit verließen sie, der eine das Gewehr auf der Schulter, der andre die Axt im Gürtel, ihre Gefährten und verschwanden, eine schräge Richtung einschlagend, hinter den ersten Bäumen.

Es war jetzt neun Uhr morgens. Die Sonne erfüllte den Wald mit feurigen Strahlen. Zum Glück überwölbte üppiges Laubwerk den Erdboden, was die Temperatur etwas erträglicher machte.

Sind im Gebiete des obern Orinoco die Berge nicht bis zum obersten Gipfel mit Bäumen bestanden wie die Cerros am Mittellaufe, so zeigen die Wälder sich dafür reich an üppig gedeihenden Arten, die dem jungfräulichen Boden entsprießen.

Der Wald der Sierra Parima schien ganz verlassen zu sein. Dennoch konnte Valdez an einigen von ihm beobachteten Zeichen, an niedergetretenem Grase, abgebrochenen Zweigen und noch ziemlich frischen Fußtapfen, erkennen, daß sich Indianer auf der rechten Uferseite des Flusses befinden müßten.

Die Waldmasse – was wir hervorheben möchten – bestand zum größten Teile aus Baumarten, die selbst für die Eingebornen leicht verwertbar waren. Da und dort standen Palmen abweichender, wenn nicht für die Augen von Reisenden, die den Strom von Ciudad-Bolivar bis zum Pic Maunoir heraufgefahren waren, ganz neuer Art, ferner Bananen, Chapparos, Cobigas, Flaschenkürbisbäume und Marinas, deren Rinde zur Herstellung indianischer Säcke dient.

An einzelnen Stellen bemerkte man auch jene Kuh- oder Milchbäume, die in der Nähe des Ufers nicht so häufig vorkommen, und Gruppen von Morichis oder Lebensbäumen, die im Delta des Orinoco so häufig sind – eine höchst wertvolle Pflanze, deren Fasern zu Fäden und Stricken verarbeitet werden, deren Mark eine stoffreiche Nahrung liefert und deren Saft nach vollendeter Gärung ein sehr heilsames Getränk darstellt.

Je weiter Jacques Helloch hier in den Wald eindrang, desto mehr erwachten in ihm die Begierden des Jägers. Wie leicht hätte er jetzt Wasserschweine, Faultiere, Bisamschweine, eine Anzahl weißer, Benditas genannter Affen und mehrere Tapire erlegen können, die ihm in bequeme Schußweite kamen. Doch weder er noch Valdez hätte sich mit so viel Wild beladen können, und außerdem erschien es angezeigt, sich hier nicht durch den Knall einer Feuerwaffe zu verraten. Man wußte ja nicht, von wem er gehört werden könnte und ob nicht gar Quivas hinter dem Dickicht umherschweiften. Jedenfalls wären die Guaharibos, wenn solche entflohen waren, dadurch nicht zum Wiederkommen verlockt worden.

Jacques Helloch und Valdez gingen also schweigsam nebeneinander weiter. Sie folgten dabei einer Art gewundenem, durch niedergetretenes Gras erkennbarem Flußpfade, ohne zu wissen, wohin er führte und ob er vielleicht nach der Sierra zu in einer Lichtung mündete.

Es war aber im ganzen leicht zu sehen, daß die Wanderung durch den Wald nur langsam und mühevoll vor sich gehen würde und daß man auf Verzögerungen, Anstrengungen und öfteres Rasten rechnen müßte. Wären die Piroguen bis zu den Orinocoquellen hinaufgekommen, so hätte sich ihnen vielleicht im Gebiete der Parima ein weniger schwieriger Weg nach der Mission von Santa-Juana geboten.

Derlei Gedanken beschäftigten Jacques Helloch, während sich sein Begleiter nicht von dem Zwecke des Ausfluges, d.h. der Auffindung eines Sitio oder doch einer von Indianern bewohnten Hütte, wo er Unterstützung zu finden hoffte, ablenken ließ.

So rief denn auch, nach einstündiger Wanderung, der Schiffer der »Gallinetta« zuerst:

»Eine Strohhütte!«

Jacques Helloch und er blieben stehen.

Hundert Schritte von ihnen erhob sich eine rundliche, einem großen Champignon ähnelnde Hütte von recht dürftigem Aussehen. Tief unter einer Palmengruppe verloren, reichte ihr konisches Dach fast bis zur Erde herab. Am untern Teile des Daches befand sich eine unregelmäßige Öffnung, die durch keine Tür abgeschlossen war.

Jacques Helloch und Valdez begaben sich nach der Hütte und traten in deren Innenraum ein.

Er war leer.

In diesem Augenblicke hörten die beiden aus ziemlicher Nähe und in nördlicher Richtung das Krachen eines Schusses.

Achtes Kapitel

Der junge Indianer

»Achtung!... Ein Schuß!« rief Jacques Helloch.

»Und kaum dreihundert Schritt von hier«, antwortete Valdez.

»Sollte ihn der Sergeant Martial abgefeuert haben, der nach unserm Fortgange vielleicht jagen gegangen wäre?«

»Das glaub' ich kaum.«

»Oder etwa der Indianer, dem die Hütte hier jedenfalls gehört, Valdez?«

»Wir wollen uns zunächst überzeugen, ob sie bewohnt gewesen ist«, riet der Schiffer der »Gallinetta«.

Beide gingen – sie waren bei dem Krachen des Schusses herausgetreten – in die Strohhütte wieder zurück.

Ihr Inneres war ebenso dürftig wie ihre äußere Erscheinung. Von Möbeln keine Spur. Tief hinten auf dem Erdboden eine Lagerstatt aus dürren Gräsern, die offenbar erst unlängst zusammengedrückt waren. Nahe dem Eingange einige leere Flaschenkürbisse und der Rest eines Wasserschweins, das an einer Dachsparre hing. In einem Haufen zwei oder drei Dutzend in der Form Mandeln ähnlicher Gavillanüsse, eine Handvoll Bachacosameisen und geröstete Comejens, die ein Hauptnahrungsmittel der Bravos-Indianer bilden. Endlich ein mäßig großer flacher Stein, der als Feuerherd diente und auf dem noch einige rauchende Zweige glimmten.

»Der Bewohner dieser Hütte«, bemerkte Valdez, »muß noch kurz vor unserm Eintreffen hiergewesen sein.«

»Und kann auch nicht fern sein«, setzte Jacques

Helloch hinzu, »denn jedenfalls rührte der Schuß von ihm her.«

Valdez schüttelte den Kopf.

»Diese Indianer haben weder Flinten noch Pistolen. Ein Bogen, Pfeile, eine Sarbacane (Blaserohr), das ist alles.«

»Wir müssen uns aber doch über die Sache klarwerden«, rief Jacques Helloch, der, von neuer Unruhe erfüllt, sich fragte, »ob hier nicht doch die Quivas-Bande des gefährlichen Alfaniz umherschwärmte.«

Von welchen Gefahren waren dann die am Pic Maunoir lagernden Passagiere bedroht! Und welch verderbliche Angriffe hatten sie zu befürchten, wenn sie, ohne Führer auf dem Wege nach Santa-Juana, durch dieses Waldgebiet zogen!

Ihre Waffen bereithaltend, traten Jacques Helloch und Valdez aus der Hütte hervor und schlugen, hinter Bäumen und Gebüschen immer möglichst versteckt, die Richtung ein, von der her sie den Schuß vernommen hatten.

Die von ihnen eben verlassene Hütte gehörte nicht einmal zu einem Sitio. In ihrer Umgebung war nichts von einer Bearbeitung des Bodens oder von Anpflanzungen zu sehen – keine Gemüse, keine Fruchtbäume, kein Weideplatz für Nutztiere.

Jacques Helloch und Valdez drangen, aufmerksam lauschend und scharf umherspähend, langsam weiter vor. Ringsum hörten sie keinen andern Laut als den Schrei von Hoccos und das Pfeifen im Geäst sich tummelnder Pavas oder das Rascheln der Zweige im Dickicht, durch das vielleicht ein Tier hinschlich.

Schon zwanzig Minuten gingen sie in dieser Art weiter und fragten sich jetzt, ob sie nicht nach der Hütte und von da nach dem Lager zurückkehren sollten, als ihnen aus geringer Entfernung ein leises Schluchzen zu Ohren drang.

Valdez deutete durch ein Zeichen an, sich niederzuducken, nicht um besser zu hören, sondern um nicht eher gesehen zu werden, als bis der rechte Augenblick zum Hervortreten gekommen wäre.

Hinter einem Busche von Zwergflaschenkürbissen lag eine Waldblöße, die von grellem Sonnenschein beleuchtet war.

Als Valdez die Zweige des Busches etwas auseinanderschob, konnte er die Lichtung in ihrem ganzen Umfange übersehen und bemerkte dabei, daß das Schluchzen von jener Seite her ertönte.

Jacques Helloch, der neben ihm kauernd immer den Finger am Abzug des Gewehres hatte, blickte auch zwischen den Zweigen hindurch.

»Da... sieh da!« sagte endlich Valdez.

So viele Vorsicht, wie beide beachtet hatten, war, wenigstens in diesem Augenblicke, nicht nötig gewesen. Am andern Ende der Lichtung und am Fuße einer Palme sah man nur zwei menschliche Gestalten.

Die eine, die eines Mannes, lag regungslos, wie eingeschlafen oder vielmehr, als ob sie hier der Tod ereilt hätte, auf der Erde hingestreckt.

Die andre, die eines halben Kindes, kniete daneben, hob den Kopf des Mannes in die Höhe und ließ jenes Schluchzen vernehmen, dessen Veranlassung nun erkennbar wurde.

Hier lag keine Gefahr vor, sich den beiden Indianern, denn solche waren es, zu nähern, vielmehr erschien es eine Menschenpflicht, ihnen womöglich Hilfe zu bringen.

Sie gehörten nicht zu den – seßhaften oder umherschweifenden – Bravos, denen man in den Gebieten des obern Orinoco begegnet. Valdez erkannte ihren Typus vielmehr als den der Banivas, zu denen er selbst zählte.

Der eine, der, der kein Lebenszeichen von sich gab, schien ein Mann von etwa fünfzig, der andre ein Knabe von ungefähr dreizehn Jahren zu sein.

Jacques Helloch und Valdez gingen um den Busch herum und zeigten sich in einer Entfernung von vielleicht zehn Schritten.

Sobald er die beiden Fremdlinge gewahr wurde, sprang der junge Indianer auf die Füße. Auf seinen Zügen malte sich der Schrecken... einen Augenblick zögerte er noch, dann, als er zum letzten Male den Kopf des am Fuße des Stammes liegenden Mannes erhoben hatte, entfloh er, ohne daß die beruhigenden Zeichen des Schiffers Valdez ihn zurückhielten.

Beide liefen nun auf den Mann zu, beugten sich über ihn, richteten ihn auf, lauschten auf seine Atmung und legten ihm die Hand auf die Herzgegend.

Das Herz schlug nicht mehr; kein Atemzug kam über die blutleeren Lippen.

Der Indianer war tot... tot seit kaum einer Viertelstunde. Sein Körper war noch nicht erkaltet und zeigte noch keine Leichenstarre. Unter seinem mit Blut befleckten Guayuco zeigte es sich, daß eine Kugel seine Brust in der Höhe der Lungen durchbohrt hatte.

Valdez suchte auf dem Boden umher und fand richtig ein Geschoß zwischen dem geröteten Grase.

Es war eine Revolverkugel von sechseinhalb Millimeter Kaliber.

»Das Kaliber der Revolver, die an Bord der ›Gallinetta‹, sind«, bemerkte Jacques Helloch, »denn die auf der ›Moriche‹ haben ein Kaliber von acht Millimetern. Was bedeutet das? Was sollen wir beginnen?«

Seine Gedanken richteten sich sofort auf Jorres.

»Wir wollen zuerst versuchen, den Knaben zurückzuholen«, fuhr er fort. »Er allein kann uns mitteilen, was hier vorgegangen ist, unter welchen Umständen der Indianer erschossen wurde, und vielleicht auch, wer dessen Mörder war.«

»Ganz recht«, antwortete Valdez, »doch wo sollen wir ihn finden, da er aus Angst entflohen ist?«

»Sollte er nicht nach der Hütte gelaufen sein?«

»Das ist nicht grade wahrscheinlich.«

Es war das gewiß nicht wahrscheinlich, und tatsächlich auch nicht der Fall.

Der junge Indianer hatte sich nur etwa hundert Schritte weit zur Linken von der Waldblöße entfernt. Hinter einem Baume verborgen, beobachtete er von dort aus die beiden Fremden. Als er sich überzeugt hatte, daß von ihnen nichts zu fürchten sei, und sah, wie sie sich um den Indianer bemühten, wagte er einige Schritte vorwärts, um sich den Männern zu nähern.

Valdez bemerkte ihn und erhob sich – da schien das Kind aber aufs neue flüchten zu wollen.

»Reden Sie doch den Knaben an, Valdez«, sagte Jacques Helloch.

Der Schiffer der »Gallinetta« ließ einige Worte in der Indianersprache fallen, um den Knaben zu rufen. Nachdem er ihn dadurch weiter beruhigt hatte, verlangte er, jener solle zu ihnen kommen. Er bat ihn sogar, bei der Wegschaffung des Indianers von hier nach der Hütte behilflich zu sein.

Das Kind schien sich nicht ohne ängstliches Zögern zu entscheiden. Dem Ausdruck des Schreckens, der auf seinem Gesichte lag, folgte der des lebhaften Schmerzes, und wieder begann er kummervoll zu schluchzen.

Nur langsamen Schrittes kam er heran, und als er den toten Körper erreicht hatte, warf er sich unter strömenden Tränen über ihn hin.

Der junge, sanftmütig aussehende, von Natur recht kräftig gebaute Indianer schien durch Entbehrungen und Elend abgemagert zu sein. Das war wohl auch kein Wunder bei den Umständen, unter denen er inmitten des menschenleeren Urwalds und in jener Hütte wahrscheinlich allein mit dem hier am Boden liegenden älteren Indianer gelebt hatte. Auf der Brust trug er eines der kleinen Kreuze, die die katholischen Missionare an die Proselyten der Missionen auszuteilen pflegten. Er schien geweckten Geistes, denn als Jacques Helloch sich in spanischer Sprache an Valdez wendete, sagte er gleich, »daß er diese Sprache auch verstände.«

Nun stellte man einige Fragen an ihn.

»Wie heißt du?«

»Gomo.«

»Wer ist der Indianer hier?«

»Mein Vater.«

»Der Ärmste!« rief Jacques Helloch. »Es war sein Vater, der getötet wurde!«

Und da der Knabe weinte, ergriff er seine Hand, zog ihn an sich und suchte ihn durch Liebkosungen zu trösten.

Jetzt fragte Valdez weiter:

»Wer hat deinen Vater erschossen?«

»Ein fremder Mann... Er war mitten in der Nacht gekommen und in unsre Hütte eingedrungen.«

»In die Hütte, die da hinter uns liegt?« fuhr Valdez fort, indem er mit der Hand in der betreffenden Richtung hinwies.

»Ja... hier in der Nähe gibt es keine andre.«

»Woher kam wohl jener Mann?«

»Das weiß ich nicht.«

»War es ein Indianer?«

»Nein, ein Spanier.«

»Ein Spanier!« rief Jacques Helloch.

»Ja, wir verstanden ihn vollkommen, als er uns ansprach«, versicherte Gomo.

»Und was wollte er von euch?«

»Er wollte wissen, ob schon Quivas in den Wäldern der Parima eingetroffen wären.«

»Welche Quivas?« erkundigte sich Valdez ebenso lebhaft, wie es sein Begleiter nur hätte tun können.

»Die Quivas, deren Anführer Alfaniz ist«, erklärte Gomo.

»Die Bande des entsprungenen Sträflings!«

Sofort setzte Jacques Helloch noch hinzu:

»Sind sie denn hier schon aufgetaucht?«

»Das weiß ich nicht«, antwortete das Kind.

»Du hast auch nicht davon reden hören, daß sie sich in der Umgebung gezeigt hätten?«

»Nein.«

»Du hast sie aber schon gesehen... früher einmal?«

»Ja... ja!«

Und die Augen des jungen Indianers, dessen Züge wieder Schrecken und Angst ausdrückten, füllten sich aufs neue mit Tränen.

Auf weitere eindringliche Fragen, die Valdez an ihn richtete, erzählte er, daß jene Quivas mit ihrem Anführer das Dorf San-Salvador im Norden der Parima, wo er damals mit seinen Angehörigen wohnte, überfallen und alle Bewohner desselben hingeschlachtet hätten, daß seine Mutter dabei getötet worden, während es seinem Vater und ihm noch gelungen wäre, sich zu retten. Dann wären sie hierher in den Wald geflohen und hätten jene Hütte errichtet, worin sie seit etwa zehn Monaten gelebt hätten.

Über das Vorkommen von Quivas im Lande konnte Gomo keinerlei Auskunft geben. Sein Vater und er hatten nichts davon gehört, daß ihr Eintreffen in der

Umgebung des Orinoco gemeldet worden wäre.

»Und der Spanier, der des Nachts in deine Hütte kam, hat von euch wohl etwas über sie erfahren wollen?« fuhr Valdez fort.

»Ja... er wurde sehr wütend, weil wir ihm nichts darüber sagen konnten.«

»Ist er dann bei euch geblieben?«

»Ja, bis zum nächsten Morgen.«

»Nun und dann...?«

»Dann hat er verlangt, mein Vater sollte ihm nach der Seite der Sierra hin als Führer dienen.«

»Hat dein Vater das getan?«

»Nein, er hat es abgeschlagen.«

»Warum denn?«

»Weil er fürchtete, dabei mit Quivas zusammenzutreffen.«

»Und der Spanier?«

»Der ist, als es Tag geworden war und er sah, daß wir ihn nicht führen wollten, erst allein fortgegangen.«

»Und also noch einmal wiedergekommen...?«

»Ja... ungefähr vier Stunden später.«

»Vier Stunden später?... Aus welchem Grunde?«

»Er hatte sich im Walde verirrt und konnte die Richtung nach der Sierra nicht finden. Diesmal bedrohte er uns mit dem Revolver und sagte, er würde uns töten, wenn wir sein Verlangen nicht erfüllten.«

»Da hat dein Vater nachgegeben?«

»Ja... mein Vater... mein armer Vater!« schluchzte der arme Indianer. »Der Spanier hatte ihn am Arme gepackt, zerrte ihn zur Hütte hinaus und zwang ihn, vor ihm herzugehen. Ich folgte beiden nach. So ging es vielleicht eine Stunde lang weiter. Mein Vater, der den Mann nicht führen wollte, schlug Umwege ein, bei denen wir immer hier in der Nähe blieben. Ich sah das gleich, ich kenne ja den Wald. Der Spanier durchschaute es schließlich aber auch... er brauste auf, überhäufte meinen Vater mit Schimpfreden und drohte ihm nochmals. Da stürzte sich mein Vater, den jetzt der Zorn übermannte, auf den Spanier. Es kam zu einem nicht lange dauernden Ringen. Mein Vater war ohne Waffen, und ich konnte ihm nicht helfen – plötzlich krachte ein Schuß, und er brach zusammen, während der fremde Mann entfloh... Ich hob meinen Vater auf... aus seiner Brust rieselte das Blut hervor... er konnte schon nicht mehr sprechen... wollte noch nach der Hütte zurückkehren, doch vermochte er sich nur bis hierher zu schleppen, wo er gestorben ist.«

Voller kindlicher Liebe, die überhaupt die eingebornen Stämme am obern Orinoco auszeichnet, stürzte sich der Knabe weinend auf die Leiche des Indianers.

Die beiden andern mußten ihn zu beruhigen und zu trösten suchen, indem sie ihm zu verstehen gaben, daß sie seinen Vater rächen würden. Der Mörder würde schon gefunden werden und sollte für sein Verbrechen die verdiente Strafe finden.

Bei diesen Worten schlug der junge Gomo die Augen wieder auf, und durch seine Tränen schimmerte das Feuer der Sehnsucht nach Rache.

Jacques Helloch stellte an ihn noch eine letzte Frage.

»Du hast jenen Mann doch ordentlich gesehen?« fragte er.

»Ja, ich habe ihn gesehen und werde sein Gesicht nimmermehr vergessen!«

»Kannst du uns sagen, wie er gekleidet war!... Erinnerst du dich seiner Größe, der Farbe seines Haares... seiner Gesichtszüge...?«

»Er trug Jacke und Beinkleider eines Seemannes.«

»Gut.«

»Und war etwas größer als Sie«, setzte Gomo mit einem Blick auf Valdez hinzu.

»Aha!«

»Er hatte schwarzes Haar, und auch sein Bart war ganz schwarz...«

»Das ist Jorres!« rief Jacques Helloch.

»Ohne Zweifel... das ist er!« bestätigte auch Valdez.

Beide machten nun Gomo den Vorschlag, ihnen zu folgen.

»Wohin denn?« fragte der junge Baniva.

»Nach dem Flusse, hinunter an die Mündung des Rio Torrida, wo unsre Piroguen liegen.«

»Piroguen!« rief der Knabe verwundert.

»Ihr, dein Vater und du, ihr wußtet wohl nichts davon, daß gestern abend zwei Falcas dort eingetroffen waren?«

»Nein. Wären wir aber von dem Spanier nicht in den Wald verschleppt worden, so hätten wir Sie wohl heute früh, wenn wir wie gewöhnlich fischen gingen, dort getroffen.«

»Nun also, mein Kind, ich frage dich noch einmal, willst du mit uns kommen?« fragte Jacques Helloch freundlich.

»Sie versprechen mir aber, nach dem Mann zu suchen, der meinen Vater getötet hat...?«

»Ich verspreche dir, daß der Tod deines Vaters gesühnt werden soll...«

»O... dann geh' ich mit Ihnen!«

»So komm!«

Beide schlugen nun mit dem jungen Gomo den Weg nach dem Orinoco wieder ein.

Der tote Indianer sollte natürlich nicht den Zähnen der Raubtiere preisgegeben bleiben. Er gehörte dem Stamme der zum Christentum bekehrten Banivas aus dem Dorfe San-Salvador an, dessen Bewohner durch die Bande der Quivas hingemetzelt worden waren.

Jaques Helloch hatte schon beschlossen, im Laufe des Nachmittags mit einigen Bootsleuten nach dem Schauplatze des Totschlags zurückzukehren und dem erschossenen Indianer ein christliches Begräbnis zu bereiten.

Gomo geleitete seine neuen Freunde nun auf dem kürzesten Wege, und ohne die Strohhütte wieder zu berühren, gelangten alle drei in einer halben Stunde nach dem Lagerplatze.

Jacques Helloch und Valdez waren übereingekommen, von Jorres hier nichts zu erwähnen. Es deuchte ihnen ratsamer, über die Beziehungen zu schweigen, die ohne jeden Zweifel zwischen Alfaniz und ihm bestanden, und jedenfalls war es unnütz, ihre Gefährten noch weiter zu beunruhigen.

In der Tat hatte sich ihre Lage arg verschlimmert durch die Tatsache, daß der Spanier Kenntnis von dem Verwandtschaftsbande hatte, das Jean mit dem Oberst von Kermor verknüpfte. Das mußte durch ihn ja auch Alfaniz erfahren, und um seinem Hasse gegen den Oberst Genüge zu tun, würde der Schurke jedenfalls versuchen, sich dessen Kindes zu bemächtigen.

Einigermaßen beruhigend erschien es wenigstens vorläufig, daß sich bisher keine Quivas am Stromufer gezeigt hatten. Wäre die Verbrecherhorde in der Sierra Parima aufgetaucht, so hätten der Indianer und sein Sohn gewiß etwas davon gehört. Jacques Helloch wollte sich den andern gegenüber also auf die Mitteilung beschränken, daß der Spanier nach seinem Verschwinden mit jenem Indianer, der sich geweigert hatte, ihm bis zur Mission von Santa-Juana als Führer zu dienen, in Streit geraten sei, der mit einem Totschlag geendet habe.

Diese Darstellung des Vorgangs wurde auch Gomo

angedeutet, und der Knabe, dessen Augen verständnisinnig leuchteten, begriff, was man von ihm wollte. Er würde sicherlich gegen niemand von den Quivas oder von Alfaniz sprechen.

Welch erstauntes Gesicht machte aber der Sergeant Martial ebenso wie Jean und Germain Paterne, als Jacques Helloch bei seinem Eintreffen im Lager Gomo vorstellte und dessen Geschichte in verabredeter Weise erzählte. Alle nahmen den jungen Indianer in herzlichster Weise auf; Jean zog ihn sogar an sich und überhäufte ihn mit Liebkosungen, als er hörte, daß das arme Kind nun ganz verlassen dastand. Es durfte nicht seinem Schicksal überlassen werden... nein... sie wollten, sie mußten sich seiner annehmen.

Gomos Erscheinen hier konnte fast als eine Botschaft von der Vorsehung betrachtet werden, denn auf die Frage Jeans, ob er die Mission von Santa-Juana kenne, antwortete der Knabe:

»O gewiß; ich bin mit meinem Vater ja so vielmals da gewesen.«

»Wirst du uns denn dahin führen?«

»Ja... herzlich gern! Sie sind nicht so wie der schlechte Mann... der uns als Führer haben wollte.«

Auf ein Zeichen von Valdez hütete sich Gomo weislich, noch mehr zu sagen.

Über den Urheber des an dem Indianer verübten Totschlags konnte nach dem Bilde, das der Knabe von dem Mörder entworfen hatte, weder bei Jacques Helloch noch bei Valdez der geringste Zweifel herrschen. Wäre das doch der Fall gewesen, so mußte er weichen, als es sich herausstellte, daß ein Revolver aus dem Deckhause der »Gallinetta« entwendet worden war.

Es war der des Sergeanten Martial.

»Mein Revolver gestohlen«, rief der alte Soldat wütend, »gestohlen von jenem Schandbuben, und hat auch noch dazu dienen müssen, den armen Indianer zu ermorden!... Ein Revolver, den mir mein Oberst geschenkt hatte!«

Der Kummer des Sergeanten Martial über diesen Verlust war mindestens ebenso groß wie sein Zorn. Wenn Jorres ihm je unter die Hände käme...

Gomo schien sehr gerührt von dem Wohlwollen, das man ihm entgegenbrachte. – Nach dem Frühstück beschäftigte man sich noch mit der Einrichtung des Lagers an Pic Maunoir, das die Bootsmannschaften der Falcas bewohnen und behüten sollten, und traf die letzten Vorbereitungen für die Reise der Passagiere mit Rücksicht auf eine Trennung, die... ja, wer weiß wie lange, dauern sollte.

Inzwischen hatte Gomo durch Jean erfahren, in welcher Absicht die Gesellschaft sich nach der Mission von Santa-Juana begeben wollte.

Da veränderten sich plötzlich seine Züge.

»Sie wollen Ihren Vater aufsuchen...«, sagte er.

»Ja, mein Kind!«

»Oh, Sie werden ihn wiedersehen, doch ich den meinigen niemals... niemals!«

Am Nachmittage verließen Jacques Helloch, Germain Paterne und die Schiffsleute der »Moriche« das Lager und begaben sich nach der Waldblöße.

Gomo begleitete sie dabei, und auch Jean hatte die Erlaubnis erhalten, ihnen zu folgen.

In einer halben Stunde war die Stelle erreicht, wo der Leichnam des Indianers am Fuße der Palme lag. Die Mannschaft, die sich mit Hacken und Schaufeln versehen hatte, hob eine Grube aus, die tief genug war, den Körper vor Raubtieren zu bewahren.

Hier wurde der Indianer begraben, nachdem Gomo, in Tränen ganz aufgelöst, seinen Vater zum letzten Male umarmt hatte. Nach Zufüllung der Grube kniete

Jean an deren Rande neben dem Knaben, und beide vereinigten sich in einem innigen Gebete für den Toten.

Darauf ging es zum Lager zurück.

Jean fühlte sich durch den Weg nicht besonders ermüdet. Er »stellte seinen Mann« schon wieder recht gut, so daß es ihm auch für die längere Wanderung jedenfalls nicht an Kräften fehlen würde. Er versicherte das wenigstens Jacques Helloch und dem Sergeanten Martial mit den Worten:

»Oh, ich habe die beste Hoffnung! Um meinetwillen braucht sich niemand zu beunruhigen!«

Als die Nacht hereinbrach, suchten die Passagiere zum letzten Male ihre Schlafstätten in den Deckhäusern auf, während die Mannschaften abwechselnd das Lager bewachten.

Für Gomo war an Bord der »Gallinetta« ein Ruheplatz zurechtgemacht worden. Das arme Kind fand aber kaum eine Stunde ruhigen Schlafes, da es immer und immer wieder weinend und schluchzend aufwachte.

Neuntes Kapitel

Durch die Sierra

Vormittags um zehn Uhr brachen Jacques Helloch und seine Gefährten aus dem Lager am Pic Maunoir auf und ließen es unter der Hut Parchals, dem man ja völlig vertrauen konnte.

Parchal hatte nun die Mannschaft der »Gallinetta« und die der »Moriche«, zusammen fünfzehn Leute, unter seinem Befehl. Zwei derselben, die das nötigste

Gepäck trugen, begleiteten die Reisenden. Wenn sich Parchal im Falle eines Angriffs, entweder durch Eingeborene oder bei einem Überfalle durch Alfaniz, nicht genügend verteidigen könnte, sollte er das Lager aufgeben und so schnell wie möglich die Mission von Santa-Juana zu erreichen suchen.

Es war übrigens kaum zweifelhaft – und Jacques Helloch fühlte sich davon völlig überzeugt –, daß die Mission in der Lage sein werde, sich der Quivas, die jetzt diesen Teil des Gebietes Venezuelas unsicher machten, mit Erfolg zu erwehren.

In dieser Hinsicht – er hatte sich mit Valdez darüber ausgesprochen – konnte er sich mit Recht sagen, daß die besseren Aussichten die schlechteren überwogen. Auf dem Wege durch die Waldmassen der Sierra Parima drohte die schlimmste Gefahr nur durch ein Zusammentreffen mit der Alfanizschen Räuberbande. Nach der Versicherung Gomos und nach dem, was dessen Vater Jorres geantwortet hatte, war diese Rotte in der Nachbarschaft der Sierra bisher noch nicht aufgetaucht. Wenn er sich nach Norden zu wendete, wollte der Spanier zwar jedenfalls Alfaniz aufsuchen, dessen Bagnogenosse er gewesen sein mochte – eine Annahme, die ja viel Berechtigung zu haben schien. Doch wenn die Quivas nicht fern waren, war es die Mission ja auch nicht – höchstens fünfzig Kilometer. Die Zurücklegung von fünfundzwanzig Kilometern in vierundzwanzig Stunden angenommen, mußten Fußgänger binnen zwei, höchstens zweieinhalb Tagen jenes Ziel erreichen. Wenn die Gesellschaft also am 30. Oktober vormittags aufgebrochen war, konnte man wohl glauben, daß sie, solange schlechte Witterung keine Verzögerungen herbeiführte, am 1. November im Laufe des Nachmittags in Santa-Juana eintreffen würde.

Bei einigem Glück hoffte der kleine Trupp auch die Wanderung ohne ein gefahrdrohendes Zusammentreffen mit dem gefürchteten Raubgesindel zu vollenden.

Das »Detachement« bestand aus acht Personen. Jacques Helloch und Valdez marschierten an der Spitze, hinter ihnen Jean und Gomo in der von dem jungen Indianer bezeichneten Richtung hin. Hinter diesen kam Germain Paterne mit dem Sergeanten Martial und zum Schluß die beiden Leute von der »Gallinetta« mit dem auf das Nötigste beschränkten Gepäck, das aus Decken für das Nachtlager, aus konserviertem Fleisch und einem genügenden Vorrat an Maniokmehl bestand, während sonst jeder seine Flasche mit Aguardiente oder Tafia selbst trug.

Inmitten des wildreichen Urwaldes hätte die Jagd gewiß hingereicht, die für die Reisenden erforderlichen Nahrungsmittel zu liefern. Dagegen hielt man es für richtiger, sich möglichst still zu verhalten und seine Gegenwart nicht durch Flintenschüsse zu verraten. Ließen sich einzelne Wasser- oder Bisamschweine anders als mit Hilfe einer Kugel erlegen, so würden sie willkommen sein. Die Echos der Sierra sollten also keinen einzigen Gewehrschuß wiedergeben.

Selbstverständlich waren abcr Jacques Helloch, der Sergeant Martial und Valdez mit ihren Gewehren nebst hinreichendem Schießbedarf und außerdem mit Revolvern und einer Art Jagdmesser ausgerüstet. Germain Paterne hatte ebenfalls seine Flinte mitgenommen, doch auch die Botanisiertrommel, von der er sich eben niemals trennte, nicht vergessen.

Die Witterung erwies sich für eine Fußreise recht geeignet, von drohendem Regen oder Gewitter zeigte sich keine Spur. Hoch hinziehende Wolken milderten die Hitze der Sonnenstrahlen. Eine frische Brise wehte über die Baumwipfel und drang auch unter die Äste hinunter, so daß viele dürre Blätter aufgewirbelt wurden. Der Erdboden stieg nach Nordosten zu mäßig an. War die Savanne nicht durch eine steilere Niederung unterbrochen, so konnten sich hier auch keine Sumpfstrecken finden, keine jener wasserdurchtränkten Esteros, die man sonst so häufig in Niederungen der Ilanos antrifft.

Immerhin sollte es den Reisenden auf ihrer Wanderung an Wasser nicht fehlen. Nach Aussage Gomos verlief der Rio Torrida von seiner Mündung am Orinoco aus in der Richtung nach Santa-Juana. Es war das ein nicht schiffbarer Gebirgsfluß, der, oft von riesigen Felsblöcken besät, für Falcas und selbst für Curiares ganz unfahrbar gewesen wäre. In launenhaftem Zickzack schlängelte er sich durch den Wald, und die kleine Truppe folgte jetzt seinem rechten Ufer.

Unter Führung des jungen Indianers drang man – die verlassene Strohhütte blieb links vom Wege liegen – nach Nordosten vorwärts, um das Gebiet der Sierra schräg zu durchschneiden.

Das Fortkommen war nicht gerade bequem auf dem vielfach mit Buschwerk bestandenen Erdboden, der zuweilen von einer dicken Schicht abgestorbener Blätter und zuweilen von Ästen und Zweigen bedeckt war, die die ungestümen Windstöße der Chubascos immer gleich zu Hunderten abbrachen. Jacques Helloch bemühte sich übrigens nach Kräften, kleine Hindernisse zu entfernen, um die Kräfte des jungen Mädchens zu schonen. Wenn sie ihm dann darüber eine Bemerkung machte, erwiderte er:

»Jedenfalls müssen wir schnell vorwärts kommen, noch wichtiger ist es aber, infolge von Überanstrengung nicht aufgehalten zu werden.«

»Ich bin jetzt vollständig wiederhergestellt, Herr

Helloch. Fürchten Sie nicht, daß ich der Anlaß zu einer Verzögerung würde.«

»Und doch bitte ich Sie, mein lieber Jean«, entgegnete er dann, »lassen Sie mich für Sie jede Vorsorge treffen, die mir angezeigt erscheint. Im Gespräch mit Gomo hab' ich die Lage von Santa-Juana genau genug kennengelernt, so daß ich die auf unsrer Wanderung täglich zurückzulegenden Strecken berechnen konnte. Ohne feindliche Begegnungen, wozu es, wie ich hoffe, nicht kommen wird, brauchen wir in je einem Tage nicht allzuweit zu marschieren. Wäre es dennoch der Fall, so könnten wir froh sein, unsre Kräfte vorher geschont zu haben... vorzüglich die Ihrigen. Ich bedaure nur, daß es unmöglich ist, hier irgendwie Fuhrwerk zu beschaffen, das Ihnen eine immerhin beschwerliche Fußreise erspart hätte.«

»Oh, ich danke Ihnen, Herr Helloch«, antwortete Jeanne von Kermor, »das ist das einzige, womit ich Ihnen vorläufig alles, was Sie für mich getan haben, zu vergelten vermag. Und wahrlich, wenn ich mir alles vergegenwärtige, angesichts der Schwierigkeiten, die ich anfänglich nicht sehen wollte, so frage ich mich, wie mein Sergeant und sein Neffe wohl hätten ihr Ziel erreichen können, wenn Gott Sie nicht auf unsern Weg sandte! Und Sie... Sie sollten doch eigentlich nicht über San-Fernando hinausgehen...«

»Meine Pflicht war es, zu gehen, wohin Fräulein von Kermor ging, und es liegt doch auf der Hand, daß es, als ich mich zu dieser Bereisung des Orinoco entschloß, nur geschah, um Ihnen unterwegs zu begegnen. Ja, ja, das stand einmal in den Sternen geschrieben, was aber da gleichfalls geschrieben steht, ist die Bedingung, daß Sie sich in allem, was diese Reise nach der Mission angeht, auf mich verlassen...«

»Das werd' ich tun, Herr Helloch, und welchem ergebeneren Freunde könnte ich mich wohl anvertrauen?« antwortete das junge Mädchen.

Zur Mittagsrast wurde am Rio Torrida haltgemacht. Sein wirbelndes Wasser hätte man an dieser Stelle nicht überschreiten können, obwohl er hier kaum über fünfzig Fuß breit war. Wildenten und Pavas flatterten über ihn hin. Dem jungen Indianer gelang es, einige davon mit Pfeilen zu erlegen. Sie wurden für das Abendessen aufbewahrt, während man sich jetzt mit kaltem Fleisch und Cassavabrot begnügte.

Nach einstündigem Ausruhen setzte sich die kleine Truppe wieder in Bewegung. Der Erdboden stieg allmählich mehr an, die Dichtheit des Waldes schien sich damit aber nicht zu vermindern. Überall dieselben Bäume, dasselbe Unterholz, dieselben Gebüsche. Durch Verfolgung eines Weges am Torrida hin vermied man übrigens eine Menge Hindernisse im tieferen, von Ilaneraspalmen bestandenen Walde. Ohne Zweifel würde – von Zwischenfällen abgesehen – gegen Abend die von Jacques Helloch berechnete Mittelzahl von Kilometern zurückgelegt sein.

Das Unterholz war überall höchst belebt. Tausende von Vögeln tummelten sich kreischend oder piepend von Zweig zu Zweig. Im Laubwerk machten Affen ihre wunderlichen Sprünge, vorzüglich viele jener Heulaffen, die sich am Tage still verhalten, gegen Abend und gegen Morgen aber ihr ohrzerreißendes Konzert anstimmen. Unter der geflügelten Tierwelt hatte Germain Paterne das Vergnügen, ganze Scharen von Guacharos oder Teufelchen zu beobachten, deren Vorkommen ein Anzeichen dafür war, daß man sich mehr der Ostküste näherte. Aus ihrer Tagesruhe aufgescheucht – denn meist verlassen sie ihre Felsenhöhlen nur in der Nacht –, entflohen sie nach den Gipfeln der Matacas, deren Beeren, die ebenso fieberwidrig wirken wie die Coloraditorinde, ihnen als Nahrung dienen.

Auch noch andre Vögel bewegten sich unter den Zweigen umher, wahre Tanzmeister und Pirouettenkünstler, von denen die Männchen vor den Weibchen offenbar »den Galanten« spielten. Je weiter man nach Nordosten kam, desto seltener wurden die Wasservögel, denn diese, als Liebhaber der Bayous (einer Art kleiner Tümpel), entfernen sich nicht weit vom Orinoco.

Zuweilen bemerkte Germain Paterne auch einzelne, mittels einer zarten Liane an den Zweigen hängende Nester, die sich wie kleine Schaukeln bewegten. Aus den für Reptilien nicht erreichbaren Nestern, aus denen zuerst Töne erklangen, als wären sie voller Nachtigallen, denen man die Tonleiter zu singen gelehrt hätte, schwärmten zahlreiche Trupials, die besten Sänger des Luftmeers, hervor. Der Leser erinnert sich wohl, daß der Sergeant Martial und Jean einige solche schon gesehen hatten, als sie nach der Ausschiffung aus dem »Simon Bolivar« durch Caïcara lustwandelten.

Die Versuchung, mit der Hand eines jener Nester zu fassen, war für Germain Paterne zu stark, um ihr widerstehen zu können, doch als er es eben tun wollte, rief Gomo:

»Achtung!... Nehmen Sie sich in acht!«

In der Tat stürzte schon ein halbes Dutzend Trupials, ihm nach den Augen hackend, auf den kühnen Naturforscher zu. Valdez und der junge Indianer mußten noch herbeieilen, um seine Angreifer zu verscheuchen.

»Vorsicht, Vorsicht!« empfahl ihm Jacques Helloch, »hüte dich, nicht als Einäugiger oder Blinder nach Europa zurückzukommen!«

Germain Paterne ließ sich das für die Folge auch gesagt sein.

Nicht weniger war es ratsam, unter dem Gebüsch zu wühlen, das am Ufer des Rios üppig wucherte. Das Wort Myriaden enthält keine Übertreibung, wenn man es auf die Vertreter des Würmer- und Schlangengeschlechts anwendet, von denen es im Grase wimmelte. Sie sind ebenso zu fürchten wie die Kaimans im Wasser oder längs der Ufer des Orinoco. Wenn diese sich im heißen Sommer in noch feucht gebliebene Vertiefungen verkriechen und darin bis zur Regenzeit schlafen, bleiben die Schlangen unter der Decke von dürren Blättern stets munter. Sie sind stets »auf dem Anstand«, und es wurden auch mehrere gesehen, darunter ein zwei Meter langer Trigonocephale, den Valdez zum Glück zeitig genug bemerkte und verjagen konnte.

Von Tigern, Bären, Ozeloten oder andern Raubtieren zeigte sich in der Umgebung nichts. Sehr wahrscheinlich würde man ihre Stimme aber in der Nacht zu hören bekommen, und es würde daher nötig sein, den Lagerplatz gut zu bewachen.

Bisher waren Jacques Helloch und seine Gefährten also jeder unliebsamen Begegnung mit gefährlichen Tieren oder räuberischen Banden – die noch mehr zu fürchten waren als jene – glücklich entgangen. Ohne Jorres oder Alfaniz je erwähnt zu haben, hatten Jacques Helloch und Valdez freilich niemals die sorgsamste Aufmerksamkeit außer acht gelassen. Recht häufig entfernte sich der Schiffer der »Gallinetta«, der der kleinen Truppe vorausging, seitwärts zur Linken und streifte unter den Bäumen umher, um jede Überraschung zu verhüten oder jedem plötzlichen Angriff zuvorzukommen. Hatte er dann, obwohl er zuweilen mehr als einen halben Kilometer in den Wald hineingegangen war, nichts Verdächtiges bemerkt, so nahm Valdez seinen Platz neben Jacques Helloch wieder ein. Ein Blick, den beide wechselten, genügte ihnen zur Verständigung.

Soweit es der schmale, neben dem Rio Torrida verlaufende Pfad gestattete, hielten sich die Reisenden immer möglichst dicht beieinander. Wiederholt wurde es jedoch nötig, unter den Bäumen hinzumarschieren, um hohe Felsen oder tiefe Aushöhlungen zu umgehen. Der Fluß hielt längs der letzten Vorberge der Sierra Parima immer die Richtung nach Nordosten ein. Am andern Ufer erhob sich der Wald mehr etagenförmig und wurde da und dort von einer turmhohen Palme überragt. Weit draußen ragte der Gipfel eines Berges empor, der mit dem orographischen System des Roraima zusammenhängen mußte.

Jean und Gomo gingen nebeneinander und längs des Ufers hin, das einen für zwei Personen grade noch genügend breiten Weg bot.

Ihr Gespräch bezog sich immer auf die Mission von Santa-Juana. Der junge Indianer erzählte sehr ausführlich viele Einzelheiten über die Gründung des Pater Esperante und über den glaubenseifrigen Pater selbst. Alles, was diesen Missionar betraf, war ja für Jean von höchstem Interesse.

»Du kennst ihn doch wohl?« fragte er.

»Jawohl, ich kenne ihn und hab' ihn oft genug gesehen. Mein Vater und ich, wir haben uns ein ganzes Jahr in Santa-Juana aufgehalten.«

»Vor längerer Zeit...?«

»Nein, erst voriges Jahr vor der Regenzeit. Das war nach dem großen Unglück... unser Dorf San-Salvador hatten die Quivas ausgeplündert und zerstört. Damals flüchteten mit uns auch noch andre Indianer nach der Mission.

»Und ihr seid dort von dem Pater Esparante aufgenommen worden?«

»Ja... ach, ein so guter Mann! Er wollte uns überhaupt dabehalten. Einige sind auch bei ihm geblieben...«

»Und warum gingt ihr dann fort?«

»Mein Vater wollte es so. Wir sind Banivas. Er sehnte sich danach, wieder nach den Gebieten unsers Stromes zu kommen. Er hatte als Ruderer auf dem Strome gedient. Ich verstand auch schon mit einer kleinen Pagaie umzugehen. Bereits mit vier Jahren hab' ich mit ihm gerudert.«

Was der Knabe sagte, konnte Jacques und seine Gefährten nicht verwundern. Aus dem Bericht des französischen Reisenden kannten sie die Lebensgewohnheiten der Banivas, dieser besten Bootsleute, die schon seit Jahren zum Katholizismus bekehrt sind und zu den begabtesten und achtbarsten Indianerstämmen gehören. Infolge besonderer Verhältnisse – und weil Gomos Mutter von einer Sippe im Osten herstammte – hatte sich sein Vater im Dorfe San-Salvador, oberhalb der Quellen des Stromes, angesiedelt. Als er den Beschluß faßte, Santa-Juana zu verlassen, gehorchte er einem innern Triebe, der ihn bestimmte, nach den Ilanos zwischen San-Fernando und Caïcara zurückzukehren. Hier wartete er nun auf Arbeitsgelegenheit, auf das Eintreffen von Piroguen, worauf er hätte einen Platz finden können, und inzwischen bewohnte er die dürftige Hütte in der Sierra Parima.

Was wäre wohl nach dem von Jorres verübten Totschlage aus seinem Kinde geworden, wenn die Falcas nicht genötigt wurden, an der Stelle des Lagers am Pic Maunoir haltzumachen!

Diese und ähnliche Gedanken beschäftigten Jeanne von Kermor, während sie den Worten des jungen Indianers lauschte. Dann brachte sie das Gespräch auf Santa-Juana, auf den heutigen Zustand der Mission und vorzüglich auf den Pater Esperante. Gomo gab auf alle Fragen eine klare, bestimmte Antwort. Er beschrieb den spanischen Missionar als einen großen, trotz seiner sechzig Jahre kraftstrotzenden Mann – »ein schöner, schöner Mann«, wiederholte er mehrmals – mit weißem Bart und wie von Feuer leuchtenden Augen, ganz wie ihn Herr Manuel Assomption und der elende Jorres geschildert hatten. In einer Geistesverfassung, die sie jeden Wunsch schon als verwirklicht betrachten ließ, sah sich Jeanne schon in Santa-Juana angelangt... der Pater Esperante empfing sie mit offenen Armen... gab ihr nach allen Seiten die nötige Auskunft... er sagte ihr, was aus dem Oberst von Kermor nach dessen letztem Auftauchen geworden wäre – sie wußte endlich, wo er nach seinem Weggange von Santa-Juana Zuflucht gesucht hätte...

Um sechs Uhr abends ließ Jacques Helloch, nach glücklich überwundener zweiter Wegstrecke, haltmachen.

Die Indianer gingen sofort daran, ein Lager für die Nacht vorzubereiten. Der Ort schien dafür günstig. Eine tiefe, in das steile Ufer einschneidende Ausbuchtung bildete bis zum Flußrande ein wirkliches Tonnengewölbe. Über den Eingang zu dieser Höhle hingen die Zweige großer Bäume gleich einem Vorhange herab, der auf die Felswand herniederfiel. Im Innern fand sich auch noch eine kleine Nische, worin das junge Mädchen ruhen konnte. Eine dicke Schicht trocknen Grases und dürrer Blätter sollte ihr als Lagerstatt dienen, auf der sie aber so gut wie im Deckhause der »Gallinetta« schlummern konnte.

Natürlich wehrte es Jean ab, daß man sich für ihn solche Mühe machen wollte. Jacques Helloch wollte jedoch auf keine Einwendungen hören und rief die Autorität des Sergeanten Martial an – da mußte der Neffe ja dem Onkel Gehorsam leisten.

Germain Paterne und Valdez richteten die Abendmahlzeit her. Der Rio enthielt Fische in erstaunlicher Menge. Gomo tötete einige davon auf Indianerart mit Pfeilen, und diese wurden dann bei mäßigem Feuer, das neben dem Felsen entzündet wurde, schmackhaft geröstet. Mit den Konserven und dem Cassavabrot aus den Säcken der Träger erkannten die Tischgenossen, die nach fünfstündigem Marsche freilich ein reger Appetit unterstützte, gern an, daß sie noch nie eine so köstliche Mahlzeit verzehrt hätten seit...

»Seit der letzten!« erklärte Germain Paterne, dem jedes Essen vortrefflich mundete, wenn es nur den Hunger stillte.

Nachdem es finster geworden war, suchte jeder für sich ein geeignetes Ruheplätzchen, während Jean sich hatte in seiner Nische niederlegen müssen. Der junge Indianer streckte sich dicht vor dem Eingang aus. Da das Lager nicht ohne Überwachung bleiben konnte, entschied man sich dahin, daß Valdez im ersten Teile der Nacht mit einem seiner Leute munter bleiben sollte, bis ihn Jacques Helloch für den zweiten Teil derselben ablöste.

Es erschien ja dringend angezeigt, sowohl auf der bewaldeten Seite am Rio als auch auf dessen anderm Ufer jede verdächtige Annäherung rechtzeitig zu entdecken.

Obwohl der Sergeant Martial auch seinen Anteil am Nachtdienste beansprucht hatte, mußte er sich doch darein fügen, bis zum Morgen ungestört auszuruhen. Für die nächste Nacht wollte man sein Anerbieten, ebenso wie das Germain Paternes, gern annehmen. Heute würden Valdez und Jacques Helloch, wenn sie einander ablösten, schon genügen. Der alte Soldat suchte sich also einen Platz dicht an der Höhlenwand und möglichst nahe dem jungen Mädchen aus.

Das Gebrüll der Raubtiere und das Geschrei der Heulaffen begann wirklich, sobald es finster geworden war, und sollte vor den ersten Strahlen des Morgenrots auch nicht aufhören. Die beste Maßregel, um die Raubtiere vom Lager fernzuhalten, bestand ja darin, ein loderndes Feuer anzuzünden und es die Nacht über zu unterhalten. Das war wohl allen bekannt, und doch kam man zu dem Entschlusse, davon abzusehen. Wenn die leuchtenden Flammen auch die Tiere des Waldes verscheucht hätten, so konnten sie andrerseits Raubgesindel anlocken – vielleicht die Quivas, wenn diese jetzt in der Umgebung hausten, und es kam doch gerade darauf an, von diesen Mordgesellen unentdeckt zu bleiben.

Außer Valdez, der nahe dem Ufer Platz genommen hatte, und dem Manne, der mit ihm wachte, war das ganze Lager bald in tiefen Schlaf versunken.

Um Mitternacht traten Jacques Helloch und der zweite Träger an ihre Stelle.

Valdez hatte etwas Verdächtiges weder gesehen noch gehört. Etwas zu hören wäre freilich bei dem Rauschen des Rios, dessen Wasser sich an den Felsblöcken in seinem Bette brach, außerordentlich schwer gewesen.

Jacques Helloch nötigte Valdez, sich nun erst einige Stunden Ruhe zu gönnen, und nahm am Uferrande seinen Platz ein.

Von hier aus konnte er nicht nur den Saum des Waldes, sondern auch das linke Ufer des Torrida im Auge behalten.

So lehnte er sinnend am Fuße einer mächtigen Palme, doch weder seine Gedanken noch die Empfindungen, die sich in seinem Herzen regten, vermochten ihn zu verhindern, stets strenge Wacht zu halten.

War er das Opfer einer Sinnestäuschung? Gegen vier Uhr morgens, als am Horizont der erste bleiche Tagesschimmer heraufstieg, wurde seine Aufmerksamkeit plötzlich durch eine gewisse Bewegung am entgegengesetzten Ufer, das weniger steil abfiel, seltsam erregt. Es kam ihm vor, als ob unerkennbare Gestalten dort zwischen den Bäumen umherschlichen. Waren das Tiere... waren es Menschen?

Er erhob sich, kroch vorsichtig ganz nach dem Uferrande hin, dem er sich bis auf zwei Meter nähern konnte, und blieb nun, scharf auslugend, still liegen.

Etwas Bestimmtes konnte er auch von hier nicht wahrnehmen. Nur daß eine gewisse Unruhe am Rande des Waldes auf der andern Seite herrschte, glaubte er mit Gewißheit zu bemerken.

Sollte er jetzt Alarm schlagen oder wenigstens Valdez wecken, der nur wenige Schritte von ihm schlummerte?

Er hielt das letztere schließlich für das Beste und rüttelte den Indianer also sanft an der Schulter.

»Schweigt still, Valdez«, raunte er ihm mit gedämpfter Stimme zu; »seht dort nach dem andern Ufer hinüber!«

Valdez, der noch lang ausgestreckt auf der Erde lag, brauchte nur den Kopf nach der angedeuteten Richtung hin zu wenden. Eine Minute lang durchforschte er mit dem Blicke den freieren dunkeln Raum unter den Bäumen.

»Ich täusche mich nicht«, sagte er endlich, »dort schleichen drei bis vier Männer längs des Ufers umher.«

»Was sollen wir da tun?«

»Jedenfalls niemand wecken... an dieser Stelle ist

es unmöglich, den Fluß zu überschreiten... und wenn sich nicht weiter oben eine Furt findet...«

»Doch auf der andern Seite«, unterbrach ihn Jacques Helloch nach dem Wald hinweisend, der sich in nordöstlicher Richtung fortsetzte.

»Dort hab' ich nichts gesehen und sehe auch jetzt nichts«, erklärte Valdez, der sich umgedreht hatte, ohne aufzustehen. »Vielleicht handelt es sich drüben nur um wenige Bravos-Indianer...«

»Was sollten diese aber in der Nacht hier am Ufer zu suchen haben?... Nein, nein, meiner Ansicht nach ist unser Lager aufgespürt worden, und da, sehen Sie, Valdez, dort versucht einer der Männer bis zum Rio selbst hinunterzuklettern.

»Wahrhaftig«, murmelte Valdez, »das ist auch kein Indianer... man erkennt es schon aus seinem Gang!«

Die ersten Lichtstrahlen, die vorher nur die entfernten Gipfel am Horizont getroffen hatten, drangen jetzt bis zum Bett des Torrida hinein. Valdez konnte den Mann, den er am andern Ufer gesehen hatte, also mit Bestimmtheit erkennen.

»Das ist einer von den Quivas, die Alfaniz anführt...«, sagte Jacques Helloch. »Sie allein haben Interesse daran, auszukundschaften, ob wir von allen Mannschaften der Piroguen begleitet werden oder nicht.«

»Das erstere wäre freilich besser gewesen«, meinte der Schiffer der »Gallinetta«.

»Gewiß, Valdez, leider können wir nicht Verstärkung vom Orinoco herholen. Nein, sind wir einmal entdeckt, so können wir keinen Mann mehr nach dem Lager entsenden. Wir würden doch angegriffen, ehe die Hilfe einträfe.«

Da faßte Valdez lebhaft den Arm Jacques Hellochs, der sofort schwieg. Die Ufer des Torrida lagen jetzt in etwas hellerer Beleuchtung, während die Ausbuchtung, in deren Hintergrund Jean, Gomo, der Sergeant Martial, Germain Paterne und der zweite Träger schliefen, noch ziemlich in Dunkel gehüllt war.

»Ich glaube...«, begann da Valdez... »ja, ich kann es erkennen... meine Augen sind gut... sie können mich nicht täuschen... ich erkenne den Mann dort... das ist der Spanier...«

»Jorres...!«

»Gewiß... er selbst.«

»Nun, es soll niemand sagen, daß ich den elenden Schuft habe entkommen lassen!«

Jacques Helloch hatte bereits das neben ihm am Felsen lehnende Gewehr ergriffen und hob es rasch zur Schulter empor...

»Nein... nein...!« wehrte ihm Valdez. »Da wäre doch nur einer weniger, und unter den Bäumen verstecken sich vielleicht Hunderte. Übrigens können sie jetzt unmöglich über den Rio kommen.

»Hier nicht, doch vielleicht weiter oben... Wer weiß das?«

Jacques Helloch fügte sich indes dem Rate, den Valdez ihm erteilte, um so mehr, als der Schiffer der »Gallinetta« bisher immer das Richtige getroffen und überhaupt die merkwürdige Schlauheit und kluge Vorsicht der Banivas gezeigt hatte.

Jorres übrigens – wenn er es wirklich war – hätte sich bei dem Versuche, das Lager genauer in Augenschein zu nehmen, ja der Gefahr ausgesetzt, selbst sicher erkannt zu werden. So zog er sich denn unter die Bäume in dem Augenblicke zurück, wo der nahe dem Torrida stehende Bootsmann einige Schritte vorwärts ging, als ob er etwas Auffälliges bemerkt hätte.

Weder Jorres noch irgend ein andrer wurden am entgegengesetzten Ufer nochmals sichtbar. Nichts bewegte sich am Rande des Waldes, der nach und nach heller beleuchtet wurde.

Bei dem zunehmenden Tageslichte hatte der Spanier – immer vorausgesetzt, daß sich Valdez nicht geirrt hatte – wahrscheinlich erkennen können, daß nur zwei von den Mannschaften die Passagiere der Piroguen begleiteten, so daß er die Überzeugung gewann, daß die kleine Truppe ihm auf jeden Fall nicht gewachsen war.

Wie sollte nun die Wanderung unter so unzureichender Sicherheit fortgesetzt werden? Die Gesellschaft war entdeckt... war ausspioniert worden. Jorres hatte Jacques Helloch und seine Begleiter auf dem Wege nach der Mission Santa-Juana angetroffen und würde ihre Spur jetzt nicht wieder verlieren.

Das erzeugte schwere Bedenken, noch ernster war es jedoch zu nehmen, daß der Spanier jedenfalls wieder zu der Quivas-Bande gestoßen war, die hier in der Umgebung unter der Führung des Sträflings Alfaniz hauste.

Zehntes Kapitel

Die Furt von Frascaes

Um fünf Uhr wurde es im Lager wieder munter.

Der erste, der sich erhob, war Jean. Er ging schon am Ufer des Rios auf und ab, als der Sergeant Martial, Germain Paterne und der junge Indianer, in Decken eingehüllt und das Gesicht mit dem Hute bedeckt, noch ruhig schliefen.

Der Bootsmann, der seinen Posten am Uferrande hatte, machte Jacques Helloch und Valdez, auf die er eben zuging, Mitteilung von dem, was er in der Zeit seines Wachdienstes wahrgenommen hatte, und bestätigte dabei übrigens die Aussage des Schiffers Valdez. Auch er glaubte in dem Manne, der am andern Ufer des Rio Torrida umhergeschlichen war, mit Bestimmtheit Jorres erkannt zu haben.

Zunächst empfahl Jacques Helloch beiden Männern, von ihren Wahrnehmungen nichts verlauten zu lassen, da es ihm mindestens nutzlos erschien, die Gefahren der durch diese Begegnung verschlimmerten Sachlage vorher zu verkünden. Seiner Ansicht nach würde es genügen, daß diese den übrigen bekannt würde, wenn es erst nötig wurde, geeignete Maßregeln zur Sicherung der Reisegesellschaft zu treffen.

Nach reiflicher Erwägung des Für und Wider wurde beschlossen, daß die Truppe den Marsch nach der Mission von Santa-Juana fortsetzen sollte.

Wenn Alfaniz nämlich sich in der Nachbarschaft umhertrieb, wenn auf Jacques Helloch und seine Gefährten ein Angriff geplant war, so würde ein solcher ja wahrscheinlich ebenso erfolgen, wenn sie vorwärts gingen, als wenn sie sich zurückwendeten.

Bei einer Umkehr nach dem Orinoco wären sie freilich durch den Rio Torrida gedeckt gewesen, da dieser nur stromaufwärts eine Überschreitung gestattete. Auf der andern Seite würde jedoch auch die Quivas nichts hindern, bis zum Lagerplatz am Pic Maunoir hinunterzuziehen, und es war zu befürchten, daß man sich der Rotte auch mit Hilfe der Piroguenmannschaften nicht werde erwehren können.

Dagegen bot es einige Vorteile, auf Santa-Juana zu zu wandern. Zunächst blieb man dabei ja auch unter dem Schutze des Rios – vorausgesetzt, daß dieser nicht irgendwo überschreitbar war, und danach konnte man bei Gomo anfragen. Ferner näherte man sich damit dem jetzigen Ziele, ja man erreichte es vielleicht, und in der Mission von Santa-Juana war dann nichts mehr zu fürchten. Diese hatte eine Bevölkerung von mehreren hundert Guaharibos, jenen Indianern, aus denen die Aufopferung eines Missionars erst Menschen gemacht hatte. Santa-Juana bot jedenfalls eine gegen alle Unternehmungen des verruchten Alfaniz völlig gesicherte Zuflucht.

Es galt also, die Mission schnellstens und um jeden Preis zu erreichen und sich demnach anzustrengen, um unter Verdoppelung der Marschetappen noch vor der nächsten Nacht dahin zu gelangen. Fünfundzwanzig bis dreißig Kilometer mußten doch in einem Tage zurückgelegt werden können.

Jacques Helloch begab sich nach dem Lagerplatze, um den sofortigen Aufbruch vorzubereiten.

»Die da unten schlafen noch alle, Herr Helloch«, sagte das junge Mädchen, das jetzt auf ihn zutrat.

»Und Sie, Fräulein Jeanne, sind die erste, die wach ist!« antwortete Jacques Helloch. »Ich werde aber die andern sogleich wecken, damit wir bald wieder aufbrechen können.«

»Sie haben nichts Verdächtiges bemerkt?«

»Nein... nichts... gar nichts... doch lassen Sie uns weiterwandern. Ich habe ausgerechnet, daß wir, bei Verzichtleistung auf längere Ruhepausen, wenn nicht heute abend, so doch noch in der Nacht in Santa-Juana eintreffen können.«

»Ach, Herr Helloch, wie drängt es mich, erst in der Mission zu sein!«

»Wo ist Gomo?« fragte Jacques Helloch, ihre Worte nicht weiter beachtend.

»Dort unten... nahe dem Eingang zur Höhle. Er schläft so friedlich, der arme Junge.«

»Ich muß aber mit ihm sprechen; ich brauche einige

Auskünfte, ehe wir fortgehen.«

»Wollen Sie es mir überlassen, sie einzuholen?« erbot sich Jeanne von Kermor.

Fast gleichzeitig setzte sie aber hinzu:

»Sie scheinen diesen Morgen recht besorgt zu sein, Herr Helloch. Ist irgend etwas Schlimmes vorgefallen?«

»Nein... ich versichere Ihnen... Fräulein Jeanne... nein!«

Das junge Mädchen wollte sich schon mit dieser Antwort nicht zufriedengeben, sie sagte sich aber, daß das Jacques wohl peinlich berühren könnte, so ging sie also nur zu Gomo und weckte ihn vorsichtig auf.

Der Sergeant Martial streckte eben ein paarmal die Arme, stieß einige laute Hms hervor und sprang dann schnell auf die Füße.

Bei Germain Paterne ging das nicht so ohne Umstände ab. In seine Decke eingewickelt, den Kopf auf die Botanisiertrommel – anstelle eines Kissens – gelehnt, schlief er wie ein Murmeltier, das bekanntlich in dem Rufe steht, der Meisterschläfer der ganzen Schöpfung zu sein.

Inzwischen ließ Valdez die Säcke wieder zubinden, nachdem er ihnen die vom Abend vorher für den heutigen Morgenimbiß zurückgestellten Reste entnommen hatte. Als der junge Indianer munter geworden war, ging er mit Jean sogleich zu Jacques Helloch, der mit vor sich aufgeschlagener Karte neben einem flachen Felsblock stand. Die Karte zeigte die Gebiete zwischen der Sierra Parima und dem Gebirgsstock des Roraima, durch die sich der Rio hinwand.

Gomo konnte lesen und schreiben und war daher imstande, über die betreffende Gegend genaue Auskunft zu geben.

»Du hast doch wohl gelegentlich Karten gesehen,

die ein Stück Erde mit Land und Meer, mit Bergen und Flüssen darstellen?« fragte ihn Jacques Helloch.

»Ei freilich!« erwiderte er. »In der Schule in Santa-Juana haben wir solche gar häufig gesehen.«

»Nun, so sieh dir einmal diese hier recht aufmerksam an. Der große Strom, der darauf einen Halbkreis bildet, ist der Orinoco, den du ja kennst.«

»Den ich nicht nur kenne, sondern auch liebe!«

»Ja, du bist ein braves Kind... du liebst deinen schönen Strom!... Siehst du auch hier, nahe seinem Ende, diesen mächtigen Berg?... Daraus kommen seine Quellen hervor.«

»Die Sierra Parima, Herr Helloch, ja, das weiß ich... dort sind die Raudals, die ich mit meinem Vater oft genug hinauf und hinab gefahren bin.«

»Richtig... zum Beispiel das Raudal von Salvaju.«

»Und dann... hier ragt ein Pic empor...«

»Der Pic Lesseps...«

»Täusche dich aber nicht; so weit sind wir mit unsern Piroguen nicht hinaufgekommen.«

»O nein... so weit nicht.«

»Warum stellen Sie an Gomo alle diese Fragen, Herr Helloch?« fragte jetzt Jeanne.

»Ich möchte über den Verlauf des Rio Torrida aufgeklärt sein, und vielleicht kann mir in dieser Beziehung Gomo die nötige Auskunft geben...«

Das junge Mädchen warf einen fragenden Blick auf Jacques Helloch, der davor den Kopf senkte, jedoch sogleich in seiner Rede fortfuhr.

»Nun, Gomo, sieh, hier ist die Stelle, wo wir unsere Piroguen zurückgelassen haben... hier, das ist der Wald, worin deines Vaters Hütte stand... und hier ist die Mündung des Rio Torrida...

»Da... da...«, sagte der junge Indianer, indem er die Fingerspitze auf die Karte setzte.

»Ganz recht... genau da, Gomo. Doch jetzt paß auf; ich werde dem Laufe des Rio in der Richtung nach Santa-Juana folgen, und du machst mich aufmerksam, wenn ich dabei einen Fehler begehe.«

Jacques Helloch ließ nun, schräg nach Nordosten zu und indem er dem Fuße der Sierra Parima gegen fünfzig Kilometer weit nachging, den Finger über die Landkarte gleiten. Darauf zeichnete er mit Bleistift ein Kreuz ein und sagte:

»Hier muß die Mission doch liegen...?«

»Jawohl... eben da.«

»Und der Rio Torrida fließt von dieser Stelle aus herunter?«

»Ja... ganz, wie er hier angegeben ist.«

»Kommt er nicht eigentlich von weiter oben her?«

»Gewiß, von weiter oben; wir sind zuweilen bis da hinaufgekommen.«

»Santa-Juana liegt demnach an seinem linken Ufer?«

»Wie Sie sagen.«

»Dann werden wir also den Rio noch überschreiten müssen, da wir uns jetzt auf dessen rechtem Ufer befinden.«

»Das wird nötig sein... es geht aber ganz leicht.«

»Wie denn?«

»Ja... etwas weiter stromauf ist eine Übergangsstelle mit großen Steinen im Flußbett, über die man bei niedrigem Wasser bequem gehen kann... eine Furt, die die Furt von Frascaes genannt wird.«

»Du kennst die Stelle?«

»Ja, Herr Helloch; und ehe die Sonne im Mittag steht, werden wir sie erreicht haben.«

Die Antworten des jungen Indianers lauteten bezüglich der Übergangsstelle so bestimmt, weil er selbst wiederholt ebenda den Fluß überschritten hatte.

Seine Aufschlüsse waren freilich dazu angetan, Jacques Helloch recht ernsthaft zu beunruhigen. Gestattete es die Furt von Frascaes seiner Gesellschaft, über den Fluß nach dem linken Ufer zu gelangen, so konnten auch die Quivas nach dem rechten Ufer herüberkommen. Jacques Helloch und seine Gefährten sollten also nicht bis zur Höhe der Mission den natürlichen Schutz durch den Rio genießen.

Die Verhältnisse verschlimmerten sich hierdurch nicht wenig. Dennoch war das kein Grund zur Umkehr, da die Möglichkeit eines Überfalles damit auch nicht abgewendet gewesen wäre. Erst in Santa-Juana befand sich die kleine Truppe in Sicherheit... in Santa-Juana mußte sie vor Ablauf von vierundzwanzig Stunden ankommen.

»Und du meinst«, sagte Jacques Helloch zum Schluß, »daß wir die Furt von Frascaes schon gegen Mittag erreichen könnten?«

»Gewiß... wenn wir sofort aufbrechen!«

Die Strecke, die das Lager von der Furt trennte, mochte etwa ein Dutzend Kilometer betragen, und da einmal beschlossen war, einen beschleunigten Schritt in der Hoffnung einzuschlagen, noch diese Nacht am Ziele zu sein, konnte es nicht schwer sein, die Furt vor der ersten kurzen Rast zu überschreiten.

Jetzt hieß es also: Unverzüglich vorwärts! Alles war bereit; die Säcke auf den Schultern der beiden Bootsleute, die Decken zusammengerollt auf dem Rücken der Reisenden, die Botanisiertrommel Germain Paternes am Riemen und die Waffen schußfertig.

»Sie denken, Herr Helloch«, fragte der Sergeant Martial, »daß es möglich sein wird, in zehn bis zwölf Stunden nach Santa-Juana zu gelangen?«

»Das glaub' ich, wenn Sie die Beine, die nachher ausruhen können, jetzt ordentlich rühren.«

»Oh, an mir soll's nicht fehlen, Herr Helloch. Doch wird er es imstande sein... er... Jean?«

»Ihr Neffe, Sergeant Martial«, fiel Germain Paterne ein. »Ach, ich bitte Sie, der überholt uns im Wettlaufe! Man sieht es ja, daß er eine gute Schule genossen hat! Sie haben ihm Soldatenbeine gemacht, und er hat einen Turnerschritt!«

Bisher wußte Gomo noch nicht, welches Band einer – angeblichen – Verwandtschaft den Sohn des Oberst von Kermor mit dem Sergeanten Martial verknüpfte. Jetzt sah er den letzteren scharf an.

»Sie sind sein Onkel?«

»Nun ja... so ein wenig, Kleiner!«

»Also der Bruder seines Vaters?«

»Sein leibhaftiger Bruder, und daher kommt es auch, daß Jean mein Neffe ist, begreifst du das?«

Der Knabe neigte den Kopf, als Zeichen, daß er ihn verstanden habe.

Das Wetter war recht trübe. Tief unten zogen, von einem Nordostwinde getrieben, regendrohende Wolken über den Himmel. Unter dem grauen Schleier verschwand der Gipfel der Sierra Parima vollständig, und auch nach Süden hin war die Spitze des Pic Maunoir durch die Bäume nicht mehr zu sehen.

Jacques Helloch warf einen unruhigen Blick nach der Seite des Horizontes, von der der Wind herkam. Nach den ersten Strahlen beim Aufgang der Sonne hatte sich der Himmel schnell mit sich ansammelnden Dunstmassen überzogen, die beim Aufsteigen nur noch dichter wurden. Kam es jetzt zu einem jener heftigen Regengüsse, die so häufig die südlichen Savannen überfluten, so mußte das Fortkommen der kleinen Gesellschaft verlangsamt werden, und es wurde dann schwierig, Santa-Juana vor dem nächsten Tage zu erreichen.

Die kleine Truppe folgte nun wieder dem Pfade zwischen dem Rio und dem Rande des undurchdringlichen Waldes, wobei die gestrige Reihenfolge – mit dem Schiffer Valdez und Jacques Helloch an der Spitze – eingehalten wurde. Beide hatten zum letzten Male das gegenüberliegende Ufer betrachtet. Es war gänzlich verlassen, verlassen auch die Baumdickichte, die sich nach links hin ausdehnten. Kein lebendes Wesen war zu sehen, außer der lauten Welt der Vögel, deren Gesang die aufsteigende Sonne – unter Begleitung der gräßlichen Heulaffen – begrüßte.

Alle klammerten sich an die Hoffnung, gegen Mitternacht die Mission zu erreichen, was freilich nur durch einen beschleunigten Marsch – der höchstens zu Mittag von einer kurzen Rast unterbrochen wurde – möglich war. Es hieß also tüchtig ausschreiten, und jeder tat das auch ohne Murren. Bei dem von Dünsten verschleierten Himmel erreichte die Wärme keine belästigend hohen Grade, und das war ein Glück, da das Ufer von keinem Baum beschattet wurde.

Von Zeit zu Zeit drehte sich Jacques Helloch, den eine innere Unruhe verzehrte, einmal um und sagte:

»Wir gehen doch nicht zu schnell für Sie, lieber Jean?«

»O nein, Herr Helloch, nein«, erhielt er dann zur Antwort. »Ängstigen Sie sich nicht um mich und auch nicht um meinen Freund Gomo, der die Füße eines Hirsches zu haben scheint.«

»Herr Jean«, erklärte dazu Gomo, »wenn es nötig wäre, könnte ich noch vor heut abend in Santa-Juana sein.«

»Alle Wetter... was du für ein Schnelläufer bist!« rief Germain Paterne, der keine solche Schnelligkeit entwickeln konnte und zuweilen hinter den andern zurückblieb.

Jacques Helloch nahm darauf freilich keine besondere Rücksicht, sondern rief und trieb ihn fortwährend an:

»Vorwärts, Germain, du kommst ins Hintertreffen!«

Dann erwiderte der andre:

»Oh, eine Stunde mehr oder weniger, das macht uns doch nichts aus!«

»Weißt du das so bestimmt?«

Da das Germain Paterne aber nicht wußte, mußte er wohl oder übel gehorchen und tat denn das auch nach Kräften.

Einen Augenblick lang hatte sich Jacques Helloch mit der letzten Antwort des jungen Indianers beschäftigt: »vor dem Abend« – hatte Gomo behauptet – »könnte ich noch in Santa-Juana sein.«

Gomo verpflichtete sich also, binnen sechs bis sieben Stunden die Mission von Santa-Juana zu erreichen. War das nicht ein Umstand, aus dem Vorteil zu ziehen wäre?...

Unterwegs machte Jacques Helloch auch Valdez Mitteilung von dieser Antwort.

»Ja, in sechs bis sieben Stunden«, sagte er, »könnte der Pater Esperante unterrichtet sein, daß unsre kleine Gesellschaft auf dem Wege nach Santa-Juana ist. Er würde gewiß nicht zögern, uns Verstärkung entgegenzuschicken. Vielleicht käme er gar selbst...«

»Höchstwahrscheinlich«, meinte Valdez; »doch wenn wir dieses Kind gehenlassen, berauben wir uns des einzigen Führers, und den, glaub' ich, können wir nicht entbehren, da er allein das Land hier kennt.«

»Sie haben recht, Valdez, Gomo ist uns notwendig, und vorzüglich, wenn wir an die Furt von Frascaes kommen.«

»Da werden wir gegen Mittag sein, haben wir dann

die Furt hinter uns, so werden wir ja sehen...«

»Jawohl, da wird sich's ja zeigen, Valdez. Vielleicht droht uns Gefahr gerade an jener Übergangsstelle.«

Wer hätte sagen können, ob Jacques Helloch und seine Gefährten nicht schon, bevor sie diese erreichten, von Gefahren bedroht wurden? Nachdem Jorres das Lager am rechten Ufer des Rio Torrida ausgespäht hatte, konnte er da nicht mit der Alfanizschen Bande am linken Ufer des Flusses hinaufgezogen sein? Da die Quivas einen Vorsprung von mehreren Stunden hatten, war es ja möglich, daß sie die Furt von Frascaes bereits überschritten hatten. Jetzt zogen sie vielleicht am rechten Ufer des Flusses hinunter, um die kleine Truppe zu überfallen. Eine solche Annahme war ja nicht auszuschließen. Als sich jedoch Valdez um neun Uhr einige Schritte weiter vorgewagt hatte, konnte er bei seiner Rückkehr zu den übrigen versichern, daß der Weg frei zu sein scheine. Auch am jenseitigen Ufer verriet nichts die Anwesenheit der Quivas.

Jacques Helloch wollte nun an der jetzt erreichten Stelle haltmachen, nachdem er Gomo gefragt hatte:

»Wie weit sind wir wohl noch von der Furt entfernt?«

»Etwa zwei Wegstunden«, antwortete der junge Indianer, »der Entfernungen nicht anders als nach der Zeit, in der sie zurückgelegt werden konnten, zu schätzen gewohnt war.

»So wollen wir ein wenig ruhen«, rief Jacques Helloch, »und schnell etwas von unserm Mundvorrat frühstücken. Ein Feuer anzuzünden ist ja nicht nötig.«

In der Tat wäre man damit Gefahr gelaufen, seine Gegenwart zu verraten... eine Rücksicht, deren Grund Jacques Helloch für sich behielt.

»Nur schnell, liebe Freunde, schnell, wiederholte

er, nur eine Viertelstunde Rast!«

Das junge Mädchen durchschaute ihn recht gut. Jacques Helloch war von einer Unruhe gepeinigt, deren Ursache sie allerdings nicht kannte. Wohl hatte sie davon reden hören, daß in der Gegend jetzt Quivas hausen sollten, auch wußte sie ja, daß Jorres verschwunden war; sie konnte aber nicht ahnen, daß der Spanier, wenn er an Bord der »Gallinetta« den Orinoco mit ihnen hinauffuhr, dies nur getan hatte, um zu Alfaniz zu stoßen, ebensowenig, daß zwischen dem aus Cayenne entwichenen Sträfling und ihm von langer Zeit her nähere Beziehungen bestanden. Mehr als einmal war sie nahe daran, zu sagen:

»Was bedrückt Sie denn eigentlich, Herr Helloch?«

Sie unterließ jedoch eine solche Frage, da sie sich auf die Intelligenz Jacques Hellochs, auf seinen Mut und seine Ergebenheit ebenso verließ, wie es auch gewiß sein Wunsch war, recht bald ans Ziel zu gelangen. Die kalte Mahlzeit wurde schnell beendet. Germain Paterne, der sie gern verlängert gesehen hätte, machte gute Miene zum bösen Spiel – es blieb ihm ja kein andrer Ausweg übrig.

Ein Viertel auf zehn Uhr wurden die Säcke wieder geschlossen und aufgenommen, und nochmals ging es in der frühern Ordnung weiter.

Wenn der Wald sich am rechten Ufer des Rio Torrida ohne Unterbrechung fortsetzte, so bot das linke Ufer jetzt einen davon sehr abweichenden Anblick. Die Bäume standen dort nur noch in einzelnen über die llanos verstreuten Gruppen zusammen, und zwischen ihnen sproß üppiges Gras, womit die Abhänge der Sierra überhaupt bis zum Gipfel bedeckt waren.

Das jenseitige Ufer hatte sich dagegen so gesenkt, daß es fast im gleichen Niveau mit dem Rio verlief. Hier war es also möglich, eine große Strecke der von keinem Baumvorhang verhüllten Savanne zu überblikken. Während man die Sierra anfänglich im Nordosten gehabt hatte, lag diese seit dem gestrigen Abend fast im Süden.

Jacques Helloch und Valdez behielten das andre Ufer unausgesetzt scharf im Auge, ohne deshalb das zu vernachlässigen, auf dem sie selbst hinzogen.

Noch immer war nichts Verdächtiges zu sehen.

Vielleicht hatten sich die Quivas an der Furt von Frascaes in den Hinterhalt gelegt?...

Gegen ein Uhr mittags wies Gomo nach einer wenige hundert Schritt entfernten Biegung des Rio hin, der sich da mehr nach Osten wandte und unter nackten Felsmassen verschwand.

»Dort ist es«, sagte er.

»Dort?« wiederholte Jacques Helloch, der den übrigen ein Zeichen gab, stehenzubleiben.

Er selbst ging etwas weiter vorwärts, um den Lauf des Rio Torrida übersehen zu können, und überzeugte sich, daß sein Bett an dieser Stelle von Steinen und Sandflächen halb angefüllt war, zwischen denen sich nur dünne, leicht zu überschreitende Wasserfäden hinzogen.

»Wollen Sie, daß ich vorausgehe und die Furt an beiden Ufern besichtige?« fragte Valdez.

»Ja, tun Sie das, Valdez, doch wagen Sie sich aus Vorsicht nicht bis zum andern Ufer hinüber und kommen sogleich zurück, wenn Sie den Weg frei gefunden haben.«

Valdez ging sofort und war schon nach wenigen Minuten bei der Biegung des Torrida verschwunden.

Jacques Helloch, Jean, der Sergeant Martial, Gomo und die Träger blieben in dichtgeschlossener Gruppe nahe dem Ufer stehen. Germain Paterne hatte sich niedergesetzt.

Sosehr er sich sonst zu beherrschen verstand, konnte Jacques Helloch seine trüben Ahnungen jetzt doch nicht verbergen.

Da fragte Gomo:

»Warum gehen wir nicht weiter?«

»Ja warum?« setzte Jean hinzu. »Und warum ist Valdez jetzt vorausgegangen?«

Jacques Helloch gab keine Antwort. Er entfernte sich selbst von der Gruppe und ging einige Schritte nach dem Rio zu, um das andre Ufer genauer sehen zu können.

Fünf Minuten verstrichen... solche Minuten, die einem wie ebenso viele Stunden erscheinen.

Jeanne war zu Jacques Helloch gegangen.

»Warum kommt denn Valdez nicht zurück?« fragte sie, indem sie in seinen Augen zu lesen versuchte.

»Er kann ja nicht mehr lange ausbleiben«, begnügte sich Jacques Helloch zu antworten.

Fünf Minuten, noch weitere fünf Minuten vergingen... niemand sprach ein Wort.

Valdez hätte nun zum Hin- und Rückwege gewiß Zeit genug gehabt, und doch erschien er nicht wieder.

Man hatte keinen Hilferuf vernommen, überhaupt nichts, was einen hätte erschrecken können.

Jacques Helloch gelang es, die andern sich noch einmal fünf Minuten gedulden zu lassen.

Gewiß bot es ja nicht mehr Gefahr, bis zur Furt von Frascaes zu gehen, als hier auf der Stelle zu verweilen oder ganz wieder umzukehren. Sollte die kleine Gesellschaft angegriffen werden, so war das stromaufwärts ebenso wie stromabwärts zu befürchten.

»Weiter, weiter!« sagte endlich Jacques Helloch.

Er setzte sich an die Spitze, und seine Gefährten folgten ihm, ohne noch eine Frage an ihn zu richten. So gingen sie gegen dreihundert Schritt weit am steilen

Ufer hin und gelangten damit an die Biegung des Rio Torrida, wo sie nach der Furt von Frascaes hinuntersteigen sollten.

Fünf Schritte vor den übrigen ließ sich der junge Indianer hinabgleiten und betrat schon die ersten vom Wasser benetzten Steine.

Da erhob sich plötzlich ein entsetzliches Geschrei auf dem linken Ufer, nach dem Jacques Helloch und seine Gefährten eben hinübergehen wollten.

Etwa hundert Quivas liefen von allen Seiten herbei und stürzten sich, die Waffen schwingend und drohende Rufe ausstoßend, auf die Furt zu.

Jacques Helloch fand gar nicht die Zeit, sich durch Gewehrschüsse zu verteidigen, und was hätte auch seine Flinte sowie die Germain Paternes und des Sergeanten Martial, was hätten die Revolver der Bootsleute gegen hundert bewaffnete Feinde, die die Furt besetzt hielten und sie sperrten, auch auszurichten vermocht?

Urplötzlich von dem Raubgesindel umringt, gab es für Jacques Helloch und seine Gefährten gar keine Möglichkeit, diesen Angriff abzuwehren.

Im nämlichen Augenblick wurde Valdez unter einer Gruppe laut kreischender Quivas sichtbar.

»Valdez!« rief ihm Jacques Helloch zu.

»Die Schurken haben mich in einer Vertiefung des Bodens gefangen«, antwortete der Führer der »Gallinetta«.

»Mit wem haben wir's eigentlich zu tun?« fragte Germain Paterne.

»Mit der Rotte der Quivas«, erwiderte Valdez.

»Und mit ihrem Anführer!« setzte eine drohende Stimme hinzu.

Dicht am Ufer stand jetzt ein Mann und neben ihm drei Individuen, die offenbar keinem Indianerstamme angehörten.

»Jorres!« entfuhr es Jacques Hellochs Lippen.

»Nennt mich bei meinem richtigen Namen... Alfaniz!«

»Alfaniz!« wiederholte der Sergeant Martial.

Vor Schreck erstarrt, richteten Jacques Helloch und Martial die Blicke unwillkürlich auf die Tochter des Oberst von Kermor.

Jorres war also Alfaniz, der mit noch drei Sträflingen, seinen jetzigen Spießgesellen, aus dem Bagno von Cayenne entsprungen war.

Seitdem er sich anstelle ihres Häuptlings Meta Serrapia, der in einem Scharmützel mit der staatlichen Miliz gefallen war, an die Spitze der Quivas gesetzt hatte, zog der Spanier – seit etwa einem Jahre – mordend und plündernt durch die weite Savanne.

Fünf Monate vorher hatten die Quivas, wie früher erwähnt, beschlossen, nach den Gebieten im Westen des Orinoco zurückzukehren, von wo sie durch kolumbische Truppen vertrieben worden waren. Ehe sie jedoch das Bergland des Roraima verließen, wollte ihr neuer Führer noch einmal diese (die linke) Seite des Stromes absuchen. Er verließ zeitweilig die Bande, ging längs der Ilanos bis nach San-Fernando de Atabapo hinunter und kam dabei auch durch den Rancho von Carida, wo der Baré-Indianer mit vollem Rechte behauptete, ihn schon damals gesehen zu haben. In San-Fernando wartete er grade auf eine Gelegenheit, nach den Quellen des Orinoco zurückzukehren, als die Piroguen »Gallinetta« und »Moriche« sich zur Abfahrt nach der Mission von Santa-Juana rüsteten.

Alfaniz – der gewöhnlich den Namen Jorres führte – bot unter dem Vorwande, sich ebenfalls nach der Mission begeben zu wollen, dem Schiffer der »Gallinetta«, der seine Mannschaft vervollständigen mußte, seine Dienste an und wurde, wie wir wissen, angenommen – angenommen zum Unheil für die, die sich nach dem Oberlaufe des Stromes hinauswagen wollten.

Sobald sich Alfaniz dann mit den Quivas wieder vereinigt hatte, wollte er endlich der Rache, die er dem Oberst von Kermor geschworen hatte, Genüge leisten.

Er hatte ja gehört, daß der mit dem Sergeanten Martial auf der »Gallinetta« reisende junge Mann im Begriff stand, seinen Vater zu suchen, dessen Aussagen vor dem Kriminalgerichtshofe der Untern Loire seine Verurteilung zu lebenslanger Zwangsarbeit und seine Verschickung nach dem Bagno von Cayenne herbeigeführt hatten.

Jetzt oder niemals bot sich die unerwartete Gelegenheit, den jungen Mann und mit ihm vielleicht auch den Sergeanten Martial abzufangen, wenn es möglich war, sie auf dem Landwege nach der Mission zu überraschen – die Gelegenheit, anstelle des Vaters wenigstens an dem Sohne Rache zu nehmen.

Das Weitere ist bekannt. Nachdem Alfaniz in der Nacht, die er am Sitio von Yaname auf dem Lande zubrachte, einen Genossen getroffen hatte, war er nach der Ankunft der Piroguen bei dem spätern Lager am Pic Maunoir entflohen.

Nach Ermordung des Vaters Gomos, weil er ihm nicht als Führer dienen wollte, war er dann am Rio Torrida hinauf und über die Furt von Frascaes gegangen und hatte die Bande der Quivas dort im Walde gefunden.

Jetzt, wo Jacques Helloch und dessen Gefährten in seiner Gewalt waren, gedachte sich der Elende auch der Piroguen an ihrem Halteplatz auf dem Orinoco zu bemächtigen.

Der Sohn oder vielmehr die Tochter des Oberst von Kermor war nun in seiner Hand.

Elftes Kapitel

Die Mission von Santa-Juana

Dreizehn Jahre vor dem Anfange dieser Erzählung gab es in der Gegend, die der Rio Torrida durchströmt, weder ein Dorf noch einen Rancho oder Sitio. Kaum zogen dann und wann Indianer durch sie hin, wenn diese gezwungen waren, für ihre Herden neue Weideplätze zu suchen. Die ganze Gegend bestand nur aus ausgedehnten, zwar fruchtbaren, doch unangebauten Ilanos, fast undurchdringlichen Wäldern und sumpfigen Esteros, die im Winter durch die aus ihren Betten tretenden Wasseradern der Nachbarschaft immer frisch gefüllt wurden. Nur Raubtiere, Schlangen, Affen und mancherlei Vögel – die Insekten, vorzüglich die Moskitos nicht zu vergessen – vertraten das Tierleben in diesen fast noch unbekannten Gebieten. Sie bildeten trotz ihrer reichen Pflanzenwelt tatsächlich eine Wüstenei, wohin niemals Händler oder Unternehmer aus der Republik Venezuela vordrangen.

Ging man einige hundert Kilometer in nördlicher und nordöstlicher Richtung hinauf, so verlor man sich schließlich in einem höchst merkwürdigen Gebietsteile, dessen höhere Stellen vielleicht mit dem Gebirgszuge der Anden zusammengehangen hatten, ehe einst deren große Bergseen sich durch ein weitverzweigtes Netz von Wasseradern in die Tiefen des Atlantischen Ozeans entleerten. Es ist ein vielfach zerrissenes Land, wo sich Bergkämme kreuzen, wo manche Höhen dem Naturgesetz der Schwere zu spotten scheinen – ebenso wie ihre hydrographischen und orographischen Wunderlichkeiten –, ein ungeheurer Raum und die unerschöpfliche Nährmutter des Orinoco, den er nach Norden entsendet, und des Rio Blanco, der nach Süden hin strömt, beherrscht von der himmelanstrebenden Bergmasse des Roraima, dessen jungfräulichen Gipfel Im Thurn und Perkin einige Jahre später zuerst erklimmen sollten.

So unausgebeutet, so verlassen war dieser weit entfernte Teil von Venezuela, als es ein Fremder, ein Missionar, unternahm, ihn wenigstens streckenweise umzugestalten.

Die auf diesem Gebiete zerstreut vorkommenden Indianer gehörten der großen Mehrzahl nach zum Stamme der Guaharibos. Gewohnheitsgemäß durchstreiften sie die Ilanos im Innern tiefer Wälder am rechten Ufer des obern Orinoco. Es waren elende Wilde, noch von keinem Hauche der Zivilisation berührt. Kaum hatten sie Strohhütten, um Unterkommen zu finden, kaum Lumpen aus Baumrinde, sich zu bedecken. Sie nährten sich von Wurzeln, Palmensprossen, von Ameisen und von Holzläusen (den sogenannten Totenuhren) und verstanden sich nicht einmal auf die Gewinnung des Maniokmehls, das in Mittelamerika sonst die Hauptnahrung bildet. Sie schienen auf der Stufenleiter der Menschheit die unterste Sprosse einzunehmen, waren klein von Wuchs, schwächlich von Konstitution, hager von Gestalt und hatten den aufgetriebenen Leib der Geophagen, und in der Tat waren sie, vorzüglich im Winter bei mangelnder andrer Nahrung, oft genötigt, ihren Hunger mit toniger Erde zu stillen. Die rötlichen langen Haare fallen ihnen auf die Schultern hinab, ihr Gesicht, auf dem ein scharfer Beobachter wohl noch ein Restchen unentwickter Intelligenz entdecken könnte, und die etwas weniger tiefbraune Färbung ihrer Haut, worin sie sich von den andern Indianern, den Quivas, Piaroas, Barés, Mariquitarern und Banivas unterscheiden – alles wies darauf hin, sie in die letzte Reihe der an sich niedrigst stehenden Rassen zu stellen.

Und diese Eingebornen galten für so gefährlich, daß selbst ihre nahen Stammverwandten kaum deren Gebiete zu betreten wagten, ja man hielt sie allgemein für so eingefleischte Räuber und Mörder, daß die Händler aus San-Fernando niemals über den Ocamo und höchstens den Mavaca hinausgingen. So hatte sich der üble Ruf gebildet, in dem die Guaharibos noch vor fünf Jahren standen, als Chaffanjon, ohne sich von den Befürchtungen seiner Bootsleute abschrecken zu lassen, seine Fahrt bis zu den Quellen des Stromes fortsetzte. Als er endlich auf der Höhe des Pic Maunoir mit ihnen zusammengetroffen war, erkannte er bald, wie arg die harmlosen Indianer verleumdet worden waren, und bemühte sich, ein gerechteres Urteil über sie zu verbreiten.

Zu jener Zeit bildete übrigens, infolge seiner Aufforderung um den spanischen Missionar versammelt, schon eine Anzahl von ihnen den Kern der Mission von Santa-Juana. Sie waren bereits für die Lehren der christlichen Religion empfänglich geworden und hatten das dem eifrigen Apostel zu verdanken, der ihnen alle Freuden des Erdenlebens opferte.

Der Pater Esperante ging von Anfang an darauf aus, mit den unglücklichen Guaharibos innigste Fühlung zu halten. Deshalb siedelte er sich tief drin in den Savannen der Sierra Parima an. Hier beschloß er, ein Dorf zu gründen, das sich mit der Zeit zu einem Flekken entwickeln sollte. Von dem ihm verbliebenen Vermögen glaubte er keinen edleren Gebrauch machen zu können, als daß er es für dieses Werk der Barmherzigkeit verwendete, das gleich fest genug begründet werden sollte, um seinen Bestand auch für alle Zukunft zu sichern.

Bei seinem Eintreffen in dieser Wüstenei hatte der Pater Esperante als einzige Hilfskraft nur einen jungen Begleiter namens Angelos bei sich. Dieser damals fünfundzwanzigjährige Novize der ausländischen Missionen war gleich ihm selbst von dem apostolischen Eifer entflammt, der Zeichen und Wunder zu tun vermag. Beide hatten also – doch um den Preis welcher Schwierigkeiten und welcher Gefahren! –, ohne zu erschlaffen und ohne zu wanken, die Mission von Santa-Juana gegründet und organisiert, ihnen war die leibliche und geistige Wiedergeburt eines ganzen Indianerstammes gelungen, und jetzt hatten sie eine Bevölkerung um sich versammelt, die, unter Einrechnung der auf den benachbarten Ilanos siedelnden Eingebornen, gegen tausend Köpfe zählte.

Fünfzig Kilometer im Nordosten von den Stromquellen und von der Mündung des Rio Torrida war es, wo der Missionar die Stelle für die zukünftige Ortschaft gewählt hatte. Eine höchst glückliche Wahl – mit einem Boden von erstaunlicher Fruchtbarkeit, wo die nützlichsten Baum- und Straucharten gediehen, unter andern Marimas, deren Rinde eine Art natürlichen Filz liefert; ferner Bananen, Platanen, Kaffeebäume und -stauden, die sich im Schatten größerer Bäume mit scharlachroten Blüten bedeckten, Bucares, Kautschuk- und Kakaobäume, und daneben sprossen und grünten Felder mit Zuckerrohr und Sassaparille oder mit Tabak, von dem man die »Cura nigra« für den einheimischen Verbrauch und die mit Salpeter vermengte »Cura seca« für die Ausfuhr gewinnt, endlich Tonkabäume (Dypterix), deren Bohnen so gesucht sind, und Sarrapias, deren Schoten als Gewürz dienen. Nur einiger Arbeit bedurfte es, und die frisch umbrochenen, geeggten und besäten Felder gaben reiche Ernten an Maniokwurzeln, Zuckerrohr und an dem unerschöpflichen Mais, der jährlich viermal zur Reife kommt und von dem aus einem einzigen Samenkorn fast vierhundert Stengel aufkeimen.

Wenn der Erdboden dieser Gegend eine so überraschende Fruchtbarkeit aufwies, die durch verständige Kulturmethoden noch gesteigert werden sollte, so kam das daher, daß er noch in ganz jungfräulichem Zustande war. Nichts hatte bisher seine vegetative Kraft erschöpft. Zahlreiche kleine Bäche plätscherten, sogar im Sommer, über ihn hin und ergossen sich schließlich in den Rio Torrida, der dem Bett des Orinoco im Winter eine beträchtliche Wassermenge zuführte.

Am linken Ufer dieses aus den Abhängen des Roraima entspringenden Rios erheben sich die ersten Baulichkeiten der Mission, nicht einfache Strohhütten, sondern kleine Wohnstätten, die sich mit den besten bei den Banivas und den Mariquitarern mindestens messen konnten. La Urbana, Caïcara und San-Fernando de Atabapo hätten auf die festen und bequemen Häuschen mit Recht neidisch sein können.

Das Dörfchen entstand am Fuße eines von der Sierra Parima getrennt aufragenden Cerro, dessen letzte Ausländer gesunde und schöne Bauplätze darboten.

Am Fuße einer Böschung und im kühlen Schatten einer großen Palme erhob sich das in einfachstem Stile erbaute Kirchlein von Santa-Juana, zu dem die Steine aus der Sierra geholt worden waren. Heute genügte das kleine Gotteshaus kaum noch für die Menge der Gläubigen, die die Predigten des Pater Esperante und die sinneberückenden Zeremonien des katholischen Gottesdienstes herbeilockten, während die spanische Sprache allmählich auch anstelle des Idioms der Guaharibos trat. Daneben hatten sich übrigens noch, vom

Leiter der Mission hochwillkommen geheißen, etwa fünfzig Weiße von venezolanischer Abkunft in dem aufblühenden Dorfe angesiedelt.

Von Jahr zu Jahr war auf dem Orinoco alles herbeigeschafft worden, was zur Gründung und Weiterentwicklung der kleinen Ortschaft gebraucht wurde, und so erklärt es sich, daß sie nach und nach bis nach San-Fernando, später auch bis Ciudad-Bolivar und Caracas vielfach genannt wurde. Dem Kongreß des Staates lag es auch nahe, ein so hohe zivilisatorische Zwecke verfolgendes Unternehmen zu unterstützten, das berufen schien, bisher wertlose, große Gebiete aufzuschließen und Volksstämme, deren Entartung und Elend ihre vollständige Vernichtung herbeizuführen drohten, auf eine höhere geistige Stufe zu heben.

Wenn von dem die Bäume etwas überragenden kleinen Turme die feierlichen Glockentöne erklangen, hätte gewiß jedermann den kirchlichen Eifer der blühenden und in anständiger Bekleidung herzuströmenden Eingebornen bewundert. Männer und Frauen, Kinder und Greise – alles drängte sich um den Pater Esperante. Ja, bei dem von Natur lebhaften Ausdruck ihrer Dankbarkeit wären sie, wie vor der Kirche, am liebsten auch noch vor dem unter einer Palmengruppe errichteten Pfarrhause in die Knie gesunken. Sie fühlten sich glücklich, ihre Familien blühten auf, sie lebten ohne Not und Sorge und vertauschten mit Vorteil ihre Bodenerzeugnisse gegen die Industrieprodukte, die vom untern Orinoco heraufkamen – kurz, ihre Lage verbesserte sich ohne Unterbrechung, und ihr Wohlbefinden nahm sichtlich weiter zu. Da strömten auch noch andre Ilaneros nach der Mission herbei, um sich hier niederzulassen. So vergrößerte sich der Ort bis in den Wald hinein, der ihn mit ewigem Grün umrahmte. Auch die bebauten Felder dehnten sich immer mehr aus, und das konnte leicht geschehen, da die Savannen des Orinoco sozusagen ohne Grenzen sind.

Es wäre irrig, zu glauben, daß die Mission Santa-Juana nicht auch widerwärtigere Perioden zu überwinden gehabt hätte. Um den Preis einer bewundernswerten Hingebung für die Sache und dauernder Anstrengung hatte sie sich wohl recht schön entwickelt; zu Anfang war sie aber doch zuweilen von recht ernsten Gefahren bedroht gewesen. Vor allem mußte das Dorf gegen neidische, wilde Horden verteidigt werden, die einmal überall zu morden und zu plündern gewöhnt waren. Die Einwohner desselben hatten da manchen Angriff zurückzuschlagen, der das schöne Werk im Entstehen zu vernichten drohte. Zur Abwehr der Banden, die vom Orinoco oder von den Kordilleren der Küste her ihre Raubzüge ausführten, wurden deshalb die nötigsten und geeignetsten Sicherheitsmaßregeln getroffen. Der Missionar erwies sich dabei als ein Mann der Tat und sein persönlicher Mut als ebenso groß wie sein Talent als Organisator.

Alle Guaharibos im kräftigen Alter wurden aufgeboten, diszipliniert und im Gebrauch der Waffen unterrichtet. Jetzt stand eine Kompanie von etwa hundert Mann mit modernen Gewehren und reichlichem Schießbedarf, die alle gewandte Schützen waren – denn dazu brachten sie das scharfe Auge des Indianers mit –, für die Sicherheit der Mission ein und vereitelte damit jede Aussicht auf Erfolg, wenn doch ein Angriff auf diese gewagt werden sollte.

Dafür hatte man auch schon den Beweis, als Alfaniz mit seinen Spießgesellen aus dem Bagno und der ihm folgenden Bande von Quivas die Ortschaft überfallen hatten. Obwohl sie an Zahl der der »Soldaten« des Pater Esperante mindestens gleich waren, erlitten sie doch die empfindlichsten Verluste, während auf der

Seite der Guaharibos nur wenig Blut floß.

Vorzüglich infolge dieser Niederlage hatten die Quivas auch geplant, das Land zu verlassen und die im Westen des Orinoco gelegenen Gebiete wieder aufzusuchen.

Obendrein war die Mission von Santa-Juana zum Angriff ebensogut eingerichtet wie zur Verteidigung. Es lag zwar gewiß nicht in der Absicht des Pater Esperante, auf Eroberung auszuziehen, denn das Land, worüber er verfügte, reichte für alle seine Bedürfnisse aus. Er wollte sich aber auch keine Belästigungen von andrer Seite gefallen lassen noch der Möglichkeit ausgesetzt sein, daß Banden von Verbrechern der schlimmsten Art sein Dorf überfielen. Um jeder Gefahr vorzubeugen, mußte er als Soldat auftreten. Was ist ein Missionar im Grunde auch anders als ein Soldat, und wenn er die Pflicht auf sich nimmt, nötigenfalls sein Leben zu opfern, so hat er andrerseits doch auch die Pflicht, die um ihn und um die Fahne des Christentums gescharten Gläubigen zu verteidigen.

Im Vorhergehenden war von den Kulturen die Rede, die in so hohem Maße zum Gedeihen der Mission von Santa-Juana beitrugen. Hierin lag aber nicht die einzige Quelle ihres Reichtums. An die bebauten Felder stießen weite Ebenen, wo große Rinderherden weideten, deren Ernährung durch den Graswuchs der Savannen ebenso wie durch die Ilanerapalme der Wälder gesichert war. Diese Viehzucht bildete einen wichtigen Handelszweig, wie das übrigens in allen andern Provinzen Venezuelas der Fall ist. Die Guaharibos besaßen auch eine Anzahl jener Pferde, die sich früher zu Tausenden in der Umgebung der Ranchos umhertummelten, und von diesen dienten die einen als Zugtiere und die andern zu den Ausflügen der Guaharibos, die in kurzer Zeit vortreffliche Reiter wurden und dann auch die weitern Umgebungen der Ortschaft nicht selten durchstreiften.

Der Pater Esperante entsprach ganz dem Bilde, das Herr Mirabal, der junge Gomo und auch der falsche Jorres von ihm entworfen hatten. Seine Züge, seine Haltung und seine Bewegungen verrieten den tatkräftigen Mann, der seinem Willen bei jeder Gelegenheit Ausdruck zu geben wußte – kurz, den Führer, der das Befehlen gewöhnt war. Er besaß eine von hoher Einsicht unterstützte Energie. Sein festes und ruhiges Auge verriet schon die Güte seines Gemütes, die sich auch durch das häufige Lächeln der Lippen zeigte, welche dann und wann zwischen dem von den Jahren gebleichten Barte zu sehen waren. Er war mutig und hochherzig in gleichem Grade – zwei Eigenschaften, die ja so häufig zu einer einzigen verschmelzen. Obwohl er die Sechzig überschritten hatte, zeugten seine stramme Haltung, seine breiten Schultern, seine hochgewölbte Brust und seine kräftigen Gliedmaßen für die große Widerstands- und Leistungsfähigkeit des Mannes, der noch geistig und körperlich auf der Höhe des Lebens stand.

Was der Missionar vorher gewesen wäre, ehe er sich seiner schweren Aufgabe als Verbreiter christlicher Lehren widmete, hätte niemand sagen können. Er bewahrte darüber unverbrüchliches Schweigen. Nur dann und wann konnte man aus düstern Schatten, die über sein männliches Antlitz zogen, vielleicht schließen, daß ihn schmerzliche Erinnerungen an eine unvergeßliche Vergangenheit erfüllten.

Der Pater Esperante war bei seinem Unternehmen übrigens von seinem jüngeren Gehilfen sehr wesentlich unterstützt worden. Der Bruder Angelos war ihm mit Leib und Seele ergeben und konnte mit Recht einen nicht geringen Teil des Erfolges des frommen

Werkes beanspruchen.

Neben diesen beiden bildeten einige aus den dazu geeignetsten Indianern erwählte Personen die Beamtenschaft des Dorfes, wenn man auch sagen konnte, daß der Pater Esperante, der gleichzeitig Gemeindevorstand und Priester war, der die Kinder taufte, die Ehen schloß und einsegnete, wie er den Sterbenden in ihrem letzten Stündlein beistand, in seiner Person alle Ämter der Mission vereinigte.

Er mußte sich für seine Bemühungen auch reichlich entschädigt fühlen, wenn er sah, wie herrlich sein Werk gediehen und gewachsen war. Dieser Schöpfung war gewiß die Lebensdauer gesichert, wenn die einstigen Nachfolger des Missionars dieselben Wege wandelten, die er stets innegehalten hatte.

Seit dem letzten Angriffe der Quivas hatte nichts die Ruhe der Bewohner von Santa-Juana gestört, und allem Anscheine nach sollten sie auch in Zukunft von der Wiederholung eines solchen verschont bleiben.

Gegen fünf Uhr am Nachmittag des 1. November, dem Tage, nachdem Jacques Helloch und seine Gefährten in Alfaniz' Hände gefallen waren, entstand im Dorf jedoch, wenn nicht eine Panik, so doch eine gewisse Beunruhigung.

Es war nämlich ein junger Indianer aufgetaucht, der in aller Eile, als ob er verfolgt würde, von der Savanne her herangestürmt kam.

Einige Guaharibos traten aus ihren Häusern, und sobald der junge Indianer sie gewahr wurde, rief er fast ängstlichen Tones:

»Pater Esperante! Pater Esperante!«

Sofort führte ihn Bruder Angelos dem Missionar zu.

Dieser erkannte auf den ersten Blick den Knaben, der, als er mit seinem Vater in Santa-Juana wohnte, die Schule der Mission fleißig besucht hatte.

»Du... Gomo?« fragte er.

Dieser konnte zunächst kaum ein Wort hervorbringen.

»Woher kommst du denn?«

»Ich bin entflohen... heute früh... und bin gelaufen, was ich konnte, um hierherzukommen.«

Dem jungen Indianer versagte fast der Atem.

»Ruh dich erst aus, mein Kind«, ermahnte ihn der Missionar, »du stirbst wohl beinahe vor Hunger. Willst du etwas essen?«

»Nicht ehe ich Ihnen gesagt habe, warum ich gekommen bin. Es bedarf schleunigster Hilfe.«

»Hilfe...?«

»Dort unten sind Quivas... drei Stunden von hier... in der Sierra... nahe beim Fluße.«

»Was? Quivas?« rief Bruder Angelos.

»Und ihr Häuptling ebenfalls«, setzte Gomo hinzu.

»Ihr Anführer«, wiederholte Pater Esperante, »der entwichene Sträfling... der schreckliche Alfaniz...«

»Er ist vor wenigen Tagen wieder zu ihnen gestoßen, und vorgestern kurz nach Mittag haben sie eine Gesellschaft von Reisenden überfallen, die ich nach Santa-Juana führte.«

»Reisende, die nach der Mission wollten?«

»Ja, ehrwürdiger Vater, französische Reisende.«

»Franzosen!«

Das Gesicht des Missionars überflog eine plötzliche Blässe, und dann schloß er einen Augenblick die Lider.

Hierauf ergriff er den jungen Indianer bei der Hand, zog ihn nahe zu sich heran und sagte zu ihm mit einer Stimme, die vor unwillkürlicher Erregung zitterte:

»Sage mir alles, was du weißt!«

Gomo fuhr nun fort:

»Vor vier Tagen betrat ein Mann die Hütte, die mein Vater und ich in der Nähe des Orinoco bewohnten. Er fragte uns, wo sich die Quivas befänden und ob wir ihn zu ihnen führen wollten. Das waren dieselben, die unser Dorf San-Salvador zerstört und meine Mutter getötet hatten. Mein Vater schlug sein Verlangen ab, und da schoß er auch ihn mit einem Revolver nieder...«

»Er ist getötet worden!« murmelte Bruder Angelos.

»Ja, durch den Mann... Alfaniz...«

»Alfaniz!... Und woher kam denn der elende Schurke?« fragte der Pater Esperante.

»Von San-Fernando.«

»Wie war er aber den Orinoco heraufgekommen?«

»Als Bootsmann, als Ruderknecht, unter dem Namen Jorres, an Bord einer der beiden Piroguen, die die Reisenden brachten.«

»Und du sagst, das wären Franzosen?«

»Ja, gewiß, Franzosen, die nicht weiter als bis zum Rio Torrida hinauffahren konnten. Sie haben ihre Piroguen an der Flußmündung zurückgelassen, und einer von ihnen, ihr Führer, der von dem Schiffer einer der Falcas begleitet war, hat mich im Walde neben der Leiche meines Vaters aufgefunden. Sie fühlten Mitleid mit mir... begruben meinen Vater und nahmen mich dann mit sich. Darauf ersuchten sie mich, sie nach Santa-Juana zu führen. Wir sind also aufgebrochen... und waren vorgestern an der Furt von Frascaes angelangt, als die Quivas uns überfielen und alle gefangennahmen...«

»Und dann?« forschte der Pater Esperante weiter.

»Dann?... Dann zogen die Quivas nach der Sierra zu, und erst heute morgen habe ich ihnen entfliehen können.«

Der Missionar hatte dem jungen Indianer mit gespannter Aufmerksamkeit zugehört. Das Blitzen seiner Augen bewies, wie der Zorn gegen die Verbrecherrotte in ihm aufloderte.

»Du sagst also, mein Kind«, fragte er noch ein drittes Mal, daß jene Reisenden Franzosen waren?«

»Ja, ehrwürdiger Vater.«

»Und wie viele?«

»Vier.«

»Wer war sonst noch mit ihnen?«

»Der Schiffer von einer der Piroguen, ein Baniva namens Valdez, und zwei Bootsleute, die das Gepäck trugen.«

»Woher kamen sie denn?«

»Von Bolivar, von wo sie vor zwei Monaten abgereist waren, um sich nach San-Fernando zu begeben und dann den Strom bis zur Sierra Parima hinaufzufahren.«

In tiefes Sinnen verloren, schwieg der Pater Esperante einige Augenblicke still.

»Du hast von einem Führer gesprochen, Gomo?« fragte er. »Die kleine Truppe hat also einen Führer?«

»Ja, einen der Reisenden.«

»Und der heißt?«

»Jacques Helloch.«

»Er hat noch einen Genossen?«

»Der Germain Paterne heißt und in der Savanne überall Pflanzen sammelt.«

»Wer sind denn die beiden andern Reisenden?«

»Erstens ein junger Mann, der sehr freundlich gegen mich gewesen ist und den ich aufrichtig liebe.«

In Gomos Zügen verriet sich die lebhafteste Dankbarkeit.

»Der junge Mann«, fuhr er fort, »nennt sich Jean von Kermor.«

Bei diesem Namen schnellte der Missionar empor,

und aus seiner ganzen Erscheinung sprach die allergrößte Überraschung.

»Jean von Kermor?« wiederholte er. »War das wirklich sein Name?«

»Ja, Jean von Kermor.«

»Der junge Mann«, sagst du, »ist mit den Herren Helloch und Paterne aus Frankreich gekommen?«

»Nein, ehrwürdiger Vater; nach dem, was mir mein Freund Jean erzählt hat, haben sie sich unterwegs ... auf dem Orinoco ... beim Dorfe la Urbana erst zufällig getroffen.«

»Dann sind sie in San-Fernando gewesen?«

»Ja, und von da aus zusammen nach der Mission weitergereist.«

»Und was bezweckt jener junge Mann?«

»Er ist im Begriff, seinen Vater zu suchen.«

»Seinen Vater? ... Du sagst, seinen Vater?«

»Jawohl, den Oberst von Kermor.«

»Den Oberst von Kermor!« rief der Missionar in unbeschreiblicher Erregung.

Wer ihn in diesem Augenblick beobachtet hätte, würde auch gesehen haben, daß die Überraschung, die er vorher verriet, sich jetzt zu einer ganz ungewöhnlichen Aufregung entwickelte. So energisch der Pater Esperante auch war, sosehr er sich sonst zu beherrschen wußte, jetzt ließ er die Hand des jungen Indianers los und schritt, eine Beute ihn überwältigender Empfindungen, im Zimmer auf und ab.

Nur mit äußerster Willensanstrengung wurde er wieder einigermaßen ruhig und setzte seine Fragen fort.

»Warum«, sagte er, »warum will sich Jean von Kermor gerade nach Santa-Juana begeben?«

»Er hofft hier weitere Auskunft zu erhalten, die es ihm vielleicht ermöglicht, seinen Vater aufzufinden.«

»Er weiß also nicht, wo dieser ist?«

»Nein, seit vierzehn Jahren hat der Oberst von Kermor Frankreich verlassen und sich nach Venezuela begeben; sein Sohn weiß aber nicht, wo er sich jetzt befindet.«

»Sein Sohn! Sein Sohn!« murmelte der Missionar, der sich mit der Hand über die Stirn strich, wie um alte Erinnerungen wachzurufen.« Schließlich wendete er sich wieder an Gomo.

»Ist er denn allein abgereist... jener junge Mann... hat er das allein unternommen?«

»Nein.«

»Wer begleitet ihn denn?«

»Ein alter Soldat.«

»Ein alter Soldat?«

»Ja, der Sergeant Martial!«

»Der Sergeant Martial!« wiederholte der Pater Esperante.

Hätte ihn der Bruder Angelos jetzt nicht aufgefangen, er wäre, wie vom Blitz getroffen, auf den Boden des Zimmers zusammengebrochen.

Zwölftes Kapitel

Auf dem Wege zur Rettung

Den Franzosen, den Gefangenen der Quivas, Hilfe zu bringen, das duldete nach den so bestimmten Aussagen des jungen Indianers keinen Aufschub.

Der Missionar würde noch denselben Abend aufgebrochen und nach der Savanne hinausgezogen sein, wenn er nur gewußt hätte, welche Richtung dabei einzuschlagen gewesen wäre.

Zunächst drängte sich ja die Frage auf, wo Alfaniz augenblicklich sein möge. In der Nähe der Furt von Frascaes?... Nein; nach Gomos Mitteilungen hatte er diese am Morgen nach dem Überfalle verlassen. Sein eigenes Interesse gebot ihm ja, Santa-Juana fernzubleiben, sich in den Wäldern der benachbarten Sierra zu verlieren, vielleicht auch nach dem Orinoco und der Mündung des Rio Torrida hinunterzuziehen, um sich da noch der Piroguen und der Mannschaft zu bemächtigen.

Der Pater Esperante sah ein, daß noch eine Auskundschaftung des Feindes nötig war, ehe er dessen Verfolgung aufnehmen konnte.

Um sechs Uhr bestiegen zwei Indianer ihre Pferde und ritten nach der Furt von Frascaes hin davon.

Drei Stunden darauf waren die Reiter zurück, ohne eine Spur von den Quivas entdeckt zu haben.

Ob Alfaniz und seine Bande den Fluß überschritten hätten, um sich in die Wälder im Westen zu schlagen, oder ob sie nach der Sierra Parima hin gezogen wären, um längs des linken Ufers des Rios nach dem Lager am Pic Maunoir zu gelangen – das wußte vorläufig niemand.

Es mußte aber ermittelt werden, selbst wenn vor dem Aufbruche noch die ganze Nacht verstrich.

Zwei andere Indianer verließen die Mission mit dem Auftrage, die Savanne nach der Seite der Orinocoquellen hin abzusuchen, denn es erschien ja möglich, daß Alfaniz geradenweges nach dem Strome hinabgezogen wäre.

Mit Tagesanbruch kehrten die beiden Indianer nach Santa-Juana zurück, nachdem sie etwa fünfundzwanzig Kilometer weit vorgedrungen waren. Hatten sie die Quivas auch nicht selbst zu Gesicht bekommen, so hatten sie wenigstens von einigen Bravos-Indianern, die sie in der Savanne trafen, gehört, daß die Räuberbande sich nach der Sierra Parima zu begebe.

In der Sierra Parima also galt es, sie zu überraschen und die Umgebung mit Gottes Hilfe endlich von diesem Auswurf von Indianern und Bagnosträflingen zu befreien.

Die Sonne stieg eben empor, als der Pater Esperante von der Mission auszog.

Seine Begleitmannschaft bestand aus hundert Guaharibos, die für den Gebrauch moderner Feuerwaffen besonders eingeübt waren. Die wackern Leute wußten, daß sie gegen die Quivas, ihre langjährigen Feinde, in den Kampf gingen, doch nicht allein, um diese zu zersprengen, sondern sie bis auf den letzten Mann auszurotten.

Zwanzig von den Indianern waren beritten und dienten als Deckung für einige Karrenwagen, die Proviant für mehrere Tage enthielten.

Das Dorf blieb einstweilen unter der Leitung Bruder Angelos', der durch Läufer mit der Expedition soviel wie möglich in Verbindung bleiben sollte.

Der Pater Esperante, zu Pferde an der Spitze seiner Truppe, hatte jetzt bequemere Kleidung angelegt als die gewöhnliche Tracht des Missionars. Ein Leinwandhelm bedeckte seinen Kopf, mit hohen Stiefeln saß er fest in den Steigbügeln; ein doppelläufiges Gewehr hing am Sattel, und ein Revolver stak in seinem Gürtel.

Schweigend und nachdenkend trabte er dahin, eine Beute unbeschreiblicher geistiger Erschütterung, von der er nichts merken lassen wollte. Die Mitteilungen des ihn begleitenden jungen Indianers wirbelten ihm gleichsam im Kopfe umher. Er glich einem Blinden, dem man das Augenlicht wiedergegeben und der doch das Sehen verlernt hatte.

Von Santa-Juana aus wendete sich die Truppe in südöstlicher Richtung nach der Savanne – einer Ebene mit baumartiger Vegetation, mit stachligen Mimosen, dürftigen Chapparos und Zwergpalmen, deren Wedel im Winde schwankten. Die an solche Wege gewöhnten Indianer gingen so raschen Schrittes dahin, daß sie hinter den Reitern kaum zurückblieben.

Der Erdboden senkte sich allmählich; er stieg erst in der Nähe der Sierra Parima wieder an. Seine sumpfigen Strecken – die Esteros, die nur in der Regenzeit mit Wasser durchtränkt werden – boten jetzt, wo sie von der Wärme ganz ausgetrocknet waren, eine hinreichende feste Oberfläche, so daß man quer darüber hingehen konnte, also nicht um sie herumziehen mußte.

Der Weg bildete nahezu einen rechten Winkel gegen den, dem Gomo gefolgt war, als er Jacques Helloch und dessen Gefährten führte. Es war das der kürzeste zwischen der Mission und der Bergmasse der Parima. Einige noch frische Eindrücke ließen erkennen, daß hier wenige Tage vorher eine zahlreiche Truppe dahinmarschiert war.

Die Guaharibos entfernten sich also vom Rio Torrida, der nach Südwesten verlief. Dabei trafen sie auf mehrere kleine Zuflüsse seines reichen Ufers, die jetzt ausgetrocknet waren und kein Hindernis bildeten. Nur einzelne wenig ausgedehnte Bayous, die noch mit stagnierendem Wasser gefüllt waren, mußten vermieden werden.

Nach halbstündiger Mittagsrast brach der Pater Esperante wieder auf, und alle strengten sich so nach Kräften an, daß die Guaharibos schon gegen fünf Uhr am Fuße des Bergstockes der Parima und in der Nähe der Stelle anlangten, wo sich einer jener Cerros erhebt, den Chaffanjon nach dem Namen Ferdinand von Lesseps' getauft hat.

Hier fand man noch Spuren eines Lagers, das erst vor kurzer Zeit aufgehoben sein konnte. Erkaltete Asche, Reste von Speisen, niedergedrückte Graslagerstätten und dergleichen wiesen darauf hin, daß jemand noch die letzte Nacht hier zugebracht habe. Damit schwand aber jeder Zweifel, daß Alfaniz mit den Quivas und jedenfalls auch mit seinen Gefangenen die Richtung nach dem Strom eingeschlagen hatte.

Während der Rast, die eine Stunde dauerte und den Pferden gestattete, sich durch frisches Futter zu stärken, ging der Pater Esperante abseits von den andern auf und ab.

Seine Gedanken weilten bei den zwei Namen, die der junge Indianer genannt hatte.

»Der Sergeant Martial«, sagte er wiederholt für sich hin, »der Sergeant... hier... auf dem Wege nach Santa-Juana...«

Dann sann er wieder über Jean von Kermor nach... über das Kind, das seinen Vater suchte!... Wer war dieser junge Mann? Der Oberst hatte ja keinen Sohn gehabt!... Nein, Gomo mußte sich täuschen!... Doch gleichviel: Jedenfalls schmachteten hier Franzosen in grausamer Gefangenschaft... Landsleute, die zu befreien, den Händen der Quivas zu entreißen er sich verpflichtet fühlte.

Wieder ging es also vorwärts, und gegen sechs Uhr wurde das rechte Ufer des Orinoco erreicht.

Hier ergossen sich die ersten Wasserfäden von der Sierra Parima in den Strom durch die Bergschlucht, in deren Innern ein tollkühner Forscher am 18. Dezember 1886 die französische Fahne aufgepflanzt hatte.

Dieser Teil der Sierra war von uralten Bäumen bedeckt, die einmal von allein zusammenzubrechen bestimmt schienen, denn keine Axt des Holzfällers würde sie in dieser weltfernen Gegend je niederlegen.

Die nächste Umgebung zeigte sich völlig verlassen. Keine Pirogue, nicht einmal ein Curiare, hätte in der heißen Jahreszeit bis hier hinaufgelangen können, und auch die beiden Falcas hatten schon fünfzig Kilometer weiter unten liegenbleiben müssen.

Diese fünfzig Kilometer konnten, wenn die Guaharibos derselbe Eifer beseelte wie ihren Anführer, noch in der Nacht zurückgelegt werden, so daß die Truppe dann mit Tagesanbruch bei dem Lagerplatze am Pic Maunoir eintraf. An ein Verfehlen des richtigen Weges war nicht zu denken, denn es genügte ja, am rechten Ufer des Stromes, dessen ausgetrocknete Rios keine Schwierigkeiten bereiten konnten, hinzuziehen.

Der Pater Esperante brauchte seine Indianer gar nicht erst zu fragen, ob sie sich diese Anstrengungen zumuten wollten. Er erhob sich und trabte voraus. Die Reiter und die Fußgänger folgten ihm einfach nach.

Der an seinem Ursprung sehr eingeengte Orinoco hatte nur eine Breite von wenigen Metern und zwängte sich zwischen steilen, abwechselnd aus Ton und Gesteinen bestehenden Uferwänden hin. Auf diesem ersten Teile seines Laufes hätte in der Regenzeit eine Pirogue mehrere Raudals überwinden müssen, wäre also auch dann nur mit starker Verzögerung vorwärts gekommen.

Es wurde schon langsam dunkel, als die Guaharibos die Furt le Crespo überschritten, die auf der Karte von dem französischen Reisenden zu Ehren des Präsidenten der venezolanischen Republik mit diesem Namen bezeichnet worden ist.

Am völlig klaren Himmelsgewölbe herabsinkend, war die Sonne hinter dem wolkenlosen Horizonte verschwunden. Die funkelnden Sternbilder sollten bald vor dem Glanze des aufgehenden Vollmonds erbleichen.

Begünstigt durch die die ganze Nacht andauernde Helligkeit, konnten die Guaharibos eine weite Wegstrecke leicht überwinden. Sie wurden nicht einmal durch die schilfbedeckten Sumpfniederungen aufgehalten, durch die sie sich, ohne die Gefahr, bis zum halben Leibe einzusinken, im Dunkeln gar nicht hätten wagen können.

Vom Uferrande aus gesehen, ließ das Flußbett eine Menge darin liegender Felsblöcke erkennen, die jede Schiffahrt darin, selbst zur Zeit des anhaltendsten Regens, so gut wie unmöglich machen mußte. Auch drei Monate früher wären die »Gallinetta« und die »Moriche« nur mit größter Beschwerde durch diese »Engen« hinaufgekommen, die man auf der Karte als die Raudals Guereri, Yuvilla und Salvajuo eingetragen findet. Hier hätte man dazu greifen müssen, die Fahrzeuge streckenweise zu tragen, und es ist kaum zu erwarten, daß dieser Teil des obern Orinoco jemals zu einem brauchbaren Verkehrswege umgewandelt werden könne. Hier oben besteht der Strom – in der trocknen Jahreszeit – aus wenigen dürftigen Wasserfäden, die sich um die Felsstücke schlängeln und kaum den weißlichen Ton des Ufers befeuchten. Erst vom Cerro Ferdinand von Lesseps' an nimmt er allmählich an Tiefe zu, weil sich von da an vom rechten und linken Ufer her mehrere Nebenflüsse in ihn ergießen.

Als es gegen fünf Uhr morgens Tag wurde, hatte der Pater Esperante, kaum zwölf Kilometer von der Mündung des Rio Torrida, eine Biegung des Flusses erreicht.

Binnen drei Stunden sollte er nun mit dem Schiffer Parchal und den zur Bewachung der Falcas zurückgebliebenen Mannschaften Fühlung bekommen haben.

Im Südwesten und an der andern Seite des Orinoco

ragte der Pic Maunoir empor, dessen Gipfel in den ersten Strahlen des Morgenrots erglühte. Auf jener Seite erhob sich auch ein sechs- bis siebenhundert Meter hoher Cerro, der mit dem Pic demselben orographischen System angehörte.

Keinen Augenblick entstand jetzt etwa die Frage, eine Zeitlang, und wäre es nur eine Stunde, auszuruhen. Hatten sich die Quivas längs des Flusses hinabbegeben, um das Lager anzugreifen, so befanden sie sich entweder noch dort oder hatten sich nach Ausplünderung der Piroguen schon wieder in der Richtung nach der Savanne zurückgezogen. Wer konnte wissen, ob sich Alfaniz dann nicht entschlossen hatte, doch wieder, statt nach Columbia nach den westlichen Teilen Venezuelas zu gehen und seine Gefangnen dahin mitzuschleppen?

Eine Stunde lang zog der Trupp so dahin, und der Pater Esperante hätte vor Erreichung des Rio Torrida gewiß nicht haltgemacht, wenn sich nicht gegen sechs Uhr ein unerwarteter Zwischenfall ereignete.

Der junge Indianer lief den übrigen etwa fünfzig Schritte voraus – er war ja bekannt mit dem Uferlande, das er mit seinem Vater oft genug besucht hatte. Während er nun bemüht war, immer die Spuren von den vorübergezogenen Quivas im Auge zu behalten, bemerkte man, wie er plötzlich stehenblieb, sich zur Erde niederbeugte und einen lauten Schrei ausstieß...

Da, wo er sich befand, lag am Fuße eines Baumes regungslos ein Mann, der entweder schlief oder tot war.

Auf den Aufschrei Gomos hin wandte der Pater Esperante sein Pferd nach jener Seite, und mit einem kurzen Galopp erreichte er schnell den jungen Indianer.

»Er ist es... er!« rief der Knabe schluchzend.

»Er?« wiederholte fragend der Pater Esperante.

Dabei war er schon aus dem Sattel gesprungen und näherte sich dem bewegungslosen Manne.

»Der Sergeant... der Sergeant Martial!« rief er.

Der alte Soldat lag ausgestreckt auf der Erde, die von seinem Blute gerötet war. Er hatte eine Kugel in die Brust bekommen... vielleicht war er schon tot...

»Martial!... Martial!« rief der Pater Esperante ihn an, während schwere Tränen seinen Augen entquollen.

Er richtete den Unglücklichen auf, näherte dessen Kopf dem seinigen und lauschte auf einen Atemzug aus den Lippen des Mannes; dann rief er fast freudig erregt:

»Er lebt... Gott sei Dank, er lebt!«

In der Tat begann der Sergeant Martial wieder schwach zu atmen; gleichzeitig erhob er auch einen Arm, ließ ihn aber kraftlos wieder sinken. Dann schlug er für eine Sekunde die Augen auf und richtete den Blick auf den Missionar.

»Sie... Sie, mein Oberst!... Da unten... Alfaniz!«

Kaum hatte er, von krampfhaften Zuckungen unterbrochen, diese wenigen Worte geflüstert, da schwand ihm auch schon wieder das Bewußtsein.

Der Pater Esperante erhob sich; in seinem Kopfe jagten sich verwirrte, unverständliche Gedanken, die ihn in unaussprechlicher Weise erregten. Der Sergeant Martial hier... der junge Mann, den er zur Aufsuchung seines Vaters begleitete und der doch jetzt nicht bei ihm war... Beide in diesem entlegensten Teile von Venezuela, wer sollte ihm die Erklärung so vieler unerklärlicher Dinge bringen, wenn der Unglückliche starb, ohne vorher noch einmal gesprochen haben zu können? Doch nein... er durfte nicht sterben!... Der Missionar würde ihn noch einmal retten, wie er ihn schon früher auf dem Schlachtfelde gerettet hatte. Er wollte ihn dem Tode abringen...

Auf seinen Wink kam einer der zweirädrigen Wagen heran, auf dem der Sergeant Martial auf eine Streu aus trocknem Grase gebettet wurde. Weder Augen noch Lippen des Verwundeten taten sich dabei auf. So schwach dieser aber auch war, seine leise Atmung erlitt keine weitere Unterbrechung.

Der Marsch wurde nun fortgesetzt. Der Pater Esperante hielt sich nahe bei dem Wagen, worauf sein alter Waffenkamerad ruhte, den er nach so langer Trennung doch sofort wiedererkannt hatte... sein Sergeant, den er vor vierzehn Jahren dort in der Bretagne zurückgelassen hatte, aus der der Oberst ohne den Gedanken an eine spätere Rückkehr fortgegangen war... ihn fand er hier wieder... in weltverlorenem Lande... getroffen von einer Kugel... vielleicht aus der Hand des schurkischen Alfaniz...

»Gomo hat sich«, dachte er, »also doch nicht geirrt, als er vom Sergeanten Martial sprach... Doch was sagte er denn weiter?... Ein Kind... jener Sohn, der seinen Vater suchte... Ein Sohn!... Ein Sohn?«

Er wendete sich nochmals an den jungen Indianer, der an seiner Seite ging.

»Der Soldat wäre nicht allein hierhergekommen, hast du mir gesagt. Er hatte einen jungen Mann bei sich...?«

»Ja... meinen Freund Jean.«

»Und beide wollten sich nach der Mission begeben?«

»Jawohl... wegen des Oberst von Kermor.«

»Und der junge Mann wäre der Sohn dieses Oberst?«

»Gewiß, sein Sohn.«

Bei diesen so unzweideutigen Antworten fühlte der

Pater Esperante sein Herz hämmern, als ob es davon zerspringen sollte. Was konnte er aber anders tun als abwarten? Vielleicht lichtete sich das Geheimnis noch vor dem Ende des heutigen Tages.

Jetzt lag vor ihm nur das eine Ziel, die Quivas anzugreifen, wenn sie noch im Lager am Pic Maunoir angetroffen wurden – und die wenigen vom Sergeanten Martial mühsam hervorgebrachten Worte gaben ja die Gewißheit, daß Alfaniz sich dort befand –, nur die Aufgabe, dem Elenden seine Gefangenen zu entreißen.

Die Guaharibos gingen in Sturmschritt über, während die Wagen mit hinreichender Bedeckung zurückblieben.

Der ehemalige Oberst, der sich zum Missionar von Santa-Juana verwandelt hatte, durfte wohl auf den durchschlagendsten Erfolg rechnen, wenn er jetzt als Führer seiner mutigen Indianer diese die Verbrecherbande angreifen ließ.

Kurz vor acht Uhr hielt der Pater Esperante an, und die Guaharibos unterbrachen ihren Vormarsch, als sie hinter einer Biegung des Flusses eine geräumige Lichtung im Walde erreicht hatten.

Gegenüber, auf dem andern Ufer, erhob sich der Pic Maunoir. In der nächsten Nachbarschaft des Flusses war niemand zu sehen, auf dem Orinoco lag kein Fahrzeug.

Auf der andern Seite der Biegung aber stieg – es herrschte jetzt völlige Windstille – lotrecht eine Rauchsäule in die Höhe.

An jener Stelle, vielleicht kaum fünfzig Meter weiter hin und auf dem linken Ufer des Rio Torrida, befand sich also jedenfalls ein Lager.

Das konnte nur das der Quivas sein, doch wollte man sich davon erst überzeugen.

Einige Guaharibos krochen vorsichtig durch die nächsten Büsche, kamen aber schon nach drei Minuten zurück mit der Meldung, daß Alfaniz mit seiner Bande so nahe vor ihnen lagerte.

Die Truppe des Paters Esperante schloß sich nun auf der Lichtung enger zusammen. Die Wagen waren nachgekommen, und der, der den Sergeanten Martial trug, erhielt seinen Platz in der Mitte der übrigen.

Nachdem er sich noch überzeugt hatte, daß im Zustande des Verwundeten keine Verschlimmerung eingetreten war, traf der Oberst von Kermor seine Anordnungen, Alfaniz und dessen Spießgesellen zu umgehen. Die Berittenen ließ er dazu schräg über die Lichtung vorgehen, um die Quivas einzuschließen und sie bis zum letzten Mann vernichten zu können.

Wenige Augenblicke später erhob sich ein furchtbares Geschrei, dem sofort das Krachen von Feuerwaffen folgte.

Die Guaharibos hatten sich auf Alfaniz gestürzt, ehe dieser noch zu wirksamer Verteidigung Zeit fand. Waren sich beide Parteien an Zahl auch gleich, so waren die Guaharibos doch besser bgewaffent und wurden besser befehligt. Die Waffen, über die der Spanier verfügte, rührten nur von der Plünderung der Piroguen her und bestanden außer einigen Revolvern, die Jacques Helloch dort zurückgelassen hatte, nur aus denen, die den Gefangenen abgenommen worden waren.

Der Kampf konnte nicht lange dauern, und er währte auch wirklich nur kurze Zeit. Von dem Augenblicke, wo die Bande sich hatte überraschen lassen, war sie auch geschlagen. So flüchteten denn auch die meisten Quivas nach schwachem Widerstande von der Stelle, indem die einen in den Wald hineinstürmten, die andern durch das fast trockne Flußbett liefen, um die gegenüberliegende Savanne zu erreichen – die meisten aber waren schon tödlich von Kugeln getroffen.

Gleichzeitig hatten sich übrigens Jacques Helloch, Germain Paterne, Valdez, Marchal und die Leute von den Falcas auf die sie bewachenden Quivas gestürzt.

Gomo war der erste, der mit dem Rufe »Santa-Juana! Santa-Juana!« auf sie zueilte.

So tobte denn der Kampf bald nur noch in der Mitte des Lagerplatzes.

Hier verteidigten sich Alfaniz, die aus Cayenne entsprungenen Sträflinge und einige von den Quivas mit Revolverschüssen, mit dem Erfolge, daß einzelne Guaharibos Verwundungen davontrugen, die sich glücklicherweise nicht als besonders schwer erwiesen.

Da sah man den Pater Esperante mitten auf eine den Spanier umgebende Gruppe zusprengen.

Jeanne von Kermor fühlte sich unwiderstehlich zu dem Missionar hingezogen, doch hielt sie Jacques Helloch zurück.

Von den Quivas verlassen, von denen man nur noch Geschrei aus einiger Entfernung hörte, wehrte sich Alfaniz zwar noch wie ein Wütender, zwei seiner Bagnogenossen wurden aber bald an seiner Seite niedergestreckt.

Der Pater Esperante befand sich jetzt dem Spanier Auge in Auge gegenüber, und mit einer Handbewegung gebot er den Guaharibos Einhalt, die diesen schon umringt hatten.

Da wurde es ringsum still, man hörte nur die mächtige Stimme des Paters Esperante.

»Alfaniz«, sagte er, »seht, ich bin es!«

»Der Missionar von Santa-Juana!« rief der Spanier.

Schon hatte er den Revolver erhoben, um Feuer zu geben, als Jacques Helloch ihn am Arme packte, so daß die Kugel ihr Ziel verfehlte.

»Ja, Alfaniz, der Pater von der Mission Santa-Juana... doch auch der Oberst von Kermor!«

Da Alfaniz eben Jean, den er für den Sohn des Oberst hielt, nur wenige Schritt von sich entfernt sah, zielte er auf diesen. Doch bevor er abdrücken konnte, krachte ein Schuß, und der Schurke stürzte, vom Pater Esperante getroffen, lautlos zusammen.

Jeanne hatte sich in die Arme des Oberst von Kermor geworfen – sie nannte ihn ihren Vater.

Der Missionar, der in dem jungen Manne doch nicht seine leibliche Tochter erkennen konnte, welche er längst für tot hielt und auch niemals gesehen hatte, antwortete wiederholt:

»Ich habe gar keinen Sohn!«

Da hatte sich jedoch der Sergeant Martial aufgerichtet, und, die Arme gegen Jeanne hin ausgestreckt, sagte er:

»Nein, Herr Oberst, Sie hatten nur eine Tochter... und... da ist sie!«

Dreizehntes Kapitel

Zwei Monate in der Mission

Seit dem Verschwinden des Oberst von Kermor, seit seiner Abfahrt nach der Neuen Welt, waren vierzehn Jahre verflossen, und die Geschichte dieser vierzehn Jahre mag hier in wenigen Zeilen Platz finden.

Es war im Jahre 1872, wo von Kermor die Nachricht erhielt, daß mit dem Untergange des »Norton« auch seine Gattin und sein Kind den Tod gefunden hatten. Die Umstände, unter denen der Unfall sich zutrug, gestatteten ihm gar nicht zu glauben, daß von den beiden ihm so teuern Wesen das eine, sein Töchterchen Jeanne, damals noch ein ganz kleines Kind, hätte gerettet werden können. Er kannte Jeanne ja nicht einmal, da er Martinique kurz vor ihrer Geburt hatte verlassen müssen.

Ein Jahr lang blieb der Oberst von Kermor noch an der Spitze seines Regiments. Dann kam er um seine Entlassung ein, und da ihn keine Familienbande an diese Welt mehr fesselten, beschloß er, den Rest seines Lebens dem gottgefälligen Werke der äußern Mission zu weihen.

Schon immer lebte in ihm neben der des Soldaten die Seele des Apostels. Der Offizier war ganz dazu vorbereitet, sich in den Priester, den streitbaren Priester zu verwandeln, der sich der Bekehrung oder, mit andern Worten, der Zivilisierung wilder Volksstämme widmet.

Heimlich verließ der Oberst von Kermor, ohne irgend jemand, nicht einmal den Sergeanten Martial, in seine Pläne eingeweiht zu haben, das französische Vaterland im Jahre 1875 und begab sich nach Venezuela, wo so viele Indianerstämme, in Unwissenheit dahinlebend, dem leiblichen und geistigen Verfall entgegengingen.

Als er in diesem Lande seine kirchlichen Studien beendet hatte, erhielt er die Ordination als Priester und trat in die Gesellschaft für äußere Mission unter dem Namen Pater Esperante ein, der sein Inkognito in der neuen Lebensbahn schützen sollte.

Seine Entlassung als Offizier erfolgte im Jahre 1873 und seine Ordination 1878, als er neunundvierzig Jahre zählte.

In Caracas war es, wo sich der Pater Esperante dafür entschied, seinen Aufenthalt in den fast unbekannten Gebieten des südlichen Venezuela zu wählen, wohin Missionare nur sehr selten vordrangen. Eine ganze Menge eingeborner Stämme hatten wohl noch nie etwas von der veredelnden Lehre des Christentums gehört oder waren wenigstens trotzdem Wilde geblieben wie vorher. Diese aufzusuchen bis zu den Landstrichen, die schon an Brasilien grenzten, das war die Aufgabe, zu der sich der französische Missionar berufen fühlte, und ohne daß jemand von seinem frühern Beruf das Geringste ahnte, brach er zu Anfang des Jahres 1879 dahin auf.

Nachdem er den Mittellauf des Orinoco hinaufgefahren war, kam der Pater Esperante, der nun das Spanische wie seine Muttersprache beherrschte, nach San-Fernando, wo er sich einige Monate aufhielt. Von diesem Orte aus richtete er einen Brief an einen seiner Freunde, einen Notar in Nantes. Diesen Brief – den letzten, den er mit seinem wahren Namen unterzeichnete und der nur die Ordnung einer Familienangelegenheit betraf – bat er den Empfänger geheimzuhalten.

Hier muß daran erinnert werden, daß dieser in den hinterlassenen Papieren des Notars vorgefundene Brief dem Sergeanten Martial erst 1891, als Jeanne schon fast sechs Jahre bei ihm lebte, in die Hand gekommen war.

Dank seinen persönlichen Hilfsmitteln konnte sich der Pater Esperante in San-Fernando alles beschaffen, was ihm zur Errichtung einer Station jenseits der Quellen des Stromes nötig war. In demselben Orte nahm er auch den Bruder Angelos in seine Dienste, der, schon vertraut mit den Sitten der Indianer, sich ihm ebenso nützlich wie für die edle Aufgabe begeistert erweisen sollte.

Der Bruder Angelos lenkte die Aufmerksamkeit des

Paters Esperante auf die Guaharibos, die zum größten Teile an den Ufern des obern Orinoco und in der Nachbarschaft der Sierra Parima umherzogen. Grade diese Indianer zu bekehren war eine Tat warmen Mitgefühls, denn man zählte sie zu den verwildertsten Eingebornen Venezuelas. Die Guaharibos standen ja, wie erwähnt, in dem Rufe von Räubern, Mördern und Menschenfressern, ein Leumund, den sie wenigstens in diesem Grade keineswegs verdienten. Das war aber nicht dazu angetan, einen so entschlossenen Mann wie den ehemaligen Oberst von Kermor zurückzuschrekken, und er blieb bei dem Vorsatze, eine Mission im Norden des Roraima zu begründen und die Eingeborenen der Umgegend um sich zu sammeln.

Der Pater Esperante und der Bruder Angelos verließen San-Fernando in zwei Piroguen, die mit allem für ihre erste Einrichtung unentbehrlichen Material beladen waren. Das Weitere sollte je nach Bedarf zur kleinen Kolonie nachgesendet werden. Die Falcas segelten also den Strom hinauf, legten dabei bei den bedeutenderen Ortschaften und den Ranchos am Ufer an und erreichten glücklich den Rio Torrida im Gebiete der Guaharibos.

Nach vielen fruchtlosen Versuchen, zwecklosen Bemühungen und mancherlei Fährlichkeiten gelang es dem Pater Esperante durch seine Güte und Hochherzigkeit doch schließlich, die Indianer zu sich heranzuziehen. Auf der Landkarte gab das bald ein neues Dorf, dem der Missionar den Namen Santa-Juana beilegte... Juana, den Namen, der der seines Töchterchens gewesen war.

So vergingen vierzehn Jahre. Die Mission blühte empor – der Leser weiß, unter welchen Verhältnissen. Es hatte schon den Anschein, daß den Pater Esperante nichts wieder mit seiner schmerzlichen Vergangenheit verknüpfen sollte, als sich die Vorgänge abspielten, die den Inhalt dieser Erzählung bilden.

Nach der Erklärung des Sergeanten Martial hatte der Oberst Jeanne in seine Arme gepreßt, und seine strömenden Freudentränen glichen einer Taufe, mit der er die Stirn seines Kindes benetzte. Mit kurzen Worten berichtete das junge Mädchen ihm über ihren Lebenslauf, ihre Rettung an Bord des »Vigo«, über ihren Aufenthalt bei der Familie Eridia in Havanna und ihre Rückkehr nach Frankreich, ferner über den Entschluß, den sie gefaßt hatte, sobald ihr und dem Sergeanten Martial sein in San-Fernando aufgegebener Brief übermittelt worden war. Dann schilderte sie ihre Reise nach Venezuela, die sie als junger Mann verkleidet und unter dem Namen Jean antrat, die Fahrt auf dem Orinoco, den Überfall durch den schurkischen Alfaniz und seine Quivas an der Furt von Frascaes und endlich die jetzige, so wunderbare Rettung.

Darauf begaben sich beide nach dem Wagen zu dem alten Soldaten. Der Sergeant Martial fühlte sich wie neugeboren... er »strahlte«, wie man zu sagen pflegt, doch er weinte gleichzeitig, und immer und immer wieder sagte er:

»Mein Oberst... mein Oberst! Nun unsre Jeanne ihren Vater wiedergefunden hat, kann ich getrost sterben...«

»Das verbiete ich dir strengstens, alter Kriegskamerad!«

»Ja, wenn Sie mir's freilich verbieten...«

»Natürlich. Wir werden dich pflegen, dich wiederherstellen.«

»Oh, wenn Sie mich pflegen, dann sterb' ich nicht... gewiß noch nicht!«

»Du bedarfst aber dringend der Ruhe.«

»Die wird mir nicht fehlen, Herr Oberst. Schon

kommt der Schlaf wieder über mich, und diesmal wird es ein guter, stärkender Schlaf werden.«

»Immer schlaf du, mein alter Freund, schlafe nur!... Wir kehren nach Santa-Juana zurück. Die Fahrt dahin wird dir keine Beschwerden machen, und in wenigen Tagen bist du wieder auf den Füßen.«

Der Oberst von Kermor hatte sich über das Lager des Verletzten gebeugt, hatte die Lippen auf die Stirn des Sergeanten Martial gedrückt, und sein alter Freund war dabei lächelnd eingeschlummert.

»Mein Herzensvater«, rief Jeanne, »wir werden ihn doch wohl retten?«

»Mit Gottes Hilfe, ja, meine geliebte Jeanne!« antwortete der Missionar.

Germain und er hatten schon vorher die Verwundung des Sergeanten Martial genau untersucht, und sie glaubten, daß diese keine tödliche Folge haben werde.

Später erfuhr man auch, daß es der verruchte Alfaniz gewesen war, der auf den alten Soldaten in dem Augenblicke geschossen hatte, wo dieser sich in einem Anfall von Wut auf ihn gestürzt hatte.

Der Pater Esperante sagte dann:

»Heute mögen meine wackern Indianer ausruhen und Ihre Gefährten, Herr Helloch, ebenfalls, denn alle bedürfen einer gründlichen Erholung. Morgen schlagen wir den kürzesten Weg nach der Mission wieder ein, wobei uns Gomo führen wird.«

»Oh, diesem mutigen Kinde verdanken wir im Grunde unsre Rettung«, bemerkte Jeanne.

»Ja, ich weiß es«, antwortete der Pater Esperante.

Darauf rief er den jungen Indianer herbei.

»Komm hierher, Gomo, komm zu mir!... Ich umarme dich im Namen aller, die du gerettet hast!«

Und nachdem er aus den Armen des Paters Esperante freigekommen war, umschlangen ihn noch die Jeannes, die er in seiner Verwirrung immer noch: mein Freund Jean! nannte.

Da das junge Mädchen die seit Beginn der Reise getragene Männerkleidung, wie wir wissen, noch nicht abgelegt hatte, fragte sie der Pater, ob ihre Begleiter wohl wüßten, daß Jean von Kermor eigentlich Jeanne von Kermor wäre.

Darüber sollte er bald genug Aufklärung erhalten.

Als er nun Jacques Helloch und Germain Paterne sowie Parchal und Valdez, den beiden Schiffern, deren opferfreudige Dienstwilligkeit sich im Verlaufe der langen und beschwerlichen Fahrt stets bewährte, dankend die Hand gedrückt hatte, nahm Jeanne von Kermor das Wort.

»Ich muß dir sogleich mitteilen, liebster Vater, was ich unsern beiden Landsleuten alles zu danken habe – ach, so viel, daß ich es in meinem Leben nicht wiedergutmachen kann.«

»Mein Fräulein«, fiel da Jacques Helloch ein, »ich bitte Sie... ich habe ja gar nichts für Sie getan!«

»Lassen Sie mich ausreden, Herr Helloch...«

»Sprechen Sie aber nur von Jacques, nicht von mir, Fräulein von Kermor«, rief Germain Paterne lachend, »ich verdiene überhaupt keinen Dank.«

»Ich bin Ihnen beiden tief verpflichtet, liebe Reisegefährten«, fuhr Jeanne fort, »jawohl, beiden, mein teurer Vater. Wenn Herr Helloch mir das Leben gerettet hat...«

»Sie haben meinem Kinde das Leben gerettet?« rief der Oberst von Kermor.

Jacques Helloch mußte es sich nun wohl oder übel gefallen lassen, den Bericht mit anzuhören, den Jeanne über den Schiffbruch der Piroguen kurz vor San-Fernando erstattete und wie sie dabei, dank seinem Opfermute, dem Tode entgangen sei.

Weiter setzte das junge Mädchen dann hinzu:

»Ich sagte, lieber Vater, daß mir Herr Helloch das Leben gerettet hat; er hat aber auch noch mehr getan, indem er uns, Martial und mich, begleitete, sich an unsern Nachforschungen beteiligte... er sowohl wie Herr Germain Paterne...«

»Ei der Tausend!« entgegnete der letztere abwehrend. »Sie dürfen wohl glauben, mein Fräulein, daß wir von Anfang an beabsichtigten, bis zu den Quellen des Orinoco hinaufzugehen. Dahin lautete der Auftrag, den uns der Minister der öffentlichen Aufklärung...«

»O nein, Herr Germain, nein«, erwiderte Jeanne lächelnd, »Sie sollten und wollten sich nur bis San-Fernando begeben, und wenn Sie nun bis Santa-Juana mitgegangen sind...«

»So war das nichts weiter als unsre Pflicht!« erklärte Jacques Helloch.

Selbstverständlich erhielt der Oberst von Kermor später mehr ins einzelne gehende Mitteilungen und erfuhr er die verschiedenen Ereignisse während dieser abenteuerlichen Fahrt. Doch trotz der Zurückhaltung, die Jacques Helloch sich auferlegte, erkannte der Vater, als er Jeanne von so warmem Danke überströmen sah, doch schon ein wenig, welche Gefühle das Herz seiner Tochter erfüllten.

Während Jean von Kermor, Jacques Helloch, Germain Paterne und er über diese Dinge sprachen, ordneten Parchal und Valdez das Lager, wo der Rest des Tages und die folgende Nacht verbracht werden sollten. Ihre Leute hatten die im Kampfe Gefallenen inzwischen tiefer in den Wald geschafft. Der verwundeten Guaharibos nahm sich Germain Paterne an und versorgte sie mit zweckmäßigem Verbande.

Nachdem dann aus dem Wagen Nahrungsmittel geholt und an alle in reichlicher Menge verteilt waren, begaben sich, als schon an verschiedenen Stellen lustige Feuer aufloderten, Jacques Helloch und Germain Paterne in Begleitung des Oberst von Kermor und seiner Tochter nach den nahe am Ufer auf dem Trocknen liegenden Piroguen hinunter.

Diese erwiesen sich unbeschädigt, denn Alfaniz hatte sich ihrer bedienen wollen, um, den Ventuari hinaufsegelnd, nach den westlichen Gebieten zu gelangen. Sobald sich der Wasserstand ein wenig hob, konnten die beiden Falcas also wieder den Strom hinuntergleiten.

»Und die elenden Spitzbuben«, rief Germain Paterne, »haben wenigstens meine Sammlungen verschont! Wenn ich nun ohne sie nach Europa zurückgekehrt wäre! Erst überall so vieles fotografiert zu haben und dann keine einzige Platte mit heimzubringen!... Niemals hätte ich es gewagt, dem Minister für öffentliche Aufklärung mit so leeren Händen vor Augen zu treten!«

Die Freude des Naturforschers kann man sich wohl ebenso vorstellen wie die Befriedigung der andern Passagiere der »Moriche« und der »Gallinetta«, als diese an Bord noch alle ihre Reisecffekten wiederfanden, abgesehen von den Waffen, die sie auf der Waldblöße wieder zusammensuchen konnten.

Jetzt konnten die Piroguen, ohne irgend etwas zu fürchten zu haben, unter der Obhut der Mannschaften an der Mündung des Rio Torrida liegenbleiben. Wenn die Stunde zur Wiedereinschiffung herankam – wenigstens für die Insassen der »Moriche« –, hatten Jacques Helloch und Germain Paterne nur einfach an Bord zu gehen.

Vorläufig war natürlich von keiner Abfahrt die

Rede. Der Pater Esperante sollte nach Santa-Juana neben seiner Tochter auch deren treue Begleiter, den Sergeanten Martial, den jungen Gomo und den allergrößten Teil seiner Indianer zurückführen. Wie hätten sich da die beiden Franzosen weigern können, einige Tage, selbst einige Wochen auf der Mission im Hause eines Landsmanns zuzubringen?

Sie nahmen die Einladung also ohne Widerrede an.

»Es geht gar nicht anders, bemerkte Germain Paterne gegen Jacques Helloch. Bedenke nur einmal... nach Europa zurückzukehren, ohne Santa-Juana besucht zu haben! Nein, ich hätte es gar nicht gewagt, mich dem Minister für öffentliche Aufklärung vorzustellen und du auch nicht, Jacques!

»Nein, ich auch nicht, Germain!«

»Sapperment, wir hätten uns schämen müssen!«

Am heutigen Tage wurden alle Mahlzeiten gemeinschaftlich eingenommen. Die Vorräte der Piroguen und der von Santa-Juana mitgeführte Proviant lieferten dazu alles Nötige. Nur der Sergeant Martial befand sich nicht unter den Teilnehmern, doch er war ja so glücklich, so glücklich, seinen Oberst – wenn dieser auch die Kutte des Paters Esperante trug – endlich wiedergefunden zu haben. Die gute Luft in Santa-Juana mußte ihn doch binnen weniger Tage wiederherstellen. Daran zweifelte er keinen Augenblick.

Selbstverständlich mußten Jacques Helloch und Jeanne dem Oberst von Kermor noch ganz eingehend über den Verlauf der Reise berichten. Er hörte ihnen zu, beobachtete beide und erkannte leicht die Gefühle, die sich in Jacques Hellochs Herzen regten. Das machte ihm Gedanken. Welch neue Pflichten würde die ganz neue Sachlage ihm nun auferlegen?

Natürlich legte Jeanne von Kermor noch am heutigen Tage die ihr zukommende Kleidung an, die in einem im Deckhause der »Gallinetta« untergebrachten Koffer aufbewahrt war.

Da sagte Germain zu seinem Freunde:

»Reizend als junger Mann und reizend als Mädchen! Wahrlich, ich habe mich auf derlei Dinge doch nicht recht verstanden!«

Am nächsten Tage und nach Verabschiedung von Parchal und Valdez, die es vorzogen, zur Bewachung der Piroguen zurückzubleiben, verließen der Pater Esperante, seine Gäste und die Guaharibos das Lager am Pic Maunoir. Mit Hilfe der Pferde und der Wagen konnte der Weg durch die Wälder und die Savanne nicht besonders anstrengend werden.

Jetzt wurde auch nicht die vorher eingehaltene Richtung nach den Quellen des Orinoco hin gewählt. Am kürzesten war es ja, dem rechten Ufer des Rios zu folgen, wie es Jacques Helloch unter Führung des jungen Indianers schon getan hatte. Die ganze Truppe kam jetzt so schnell vorwärts, daß zu Mittag bereits die Furt von Frascaes erreicht war.

Von den jetzt in alle Winde verstreuten Quivas war keine Spur zu entdecken. Von ihnen hatte man nichts zu fürchten.

An der Furt wurde eine Stunde lang haltgemacht, und da sich der Sergeant Martial von der Wagenfahrt keineswegs angegriffen fühlte, brach man dann getrosten Mutes nach Santa-Juana zu wieder auf.

Die Strecke zwischen dem Halteplatze und dem Dorfe wurde in einigen Stunden zurückgelegt, und noch am Nachmittage war die Mission glücklich erreicht.

An dem Empfange, der dem Pater Esperante hier zuteil wurde, erkannten Jacques Helloch und seine Begleiter, wie innig seine treuen Indianer ihn liebten.

Zwei Zimmer im Pfarrhause wurden nun Jeanne

von Kermor und dem Sergeanten Martial eingeräumt, zwei andre Jacques Helloch und Germain Paterne in einem anstoßenden Häuschen, wo Bruder Angelos die Fremden willkommen hieß.

Am folgenden Tage rief die Glocke der kleinen Kirche das ganze Dorf zu einem Dankgottesdienst zusammen. Was empfand da bei der vom Pater Esperante zelebrierten heiligen Messe das junge Mädchen, als sie ihren Vater zum ersten Male vor dem Altare sah! Und welchen Eindruck hätte das auf den Sergeanten Martial gemacht, wenn er dem von seinem Oberst geleiteten Gottesdienste hätte beiwohnen können!

Es erübrigt wohl, von den einzelnen Tagen, die in der Mission von Santa-Juana vergingen, hier eingehend zu berichten, und es genüge zu wissen, daß das Befinden des Verwundeten die erfreulichsten raschen Fortschritte machte. Schon am Ende der Woche durfte er auf einem mit weichem Hirschleder überzogenen Lehnstuhle unter dem Schatten der Palmen sitzen.

Der Oberst und seine Tochter hatten wiederholt längere Zwiegespräche über die Vergangenheit. Jeanne erfuhr nun erst, wie der der Gattin beraubte Gatte, der des Kindes beraubte Vater sich entschlossen hatte, sein ganzes Leben diesem apostolischen Werke zu widmen. Konnte er's jetzt, in noch unvollendetem Zustande, wiederaufgeben?... Nein, gewiß nicht! Jeanne sollte aber hierbleiben und ihm ihr späteres Leben weihen.

An einen solchen Gedankenaustausch schlossen sich auch häufiger Gespräche zwischen dem Pater Esperante und dem Sergeanten Martial an. Der Missionar dankte dem alten Waffengefährten für alles, was er für seine Tochter getan... und vorzüglich auch, daß er der Reise hierher zugestimmt hatte. Dann fragte er ihn mehr beiläufig über Jacques Helloch und erkundigte sich, ob Martial die beiden – Jeanne und den jungen Mann – wohl ein wenig näher beobachtet habe.

»Ja, ich versichere Ihnen, Herr Oberst, daß ich die strengsten Vorsichtsmaßregeln getroffen hatte. Da gab es nur einen Jean, einen jungen Burschen aus der Bretagne, einen Neffen, dem sein Onkel, wenn auch nicht freudigen Herzens, nach diesem Lande der Wilden zu reisen gestattete. Es hat, wie es scheint, eben so sein sollen, daß Jacques Helloch und unsre liebe Tochter einander unterwegs kennenlernten. Ich habe alles getan, es zu verhindern... hab' es aber nicht gekonnt. Da hat der Teufel seine Hand mit im Spiele gehabt!«

»O nein... doch Gott, mein braver Kriegsgefährte!« antwortete der Pater Esperante.

Inzwischen verstrich die Zeit, und die Dinge kamen um keinen Schritt weiter. Warum zögerte eigentlich Jacques Helloch, sich offen auszusprechen! Meinte er vielleicht, sich doch zu täuschen?... O nein, weder über seine eigenen Gefühle noch über die, die er Jeanne von Kermor eingeflößt hatte. Nur eine ihn gewiß ehrende Zurückhaltung gebot ihm Schweigen. Das Gegenteil hätte ja ausgesehen, als beanspruche er nun den Preis für die von ihm geleisteten Dienste.

Sehr zu gelegener Zeit brachte Germain Paterne indes »den Stein zum Rollen«, und eines Tages begann er zu seinem Freunde:

»Nun... wann reisen wir denn wieder ab?«

»Sobald du willst, Germain.«

»Das ist ja recht schön, nur wirst du es nicht wollen, wenn ich es will...«

»O... warum denn?«

»Weil Fräulein von Kermor dann verheiratet sein wird...«

»Verheiratet...!«

»Ja... denn ich werde um ihre Hand anhalten.«

»Was kommt dir in den Sinn?« rief Jacques fast heftig.

»Na, na, nur gelassen! Natürlich nicht für mich, sondern für dich!«

Und das tat er denn auch, ohne sich durch Einwendungen, die ihm unangebracht erschienen, abhalten zu lassen.

Jacques Helloch und Jeanne von Kermor traten in Gegenwart Germain Paternes und des Sergeanten Martial vor den Missionar, der sie nach ihrem Begehr fragte.

»Jacques«, begann das junge Mädchen mit tief erregter Stimme, »ich bin bereit, die Ihrige zu werden... das wird in meinem ganzen Leben nicht genug sein, Ihnen meine Dankbarkeit zu bezeigen.«

»Jeanne, meine teure Jeanne«, antwortete Jacques Helloch, »ach, ich liebe Sie... ja, ich liebe Sie schon längst!«

»Nun, sage nichts weiter, lieber Freund«, rief Germain Paterne. »Etwas Besseres würdest du doch nicht zu sagen finden!«

Der Oberst von Kermor zog seine beiden Kinder an sich, die, an seinem Herzen liegend, den Bund fürs Erdenleben schlossen.

Die Trauung des jungen Paares sollte in Santa-Juana nach Verlauf von vierzehn Tagen stattfinden. Nachdem der Pater Esperante als Standesbeamter in der Mission die Ziviltrauung verrichtet hätte, würde er auch die kirchliche Einsegnung der Neuvermählten folgen lassen und ihnen dabei den väterlichen Segen erteilen. Jacques Helloch, der völlig frei dastand und dessen Familie der Oberst von Kermor früher gekannt hatte, brauchte keine Genehmigung einzuholen. Sein Vermögen und das vom Sergeanten Martial verwaltete

Vermögen Jeannes mußte den jungen Leuten ein reichliches Auskommen sichern. Einige Wochen nach der Hochzeit sollten sie abreisen und dann über Havanna fahren, um dort die Familie Eridia aufzusuchen. Darauf würden sie nach Europa reisen, in Frankreich, in der Bretagne, ihre Angelegenheiten ordnen und schließlich nach Santa-Juana zum Oberst von Kermor und zu dem alten Soldaten zurückkehren.

So lauteten die Bestimmungen, die allseitigen Beifall fanden, und am 25. November vollzog, im Beisein der festlich gekleideten Einwohnerschaft und in Gegenwart Germain Paternes und des Sergeanten Martial, die als Zeugen dienten, der Vater die zivile und die kirchliche Trauung seiner Tochter Jeanne von Kermor mit dem überglücklichen Jacques Helloch.

Es war eine ergreifende Feierlichkeit, die im Dorfe allgemeinster Teilnahme begegnete und eine tiefe Erregung zurückließ. Die wackern Guaharibos gaben dabei ihrer Freude in lautester Weise Ausdruck.

Nahezu ein Monat ging noch dahin, dann kam Germain Paterne der Gedanke, daß es doch wohl Zeit wäre, der wissenschaftlichen Mission, womit sein Genosse und er vom Minister für öffentliche Aufklärung betraut worden waren, endlich Rechnung zu tragen. Man sieht, daß es immer der Minister war, den er als Vermittler seiner Absichten zu Hilfe nahm.

»Schon jetzt?« antwortete ihm Jacques Helloch auf seine Erinnerung.

Jacques Helloch hatte eben die Tage nicht gezählt... er war zu glücklich, um solche Rechnungen anzustellen.

»Jawohl... schon!« erwiderte Germain Paterne. »Seine Exzellenz muß ja annehmen, wir wären von venezolanischen Jaguaren aufgezehrt worden, wenn unsre Erdenlaufbahn nicht etwa im Magen von Caraïben geendet hätte!«

In Übereinstimmung mit dem Pater Esperante wurde nun die Abreise auf den 22. Dezember festgesetzt.

Nicht ohne schwere Beklemmung des Herzens sah der Oberst von Kermor die Stunde herannahen, wo er sich von seiner Tochter trennen sollte, wenn es auch beschlossen war, daß diese nach einigen Monaten zu ihm zurückkäme. Die jetzige Reise erfolgte ja unter wesentlich günstigeren Bedingungen, und Frau Jacques Helloch war dabei nicht solchen Unannehmlichkeiten und Gefahren wie Jeanne von Kermor ausgesetzt. Die Talfahrt auf dem Strome bis Ciudad-Bolivar verlief voraussichtlich schnell genug – freilich ohne die Gesellschaft der Herren Miguel, Felipe und Varinas, die San-Fernando jetzt jedenfalls wieder verlassen hatten.

Es war zu erwarten, daß die Piroguen binnen fünf Wochen Caïcara erreichten, und von da aus sollte einer der auf dem untern Orinoco verkehrenden Dampfer benutzt werden. Was aber die schließliche Rückkehr nach Santa-Juana betraf, konnte man Jacques Helloch wohl zutrauen, daß er sie mit größter Schnelligkeit und in möglichster Sicherheit auszuführen wissen werde.

»Obendrein, mein Herr Oberst«, bemerkte der Sergeant Martial, »hat unsre Tochter den besten Ehemann, sie in Schutz zu nehmen, und der ist mehr wert als so ein Dreiviertels-Invalid... ein alter dummer Kerl, der nicht einmal imstande war, sie zu retten... weder aus den Fluten des Orinoco noch vor der Liebe dieses braven, ehrenfesten Jacques Helloch!«

Vierzehntes Kapitel

Auf Wiedersehen!

Am Morgen des 22. Dezember lagen die beiden Piroguen bereit, den Strom wieder hinunterzufahren.

Zu dieser Zeit des Jahres war der Wasserstand des Orinoco noch nicht besonders gestiegen. Die »Gallinetta« und die »Moriche« hatten deshalb gegen fünf Kilometer stromabwärts bis zur Mündung eines kleinen Rios des rechten Ufers, wo sich hinreichende Wassertiefe vorfand, mühsam geschleppt werden müssen. Von hier aus liefen sie höchstens noch Gefahr, einige Stunden lang da und dort den Grund zu streifen, nicht aber bis zum Eintritt der Regenzeit etwa gar auf dem Trocknen sitzenzubleiben.

Der Pater Esperante wollte seine Kinder bis zu dem neuen Halteplatze der Falcas geleiten. Der jetzt wieder ganz hergestellte Sergeant Martial schloß sich ihm ebenso an wie der junge Indianer, der inzwischen zum richtigen Adoptivkinde der Mission von Santa-Juana geworden war.

Etwa fünfzig Guaharibos bildeten die weitere Begleitung, und alle langten glücklich an der Einmündung des Rios an.

Als die Stunde zur Abfahrt schlug, nahm Valdez seinen Platz auf der »Gallinetta« ein, auf der Jacques Helloch und seine Gattin sich einschiffen sollten. Parchal begab sich auf die »Moriche«, deren Deckhaus die kostbaren Sammlungen Germain Papernes und seine nicht minder kostbare Person aufzunehmen hatte.

Da die beiden Falcas beisammenbleiben und häufig dicht Bord an Bord segeln sollten, würde Germain Paterne nicht auf seine eigene Gesellschaft beschränkt sein, sondern, soviel er wollte, mit dem jungen Ehepaare in Berührung bleiben können. Außerdem sollten, wie sich das ja von selbst versteht, die Mahlzeiten gemeinschaftlich an Bord der »Gallinetta« eingenommen werden, wenn Jacques und Jeanne Helloch nicht ausnahmsweise einer Einladung Germain釈Paternes nach der »Moriche« folgten.

Die Witterung war günstig, das heißt, es wehte ein mäßig frischer Wind aus Osten, und da die Sonnenstrahlen durch einen leichten Wolkenschleier gemildert wurden, herrschte auch eine recht erträgliche Temperatur.

Der Oberst von Kermor und der Sergeant Martial gingen bis zum Rande des Wassers hinab, um ihre Kinder noch einmal zu umarmen. Weder die einen noch die andern suchten ihre natürliche Erregung zu verbergen. Jeanne, die ja sonst so energisch war, weinte still in den Armen ihres Vaters.

»Ich führe dich zu ihm zurück, meine geliebte Jeanne«, flüsterte ihr Jacques Helloch tröstend zu. »In einigen Monaten werden wir beide wieder in Santa-Juana sein...!«

»Nein, wir alle drei«, schaltete Germain Paterne ein, »denn ich habe übersehen, einige von den seltenen Pflanzen zu sammeln, die nur in der Umgebung der Mission vorkommen, und ich denke dem Minister für öffentliche Aufklärung zu beweisen...«

»Gott mit dir, mein guter Martial, Gott sei mit dir!« sagte die junge Frau, die den alten Soldaten zum Abschied umarmte.

»Ach, Jeanne... gedenke du auch deines Onkels, der dich keinen Augenblick vergessen wird!«

Dann kam die Reihe an Gomo, von dem Jeanne auch noch mit einer Umarmung Abschied nahm.

»Leb wohl, mein Vater«, sagte Jacques Helloch, indem er die Hand des Missionars warm drückte, »und auf Wiedersehen... auf Wiedersehen!«

Jacques Helloch, seine Gattin und Germain Paterne bestiegen die »Gallinetta«.

Die Segel wurden gehißt, die Haltetaue losgeworfen, und die beiden Piroguen schwenkten nach der Strömung in dem Augenblicke ab, wo der Pater Esperante die Arme ausstreckte, um ihnen einen letzten Segen zu erteilen.

Dann schlugen der Sergeant Martial, der junge Indianer und er, in Begleitung der Guaharibos, den Weg nach der Mission wieder ein.

Wir brauchen hier nicht Strecke für Strecke die Fahrt der Falcas auf dem Orinoco hinunter zu schildern. Dank der Strömung beanspruchte diese Reise gut drei- bis viermal sowenig Zeit und gewiß zehnmal weniger Anstrengung und brachte zehnmal weniger Gefahr, als wenn es sich darum handelte, den Strom nach den Quellen hinaufzusegeln. Nie brauchte jetzt die Espilla benutzt zu werden, um die Piroguen aufzuholen, und im schlimmsten Falle genügten die Palancas, wenn der Wind sich ganz legte oder zu widriger Richtung umschlug.

Die Passagiere sahen jetzt, wie in einem beweglichen Panorama, die Orte, woran sie früher vorbeigekommen waren – dieselben Dörfer, Ranchos, Raudals und dieselben Stromschnellen. Schon machte sich ein Wachsen des Wassers bemerkbar, so daß dieses für die Piroguen überall Tiefe genug haben mußte, eine Löschung der Ladung zu vermeiden, und so ging denn die Fahrt voraussichtliche ohne Mühe und Anstrengung vonstatten.

Welcher Unterschied, wenn sich die junge Frau und ihr Gatte jetzt an die Beschwerden, die Unruhe und an die Gefahren der Reise erinnerten, die sie vor noch nicht so vielen Wochen vollendet hatten!

Beim Auftauchen des Sitios des Kapitan Baré dachte Jeanne daran, daß sie hier ein Opfer des Sumpffiebers geworden wäre, wenn Jacques Helloch nicht die unschätzbare Coloraditorinde entdeckt hätte, die ihr einen wiederholten Anfall verhütete.

Weiterhin erkannte man, unfern des Cerro Guararo, die Stelle, wo die den Strom überschreitende Rinderherde von den schrecklichen elektrischen Zitterrochen überfallen worden war.

In Danaco ferner stellte Jacques Helloch seine Gattin Manuel Assomption vor, dessen Gastfreundschaft sie mit Germain Paterne einen Tag lang genossen hatten. Wie erstaunten aber die guten Leute im Rancho, als sie in der reizenden jungen Frau den Neffen wiedererkannten, der mit seinem Onkel Martial in einer der Hütten des Mariquitarer-Dorfes Unterkommen gefunden hatte.

Am 4. Januar endlich vertauschten die »Gallinetta« und die »Moriche« das Bett des Orinoco gegen das des Atabapo und legten sich am Quai von San-Fernando fest.

Drei Monate waren vergangen, seit Jacques Helloch und seine Gefährten sich hier von den Herren Miguel, Felipe und Varinas verabschiedeten. Weilten nun die drei Kollegen noch immer am nämlichen Orte? Das konnte man doch kaum annehmen.

Nachdem sie die Frage bezüglich des Orinoco, des Guaviare und des Atabapo gründlich behandelt hatten, waren sie gewiß gleich nach Ciudad-Bolivar heimgekehrt.

Germain Paterne hätte nun gar zu gern erfahren, welcher der drei Flüsse den endlichen Sieg davongetragen habe. Da die Falcas nun hier einige Tage liegenbleiben sollten, um vor der Fahrt nach Caïcara ihren Proviant zu erneuern, konnte ihm die Gelegenheit, seine Neugier zu befriedigen, ja nicht fehlen.

Jacques Helloch und seine Gattin gingen also ans Land und erwählten als Wohnung das Häuschen, worin sich der Sergeant Martial schon einmal aufgehalten hatte.

Noch an demselben Tage machten sie ihren Besuch bei dem Gouverneur, der mit großer Befriedigung von den Ereignissen hörte, deren Schauplatz die Mission von Santa-Juana gewesen war – einerseits von der fast vollständigen Ausrottung der Alfanizschen Verbrecherbande und andrerseits von dem glücklichen Erfolge der Reise.

Was die Herren Miguel, Felipe und Varinas betraf, so hatten diese – erstaune nur niemand darüber! – die Ortschaft noch nicht verlassen, da sie über die hydrographische Streitfrage bezüglich der drei Wasserläufe jetzt ebensowenig einig waren wie bei ihrer Abreise aus Ciudad Bolivar.

Noch am nämlichen Abend konnten die Passagiere von der »Gallinetta« und der »Moriche« einen Händedruck mit den Insassen der »Maripare« wechseln.

Herr Miguel und seine gelehrten Freunde empfingen die alten Reisegefährten mit größter Zuvorkommenheit. Man vergegenwärtige sich aber ihre Verblüffung, als sie Jean – »ihren lieben Jean« – am Arme Jacques Hellochs und – in Frauenkleidung wiedersahen.

»Wollen Sie uns wohl mitteilen, warum er sich so verwandelt hat?« fragte Herr Varinas.

»Oh, sehr einfach: Weil ich ihn geheiratet habe«, erklärte Jacques Helloch.

»Sie... Sie haben Jean von Kermor geheiratet?« rief Herr Felipe, der die Augen weit aufriß.

»Das nicht... doch Fräulein Jeanne von Kermor.«

»Wie?« platzte Herr Miguel heraus, Fräulein von Kermor?«

»Das ist die Schwester Jeans!« antwortete Germain Paterne lachend. »Nicht wahr, sie sehen sich zum Verwechseln ähnlich?«

Bald folgte eine weitere Erklärung, und die jungen Gatten wurden in aufrichtigster Weise beglückwünscht, Frau Jacques Helloch aber noch einmal besonders, daß sie ihren Vater, den Oberst von Kermor, in dem Missionar von Santa-Juana wiedergefunden hätte.

»Und der Orinoco?« fragte Germain Paterne. »Füllt er noch immer seinen früheren Platz aus?«

»Noch immer«, versicherte Herr Miguel.

»Er ist es also, der unsre Piroguen bis zu seinen Quellen in der Sierra Parima getragen hat...?«

Die Gesichtszüge der Herren Varinas und Felipe bewölkten sich bei dieser Frage, aus ihren Augen sprühten Blitze, die Vorboten eines Unwetters, während Herr Miguel nur mit den Schultern zuckte.

Dann entwickelte sich wieder der Redekampf, dessen Stärke die Zeit nicht abzuschwächen vermocht hatte, zwischen dem Vertreter des Atabapo und dem Parteigänger des Guaviare. Nein – sie stimmten noch nicht überein, würden das niemals tun, und ehe der eine seine Anschauung zugunsten der des andern verleugnete, hätten sie gewiß weit lieber Herrn Miguel recht gegeben und sich zugunsten des Orinoco ausgesprochen.

»Beantworten Sie das eine«, rief Herr Varinas, »und leugnen Sie einmal, daß der Guaviare nicht schon sehr viele Male als der westliche Orinoco bezeichnet worden wäre, und zwar von den kompetentesten Geographen!«

»Von ebenso unkompetenten wie Sie, mein Herr

Varinas!« antwortete Herr Felipe ebenso laut, wie sein Gegner gefragt hatte.

Man sieht, daß Rede und Gegenrede hier schon von den ersten Worten an in hitzigster Weise geführt wurden. Das konnte freilich niemand wundern, der etwa wußte, daß die beiden Gegner jeden Tag, vom Sonnenaufgang bis zum Sonnenuntergang, über das nämliche Thema ganz ebenso in Wortwechsel gerieten. Wenn die von beiden Seiten vorgebrachten Argumente auch jetzt noch nicht bis zum Tz abgenützt waren, konnte das nur daran liegen, daß sie von außerordentlicher Zähigkeit waren.

Herr Varinas setzte den Streit noch weiter fort.

»Seine Quelle in der Sierra Suma-Paz östlich vom obern Magdalenastrome im Gebiete Columbias zu haben, das ist denn doch ein ander Ding, als sich, kein Mensch weiß wo, mühsam hervorzuwinden...«

»Kein Mensch weiß wo, Herr Kollege?« versetzte Herr Felipe scharf. »Sie scheuen vor solchen entehrenden Ausdrücken nicht zurück, wo es sich um den Atabapo handelt, der aus den vom Rio Negro bewässerten Ilanos hervorbricht – ganz abgesehen davon, daß der mächtige Flußlauf einen Verbindungsweg mit dem Becken des Amazonenstromes bildet!«

»Das Wasser Ihres Atabapo aber ist pechschwarz, und es gelingt ihm nicht einmal, sich mit dem des Orinoco zu vermischen!«

»Das Ihres Guaviare dagegen ist lehmig, schmutziggelb, und Sie wären nicht imstande, es nur wenige Kilometer stromabwärts von San-Fernando überhaupt noch nachzuweisen!«

»Der Guaviare wird aber von Kaimans bewohnt. Er hat deren so viele Tausende wie der Orinoco, während der Atabapo sich mit lächerlichen Fischchen begnügen muß, die ebenso wertlos, schwarz und mager sind wie er selbst. Schicken Sie doch einmal Schiffe auf Ihren Atabapo, Herr Felipe, und sehen Sie zu, wie weit sie, wenn man sie nicht auf Karren über Land weiterschafft, kommen werden! Auf dem Guaviare können solche Tausende von Kilometern hinaufsegeln... hinauf bis zur Einmündung des Ari-Ari und auch noch weiter!«

»Ob man Schiffe einmal über seichte Stellen hinwegschaffen muß oder nicht, Herr Varinas, wir bilden doch das hydrographische Verbindungsglied zwischen den Amazonasländern und der venezolanischen Republik!«

»Und wir zwischen Venezuela und Columbia!«

»Ach, ich bitte Sie!... Gibt es denn da gar keinen Apure, der einen Weg für die Schiffe bietet!«

»Und auf Ihrer Seite etwa keinen Cassiquiare, wie?«

»Ihr Guaviare hat weiter nichts als Schildkröten!«

»Und Ihr Atabapo nichts andres als Moskitos...«

»Übrigens ergießt sich der Guaviare, wie alle Welt weiß, hier, wo wir sind, schließlich in den Atabapo...«

»Fehlgeschossen, der Atabapo verschwindet im Guaviare, wie alle Leute mit gesundem Menschenverstand zugeben, und die Wasserzufuhr des Guaviare beträgt auch nicht weniger als dreitausendzweihundert Kubikmeter...«

»Und wie die Donau«, fiel hier Germain Paterne, einen morgenländischen Dichter zitierend, ein:

»... strömt er
Vom Abendlande zum Morgenlande.«

Das war ein Argument, dessen sich Herr Varinas noch nicht bedient hatte, das er aber sorgsam in das Aktenbündel des Guaviare einheftete.

Bei diesem heftigen Wortgefecht zur Hervorhebung der Bedeutung der beiden Nebenflüsse konnte sich Herr Miguel des Lächelns nicht erwehren. Er ließ den Orinoco ruhig seine zweitausendfünfhundert Kilometer dahinströmen, von der Sierra Parima an bis zu seinem fünfzigarmigen Delta, das sich an der Küste des Atlantischen Ozeans verzweigt.

Inzwischen erlitten die nötigen Vorbereitungen keine Unterbrechung. Die Piroguen, die nun untersucht, ausgebessert, in völlig tadellosen Stand versetzt und frisch verproviantiert waren, lagen am 9. Januar zur Abfahrt bereit.

Jacques und Jeanne Helloch schrieben noch einen Brief an ihren Vater – einen Brief, in dem auch der Sergeant Martial und der junge Indianer nicht vergessen waren. Dieses Schreiben gelangte nach Santa-Juana durch Händler, die mit Eintritt der Regenzeit den Strom hinaufzufahren pflegen. Es sagte alles, was zwei dankerfüllte, glückliche Herzen nur sagen können.

Am Tage vor der Abreise erhielten die Passagiere zum letzten Male eine Einladung zum Gouverneur von San-Fernando. An diesem Abend herrschte Waffenstillstand, die hydrographische Streitaxt blieb einstweilen begraben. Nicht als ob das Thema etwa erschöpft gewesen wäre, die Gegner hatten ja aber noch Monate und Jahre vor sich, jene lustig zu schwingen.

»Ihre ›Maripare‹, Herr Miguel«, fragte die junge Frau, »wird morgen also die ›Gallinetta‹ und die ›Moriche‹ nicht begleiten?«

»Es scheint nicht so, verehrte Frau«, antwortete Herr Miguel, der sich ja fügen mußte, seinen Aufenthalt am Zusammenflusse des Guaviare und des Atabapo noch zu verlängern.

»Ja, wir müssen uns noch über einige wichtige

Punkte klarwerden«, ließ sich Herr Varinas vernehmen.

»Und haben noch einige Untersuchungen auszuführen«, setzte Herr Felipe hinzu.

»Dann also, auf Wiedersehen, meine Herren!« sagte Jacques Helloch.

»Auf Wiedersehen...?« fragte Herr Miguel verwundert.

»Jawohl«, erwiderte Germain Paterne, »und zwar in San-Fernando... wenn wir wieder hier vorüberkommen... etwa nach sechs Monaten... denn es ist doch kaum wahrscheinlich, daß die hochwichtige Frage...«

Am nächsten Tage, am 9. Januar, schifften sich die Reisenden, nach herzlichem Abschied von dem Gouverneur wie von Herrn Miguel und seinen Kollegen, wieder ein, und, schnell dahingetragen von der Strömung des Flusses – ob dieser sich nun Atabapo, Guaviare oder Orinoco nannte –, verloren die beiden Piroguen den Flecken San-Fernando bald aus dem Gesicht.

Kaum eine Stunde später erkannte die junge Frau die Stelle wieder, wo die beiden Falcas am rechten Ufer gestrandet waren, und auch die, wo Jacques sie bei dem entsetzlichen Tosen des Chubasco mit Gefahr seines Lebens gerettet hatte.

»Ja... meine geliebte Jeanne... hier war es...«

»Hier, mein Jacques, wo in dir der Gedanke aufkam, deinen lieben Jean nicht zu verlassen... ihn durch so viele Fährlichkeiten bis zum Ziele seiner Reise zu begleiten.«

»Und wer war damit nicht zufrieden?« rief Germain Paterne. »Das war der gute Sergeant Martial. Oh, der Onkel hatte seine wahre Not mit dem Neffen, der ihm nichts zu Danke machen konnte.«

Im Laufe der folgenden Tage legten die von der Brise immer begünstigten Piroguen schnell eine große Strecke zurück. Sie überwanden ohne Schwierigkeiten die Raudals von Mapure und Ature, die jetzt nur flußabwärts zu passieren waren, und kamen bald nach der Mündung des Meta und nach dem Dorfe Cariben. Die wildreichen Inseln des Stromes lieferten reichlich schmackhafte Nahrung, und auch der Fischfang blieb überall ertragreich.

Später gelangte die Gesellschaft nach dem Rancho des Herrn Mirabal in la Tigre. Nach dem Grundsatz: »Ein Mann, ein Wort« legten die Falcas hier an, und ihre Passagiere waren vierundzwanzig Stunden lang die Gäste des vortrefflichen Mannes, der sie mit inniger Freude wegen des Ausgangs ihres Unternehmens beglückwünschte, wobei er ebenso darauf hinzielte, daß der Oberst von Kermor in Santa-Juana wirklich gefunden worden war, wie er zartfühlend darauf hindeutete, »was die Folge davon gewesen wäre«.

In la Urbana mußten die Piroguen für den letzten Teil der Fahrt noch einmal mit Vorräten versorgt werden.

»Aber die Schildkröten?« rief plötzlich Germain Paterne. – »Erinnerst du dich der Schildkröten nicht, Jacques... jener Myriaden von Schildkröten? Alle Wetter, hierher auf dem Rücken von Schildkröten gekommen zu sein...«

»In diesem Dorf sind wir einander zum ersten Male begegnet, Herr Germain«, sagte die junge Frau.

»Ja, dank jenen vortrefflichen Panzertieren, denen wir doch wohl einige Anerkennung schuldig sind«, erklärte Jacques.

»Die werden wir ihnen dadurch darbringen, daß wir sie verspeisen, denn sie schmeckt ausgezeichnet, die Schildkröte des Orinoco!« rief Germain Paterne, der alle Dinge immer von dem ihnen zukommenden besondern Standpunkte aus betrachtete.

Am 25. Januar erreichten die Falcas Caïcara.

In diesem Flecken trennten sich Jacques Helloch, Jeanne und Germain Paterne von den Schiffern und deren Mannschaften, nicht ohne den wackern und so ergebenen Leuten, deren Dienste sie gern anerkannten und gut belohnten, einen herzlichen Dank auszusprechen.

Von Caïcara brachte ein Dampfer des Apure die Reisenden binnen zwei Tagen nach Ciudad-Bolivar, von wo die Eisenbahn sie schnell nach Caracas beförderte.

Zehn Tage später waren sie in Havanna bei der Familie Eridia und fünfundzwanzig Tage darauf in Europa, in Frankreich, in der Bretagne, in Sainte-Nazaire, in Nantes.

Da begann Germain Paterne einmal:

»Weißt du wohl, Jacques, daß wir auf dem Orinoco volle fünftausend Kilometer zurückgelegt haben?... Ist dir das nicht ein bißchen lang vorgekommen?«

»Oh, bei der Rückfahrt nicht!« antwortete Jacques Helloch, der glücklich und lächelnd seiner Jeanne ins Auge blickte.

COLLECTION JULES VERNE

1. Von der Erde zum Mond
   Direkte Fahrt in 97 Stunden 20 Minuten
2. Reise um den Mond
3. Reise um die Erde in 80 Tagen
4. Reise zum Mittelpunkt der Erde
5. Fünf Wochen im Ballon

6./7. Zwanzigtausend Meilen unter dem Meer

8. Abenteuer von drei Russen und drei Engländern in Süd-Afrika

9./10. Abenteuer des Kapitän Hatteras

11./12./13. Die Kinder des Kapitän Grant

14./15./16. Die geheimnisvolle Insel

17./18. Das Land der Pelze

19. Eine schwimmende Stadt
    Die Blockadebrecher
20. Eine Idee des Doktor Ox
    Meister Zacharius
    Ein Drama in den Lüften
    Eine Überwinterung im Eis
    Eine Mont-Blanc-Besteigung
21. Der Chancellor
    Tagebuch des Passagier J. R. Kazallon

22./23. Der Kurier des Zaren
Michael Strogoff

24. Schwarz Indien

25./26. Reise durch die Sonnenwelt

27./28. Ein Kapitän von 15 Jahren

29./30./31. Die Entdeckung der Erde

32. Die fünfhundert Millionen der Begum
33. Die Leiden eines Chinesen in China

34./35. Die großen Seefahrer des 18. Jahrhunderts

36./37. Das Dampfhaus

38./39. Der Triumph des 19. Jahrhunderts
40./41. Die Jangada
42. Die Schule der Robinsons
43. Der grüne Strahl
44./45. Keraban der Starrkopf
46. Der Südstern oder das Land der Diamanten
47. Der Archipel in Flammen
48./49./50. Mathias Sandorf
51. Robur der Sieger
52. Ein Lotterie-Los
53./54. Nord gegen Süd
55./56. Zwei Jahre Ferien
57. Kein Durcheinander
58./59. Die Familie ohne Namen
60./61 Mistreß Branican
62. Das Karpatenschloß
63. Claudius Bombarnac
Notizbuch eines Reporters
64./65. Der Findling
66./67. Meister Antisers wunderbare Abenteuer
68./69. Die Propeller-Insel
70. Vor der Flagge des Vaterlandes
71. Clovis Dardentor
72./73. Die Eissphinx
74./75. Der stolze Orinoco
76./77. Das Testament eines Exzentrischen
78./79. Das zweite Vaterland
80. Das Dorf in den Lüften
81. Die Historien von Jean-Marie Cabidoulin
82./83. Die Gebrüder Kip
84./85. Reisestipendien
86. Ein Drama in Livland
87. Der Herr der Welt
88. Der Einbruch des Meeres
89. Der Leuchtturm am Ende der Welt
90./91. Der Goldvulkan
92./93. Reisebüro Thompson & Co.
94. Die Jagd nach dem Meteor
95. Der Pilot von der Donau
96./97. Die Schiffbrüchigen der Jonathan
98. Wilhelm Storitz' Geheimnis
99./100. Cäsar Cascabel